J.-A. BRUTAILS

CORRESPONDANT DE L'INSTITUT, ARCHIVISTE DE LA GIRONDE

JUGE AU TRIBUNAL SUPÉRIEUR D'ANDORRE

MÉLANGES

BORDEAUX

IMPRIMERIES GOUNOUILHOU

9-11, rue Guiraude, 9-11

—

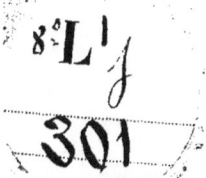

MÉLANGES

J.-A. BRUTAILS

CORRESPONDANT DE L'INSTITUT, ARCHIVISTE DE LA GIRONDE
JUGE AU TRIBUNAL SUPÉRIEUR D'ANDORRE

MÉLANGES

BORDEAUX

IMPRIMERIES GOUNOUILHOU

9-11, rue Guiraude, 9-11

—

1913

Les études qui suivent ont déjà paru dans diverses publications bordelaises : Actes de l'Académie de Bordeaux, Bulletin hispanique, Revue des études anciennes, Revue historique de Bordeaux, Revue philomathique, *etc. Ce sont, en somme, des tirages à part : au lieu de les donner en brochures, j'ai pu, grâce à l'obligeance de l'imprimeur, les réunir en un volume de Mélanges.*

J.-A. B.

Note

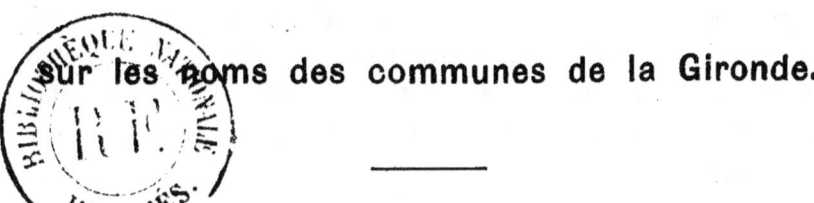

sur les noms des communes de la Gironde.

On songe, paraît-il, à une revision générale des noms des communes, afin de mettre un terme à des changements arbitraires ou irraisonnés.

La question est infiniment délicate : dans la toponomastique, dans l'ensemble des noms de lieu, il entre des éléments multiples, qu'il est difficile de saisir, plus difficile encore de combiner dans une juste proportion. C'est matière ondoyante, qui échappe à une réglementation trop rigoureuse.

Pour savoir quelles formes doivent être retenues et quelles modifiées, il importe d'établir au préalable comment ces formes se sont constituées; en d'autres termes, il est nécessaire d'étudier brièvement les règles qui ont présidé à la genèse des noms de lieu, pour se rendre compte de la mesure dans laquelle il convient de respecter ces noms ou de les rectifier.

La plupart de ces dénominations remontent très haut, à l'époque pré-romaine. La forme primitive a été altérée, soit par l'évolution naturelle des sons, de la phonétique, soit par des causes externes : raisons d'ordre historique ou administratif, recherche du pittoresque ou du grandiose, ignorance ou équivoque, etc. Une analyse attentive révélerait dans ces changements les mille forces obscures qui, à notre insu, dirigent notre activité : une dose appréciable de réclame commerciale; peut-être même — qui sait? — jusqu'à des traces de préoccupations électorales.

Quelquefois, le nom a été changé purement et simplement

et remplacé par un autre nom tout différent : *Villandraut* s'est appelé *Le Got; Noaillan* s'est appelé *Lamothe-Noaillan*, tandis que *Lamothe-Landerron* s'est appelé *Saint-Martin-de-Serres; Béguey* s'est appelé *Neyrac; Les Billaux* s'appelaient au xviii° siècle *Saint-Georges-de-Guétres; Lafosse* a été appelée *Orfosse; Saint-André-de-Cubzac* s'est appelé *Saint-André-du-Nom-de-Dieu; Ayguemorte* s'est appelé *Coma; Saint-Macaire* s'est appelé *Ligena.*

Il existait dans le pays de Buch une paroisse du nom de *Saint-Seurin-de-Buch;* comme toutes les paroisses, celle-là avait autour de son église un cimetière, un *porge.* Quand ils se rendaient au chef-lieu, les habitants de cette vaste paroisse disaient : « Je vais au *porge.* » Ce nom a fini par devenir celui de la paroisse elle-même : vers la fin du moyen âge, *Le Porge* a pris la place de *Saint-Seurin-de-Buch* dans les états pour la levée des redevances ecclésiastiques.

Le changement provient parfois de ce que le titre du chef-lieu a été transféré : *Saumos* et *La Brède* étaient jadis de simples hameaux des paroisses de *Courgas* et de *Saint-Jean-d'Estempes; Vignonet* paraît avoir tiré son nom de *Vignon*, qui était une annexe de *Villeneuve; Monségur* a été fondé, au xiii° siècle, dans la paroisse de *Nujom;* l'église d'*Hourtin* était avant 1628 à *Sainte-Hélène-de-l'Etang,* etc.

Le changement peut résulter de ce que le nom du saint patron de la paroisse a pris dans la dénomination de celle-ci une place prépondérante.

Dans les documents ecclésiastiques d'autrefois, il était de règle de faire précéder le nom de la paroisse de celui du patron ou, si l'on préfère, d'accompagner du vocable de l'église le nom de la localité, sans qu'il nous soit toujours possible aujourd'hui de distinguer l'un de l'autre. Dans des listes des xiii° et xiv° siècles [1], nous voyons un *Sanctus-Vivianus-de-Begaitz*

---

[1]. La liste du xiii° siècle est inédite : aux tomes XXI et XXII des *Archives historiques de la Gironde,* Drouyn a publié celles du xiv° siècle qui existent en original dans les comptes de l'Archevêché. — Au sujet de la liste du xiii° siècle, on nous permettra une digression, dont l'objet est de faire observer qu'elle fournit le nom d'un certain nombre de paroisses dès lors disparues; or, pas une de ces paroisses n'est signalée sur le littoral. C'est une nouvelle preuve à l'appui de la thèse que M. Saint-Jours soutient si brillamment.

ou de *Begaytz :* peut-être disait-on alors *Saint-Vivien-de-Begaitz,* peut-être *Begaitz* tout court. Il importe assez peu, d'ailleurs ; l'essentiel est qu'à l'origine cette localité, qui est *Saint-Vivien-de-Médoc,* se nommait *Begaitz.* De même, nous concluons que *Boissan* était le nom de *Saint-Vivien,* près Monségur ; *Varnac* ou *Bernac,* le nom de *Saint-Sulpice-d'Izon ; Scarian,* le nom de *Saint-Sauveur,* en Médoc ; *Canac,* le nom de *Saint-Christoly-de-Médoc ; Climat,* le nom de *Saint-Denis,* annexe de Camiac ; *Ontz,* le nom de *Saint-Caprais-de-Quinsac ; Calones,* le nom de *Saint-Estèphe ; Ayguesvives,* le nom de *Saint-Girons,* dans le canton de Saint-Savin ; *Rignac,* le nom de *Saint-Julien.* Une localité riveraine de la Garonne s'est appelée successivement *Seroa, Saint-Hilaire-de-Seroa, Saint-Hilaire,* enfin *Paillet.*

Il existe même une commune importante du Libournais qui a changé à la fois de saint patron et de nom : c'est *Saint-Philippe-d'Aiguille,* qui était au xviii° siècle *Saint-Félix-d'Aiguille* ou *Saint-Félix.*

Ces diverses métamorphoses résultent d'une tendance plus persistante qu'on ne croit. L'un des documents qui ont le plus servi pour le présent travail est un tableau des communes dressé au moment où le département fut organisé, en janvier 1791[1] : on y voit figurer *Saint-Martin-de-Camiac, Notre-Dame-de-la-Rivière, Saint-Martin-de-Sablon, Notre-Dame-de-Saint-Pey-d'Arveyres,* etc. Pour ces localités, le nom ancien a persisté ; mais la paroisse qui s'appelait au xviii° siècle *Castelnau-de-Méme* est aujourd'hui *Saint-Michel-de-Castelnau,* et l'usage, qui flotte entre *Illac* et *Saint-Jean-d'Illac,* paraît devoir se fixer sur *Saint-Jean-d'Illac.*

L'étude phonétique des noms de lieu est bien faite pour effrayer quiconque n'est pas un spécialiste de la philologie. De cette science terrifiante, je connais juste assez pour avoir cons-

---

1. La même liste donne lieu à plusieurs autres observations. L'importance de certains sièges de juridiction explique leur élévation au rang de canton : Puynormand, Rauzan, Castelmoron-d'Albret, etc. — Des communes ont, depuis 1791, perdu leur indépendance et ont été illégalement rattachées de fait à une commune voisine. C'était le cas pour Couquèques, naguère section de Saint-Christoly et dont l'autonomie a été récemment reconnue.

cience de l'imprudence que je commettrais si je m'avisais d'en parler. Il me sera néanmoins permis de formuler dans cet ordre d'idées quelques observations élémentaires.

Des phénomènes plus ou moins singuliers se sont produits dans la phonétique de la toponymie girondine : la finale *ac* est devenue parfois *as*, même dans la partie gasconne du département : *Martignas* a été jadis *Martinhac ; Mérignas* a été *Marinhac* ou *Mayrinhac ; Saint-Vincent-de-Pertignas* a été *Saint-Vincent-de-Pertignac*. Le son *ss* a parfois donné *ch : Le Teys, Ruz, Bayssac, Pressac* sont devenus *Le Teich, Ruch, Beychac, Préchac. Montussan* avait commencé un mouvement analogue : *Montussan, Montuyssan* en 1300, 1341, 1578, était, en 1704 et 1760, *Montuchan ;* le son ancien l'a emporté et la commune s'appelle, comme autrefois, *Montussan.*

Suivant un vieux trouvère, une armée, débarquée dans la Garonne, aurait livré un combat à *Larchamp,* et on a identifié ce lieu avec les Aliscamps ! Un érudit a pensé naguère qu'il s'agissait de *Larsan,* un domaine des environs de Pompignac, qui a donné son nom à une famille girondine bien connue. Si l'opinion est fondée, nous avons là un nouvel exemple de la confusion entre les sons *s* et *ch.*

Les transformations sont loin d'être toujours conformes à la logique. Une même étymologie n'a pas amené les mêmes résultats : *Virelade (Villa lata)* est dans le voisinage de *Villenave (Villa nova) ; Vayrac, Geneyrac* ont perdu leur *y* et sont de nos jours *Vérac* et *Générac,* tandis que *Saint-Sulpice-de-Falarenx* a pris ce même *y* et s'appelle *Saint-Sulpice-de-Faleyrens.*

Pour le nom d'une même localité, la forme peut être indécise et incertaine : *Bourdelles* présente dans un document de 1587 une apparence gasconne : *Bordères ;* dans une nomenclature de 1826 et dans d'autres documents, une physionomie toute française : *Bourdeilles.*

Dans l'ensemble, les noms se sont de plus en plus éloignés de leur étymologie : *Furnis, Furnos* s'écrit *Forntz* aux xiii° et xiv° siècles et *Fours* au xvi° siècle et depuis. De *Quartis[leucis],* aux quatrièmes lieues, est résulté au moyen âge *Quartz,* qui est la commune actuelle de *Cars.*

Les noms se sont presque toujours raccourcis : *Caradan* est devenu *Cardan; Ludedon* a donné *Ludon;* la localité qui porte le nom de *Doulouzon* sur les rôles de 1744 et de 1763 est *Doulezon,* qui s'appellera vraisemblablement plus tard *Doulzon.* Tout cela est normal. Ce qui l'est moins, c'est que *Sanctum-Lupum,* qui aurait dû produire *Saint-Lop,* se soit allongé en *Saint-Loubès.* Je soupçonne les scribes anciens d'avoir rendu par *Sanctum-Lupum* un nom qui avait une tout autre signification. Un phénomène analogue se peut observer à propos de *Sanctum-Maurilium :* ce nom aurait dû donner *Saint-Maureil* ou quelque chose d'approchant, au lieu de *Saint-Morillon.*

La transformation des mots a été sur bien des points contrariée par l'influence française; les noms et la façon de les écrire seraient sensiblement différents, si on n'avait parlé dans le pays que le gascon. Les deux syllabes *an* et *en* ont été prises l'une pour l'autre par les gens qui parlaient français et qui ont écrit comme ils parlaient : *Lenton* a été orthographié *Lanton,* tandis que *Parrampuira, Talancia* sont devenus *Parempuyre, Talence. Saint-Cosme* a remplacé l'*s* par un accent circonflexe : *Saint-Côme,* et *L'Isle-du-Carney* tend à faire de même; dans *Grézilhac,* le groupe *lh* a fait place à *ll : Grézillac.*

De ces deux forces divergentes, française et gasconne, laquelle doit l'emporter ? Pour nous en tenir à la prononciation, faut-il prononcer à la française ? L'*e* muet sera-t-il admis et dans quel cas ? Cette question des accents sur l'*e* se représente dans de nombreuses espèces et sous des formes nombreuses : *Belinum* est aujourd'hui *Belin;* pourquoi *Belinetum* est-il *Béliet,* avec un accent aigu sur l'*e*? Pourquoi *Beguey, Ceron, Senac* sont-ils *Béguey, Cérons, Cénac?* Pourquoi surtout *Landarum* ou *Landeron* et *Landerouet* ont-ils redoublé l'*r: Landerron* et *Landerrouet?* C'est tout au plus si l'on aurait dû accentuer l'*e*. Cette observation peut être étendue à *Tolena, Toulenne.* On devrait écrire *Landéron, Landérouet, Toulène.*

Certains noms de lieu ont dévié pour aboutir à une forme qui est d'apparence plus française : *Saint-Mariens* a pris la place de *Saint-Marias :* la liste de 1791 porte « *Saint-Marias* ou *Mariens* »; *Pugeart,* en 1780, *Pujeard,* en 1791, est, dans les nomenclatures plus récentes, *Peujard*, qui sonne moins le gascon. La nomenclature de 1826 écrit, comme les vieux documents, *Tuilhac*, qui s'est modernisé en *Teuillac*. *Bassanne*, qui s'écrivait jadis *Bassane*, n'aurait pas pris une *n* de plus, si l'idée de certains féminins français n'avait pas travaillé les scribes. De même pour *Cailleau*, autrefois *Calhau* ou *Caillau*, qui n'a aucun droit à l'*e*: *Nérigean* devrait être *Nérijan*. *Mombrier* est un nom récent pour *Monbrier*. *Pineuilh* offre l'exemple d'un compromis malheureux entre la graphie gasconne *lh* et la graphie française *il;* on a eu raison, en 1791 et 1826, d'écrire *Pineuil*, comme *Verteuil*. *Juillac* est une forme française bien malencontreusement adoptée, car elle ne rend pas le son vrai : les gens du pays prononcent *Juliac;* et, dans le même ordre d'idées, il faudrait revenir à *Mouliac*, qui est, dans des textes anciens et dans la prononciation locale actuelle, le nom du *Mouillac* officiel.

Il se peut aussi que le nom se soit rapproché, non pas d'une forme générale, d'une règle d'orthographe, mais d'un autre nom concret. La toponymie est faite, en partie, de ces à-peu-près, qui sont parfois bien étranges. *Naujan* est dans certains documents *Naujean*. Le *Bautiran* qui avait persisté jusqu'au xviiie siècle est aujourd'hui *Beautiran*. *Toumeyragues* s'est bien indûment et bien inutilement allongé d'un *h*, comme *Thomas : Thoumeyragues*. *Ordenac,* est, depuis le xviiie siècle au moins, grimé en *Ordonnac*, et j'imagine que notre verbe *ordonner* est pour beaucoup dans cette métamorphose. *Saint-Antoine-sur-l'Isle* et *Saint-Germain-de-Graoux* sont mués en *Saint-Antoine-de-l'Ile* et en *Saint-Germain-de-Grave*, ce qui n'est pas la même chose. Le souvenir du verbe *appeler* a fait ajouter un *p* à *Appelles*, *Saint-André-et-Appelles*. *Montem tremulantem, Mont tremblant*, avait dégénéré dès le xiiie siècle en *Montprimblant; blant* ne disait rien, on a donc écrit, depuis le xvie siècle au moins, *Montprimblanc;* un employé de l'Intendance en a fait *Monpinblanc*. N'a-t-on pas écrit *Saint-Urgean, Le Taillant, Saint-Christophe-du-Double?* Si l'on continue à dire *Monprinblanc* et *Saint-Trojan, Le Taillan* et *Saint-Christophe-de-Double*, d'autres jeux de mots ont eu plus de succès.

Le *Sanctus-Palladius* du xiii° siècle ne faisait pas pressentir la forme actuelle *Saint-Palais*. Ce mot prestigieux de *palais* a encore défiguré un autre nom de lieu : une localité s'appelle, dans des textes gascons du xiii° siècle et du xiv° siècle, *Pales ;* en 1578 et dans un texte français, *Pallais ;* en 1704, *Le Palais ;* en 1791, *Le Petit Palais,* ce qui est un véritable calembour.

En voici un plus détestable, s'il est des degrés en cette matière : un quartier d'*Arveyres* portait le joli nom de *Saint-Pierre-des-Vallons, Sanctus-Petrus-de-Vallibus,* en gascon *Sent-Pey-de-Vaus ;* les cartographes en ont fait *Pied-de-Veau !*

Pleine-Selve n'est pas même un calembour, mais un simple non-sens. Aussi bien, on écrivait à l'Intendance, en 1704 et 1760, *Plène-Selve,* ce qui est un peu plus conforme à l'étymologie, *Plana-Silva.* La véritable orthographe serait *Plaine-Selve.*

Saint-Selve n'a aucun lien de parenté avec le nom précédent ; c'est la traduction de *Sanctus-Severus.* Ces noms de saints ont parfois souffert d'étranges déformations : *Sanctus-Eparchius* a été entendu, semble-t-il, *Sanctus-Ceparchius ;* on l'a traduit par *Saint-Cibard.* Par contre, *Saint-Dizans, Sanctus-Dizentius,* a subi l'ablation de son initiale : c'est *Saint-Yzans.* Peut-être *Siant-Avit* a-t-il été confondu avec *Saint-David ;* je ne vois guère d'autre explication à sa désinence officielle, *Saint-Avid.*

Trop souvent, le changement échappe à toute explication : la paroisse qu'une charte de 1300 appelle *L'Ile-Garnier,* « *la Isla en¹ Guarner,* » a pris le nom piteux de *L'Isle-du-Carney ; Vertheuil,* avec *th,* est une pure fantaisie pour *Verteuil.* Dans cet ordre d'idées, *Queyrac* a été employé abusivement pour *Queynac.* *Queynac* ne s'est pas laissé faire ; il a protesté et il a obtenu gain de cause.

La modification peut affecter non plus le son, mais la manière de le figurer par écrit, l'orthographe. Ces notations fautives sont particulièrement regrettables quand le nom a un

---

1. Je rappelle que *en* équivaut à peu près à *monsieur.*

sens, quand il y entre un ou plusieurs noms communs : *Belle-fond*, belle fontaine, avec son *d* final, est une absurdité; on en peut dire autant de *Pondaurat*, au lieu de *Pontdaurat* (Pont doré) de *Monségur*, *Mongauzy*, *Blasimon* au lieu de *Montségur* (Montagne sûre), *Montgauzy* (Montjoie), *Blazimont (Bladimontem)*. *Blazimont*, en particulier, est dans la liste de 1826; on pourrait bien y revenir. *Saint-Pierre-de-Mons* est peut-être ainsi orthographié pour conserver le son de l'*s*. Mais le vieux *Puisseguin*, *Podium-Seguini*, n'a-t-il pas pris un accoutrement risible, avec son *i* et ses deux *ss*, et ne devrait-il pas affirmer, en gardant à son nom sa claire signification, l'origine qui est la sienne : *Puy-Seguin* ?

Je n'ose en dire autant de *Cestas*, parce qu'il ne m'est pas démontré que ce mot doive être rattaché à *Sextas :* le registre de la comptabilité épiscopale pour le xiii⁰ siècle porte *Sestars*, et, si je ne me trompe, on prononce encore en accentuant l'*a* de la dernière syllabe. *Sextas* aurait produit *Sestes*.

La question de l'*s* finale est fréquemment soulevée. Quelquefois on supprime arbitrairement cette finale : plus souvent on l'ajoute, non moins arbitrairement. Dans *Saint-Laurent-d'Arces* ou *de Arzas*, l'*s* s'est usée au cours des siècles : on a présentement *Saint-Laurent-d'Arce*. *Saint-Yzans* en Médoc a gardé sa finale intacte, alors que le *Saint-Yzan* du Blayais a la sienne mutilée.

Quant à l'adjonction de l'*s*, c'est un phénomène parfois ancien : *Saint-Pierre-de-Castels* est ainsi appelé depuis le xiii⁰ siècle, ou même plus tôt; Drouyn a relevé plusieurs fois dans de vieux documents : *Saint-Pierre-de-Castel, de Casted, de Castet*. De ce nom, on doit rapprocher *Castels-en-Dorthe*, autrefois *Castet d'Andorte*, au singulier. Voici quelques autres noms auxquels l'*s* a été ajoutée: *Bruges; Bruja, Brugia* sont du xiii⁰ et du xiv⁰ siècles; *Brujas* apparaît dès le xv⁰. *Cérons* est une corruption pour *Seron*. La forme la plus ancienne connue d'*Escoussans* paraît être *Scozan*. *Hostens* était à l'origine *Austen*. *Loupes* était *Lopa, Loppa*. *Bègles, Soussans, Sablons* sont des formes récentes et factices : on écrivait autrefois et dans le pays on prononce encore *Bègle, Soussan, Sablon*.

Le problème se pose aussi à propos de l'un de ces noms en *os* dans lesquels des philologues imaginatifs ont cherché — et trouvé — du grec et qui paraissent, en réalité, être d'origine ibérique. *Lugos* est écrit *Lugo* dans des états de 1744 et 1763, et ce qui aggrave la portée de cette constatation, c'est que les habitants de la contrée disent encore *Lugo*.

Mesterrieux, dans le langage vulgaire de la contrée, est *Mesteriou*. Un scribe abrégeait ce mot, en 1687, comme il suit : « M° Riou, » *Meste Riou*, le maître ruisseau. La bonne leçon française est *Mesterieu*.

Cette lettre subtile *s* s'est glissée aussi dans le corps des mots : *Trena*, écrit un comptable de l'Archevêché en 1341 ; *La Trenne*, écrit-on en 1578, 1704, 1760 : c'est aujourd'hui *La Tresne*.

Les noms se présentent à nous encadrés dans des phrases, le plus souvent accompagnés de prépositions, quelquefois d'articles, qui peuvent finir par s'agglutiner avec eux, à moins qu'au contraire on ne retranche du nom sa syllabe initiale, parce qu'elle a figure de préposition. Les premiers documents où je trouve mention de *Guillac* l'appellent *Aguilhac ;* aurait-on dû écrire : *à Guilhac*, ou est-ce nous qui avons tort de ne pas dire : la commune d'*Aguillac* ? La leçon *Encabara*, en 1687, 1744, 1763, doit-elle se dire *en Cabara ;* avons-nous, au contraire, tronqué le mot?

Pour d'autres noms, le cas est peut-être un peu moins embarrassant : *Doupian* au xiii° siècle, *Daupian* au xiv° siècle, *Aupian* au xvi°, *Dapian* en 1704, *Le Pian* en 1760, désignent *Le-Pian-en-Médoc;* *Auteys*, au xiii° siècle, désigne *Le Teich;* *Autellan* désigne le *Taillan ; Autussan* désigne *Le Tuzan; Autorna* désigne *Le Tourne ; Saint-Antoine-de-Duqueyret*, en 1687 et 1791 désigne *Saint-Antoine-Du-Queyret*.

Il est des mots, enfin, où l'allongement par l'adjonction de l'article est manifeste : *Sparra* a pris un *e* euphonique, *Esparra*, et puis une *l, Lesparre;* on écrivait encore au xviii° siècle : *L'Esparre, en Esparre*, dans la juridiction de Lesparre. *Le Haillan* n'a acquis l'article que depuis peu; la vraie forme est *Haillan*. De même, *Le Pian-sur-Garonne* s'appelle de

son vrai nom *Pian*, sans article; la liste de 1791 porte : *Pian
(Notre-Dame-de)*, et, pour que nul n'en ignore, la municipalité
a fait graver sur la façade de la mairie : « Mairie de Pian ».
Inversement, il y aurait lieu de restituer à *Ile-Saint-Georges*
l'article auquel une longue tradition lui donne des droits :
L'Isle-Saint-Georges.

Supposons ces divers points réglés; voici une localité en due
possession de l'article. Ce n'est pas tout : faut-il séparer
l'article ? Faut-il le fondre avec le mot ? L'usage décide le plus
souvent. Ce serait, d'ailleurs, une pure vétille, si l'excessive
ingéniosité des imprimeurs n'avait compliqué les choses. S'il
importe peu qu'on imprime *Lalande* ou *La Lande*, on n'en peut
pas dire autant de *Lande (La)*, *Ruscade (La)*, *Tourne (Le)* et
autres analogues. *Salles (Les)* ne manque pas de pittoresque et
Sauve (La) est assez dramatique; mais ces inversions sont bien
faites pour dérouter un chercheur qui feuillette un dictionnaire de géographie.

Les localités homonymes sont déplorablement nombreuses;
il faut préciser par des additions, dont la dernière nomenclature officielle fournit un exemple inattendu : *Castres (Gironde)*.
Nos pères, on le sait, vivaient plus que nous « dans leur trou »;
les localités avaient moins de rapports et on éprouvait à un
moindre degré la nécessité de les distinguer. Néanmoins, les
particuliers et les administrations ajoutaient fréquemment au
nom de la paroisse une sorte de surnom, qui était tantôt une
épithète, tantôt un ancien nom et tantôt une indication d'ordre
géographique : *Saint-Pardon* s'est appelé *Saint-Pardon-de-
Conque; Saint-André*, dans le canton de Sainte-Foy, s'est appelé
Saint-André-de-Cabauze; Saint-Magne, dans le canton de Belin,
s'est appelé très anciennement *Saint-Magne-de-Peire;* tandis que
le *Saint-Magne* du canton de Castillon s'est appelé *Saint-Magne-
de-Castillon; Saint-Paul* en Blayais s'est appelé *Saint-Paul-de-
Mesaudac* ou *de Mesondat; Saint-Seurin* du canton de Bourg
s'est appelé *Saint-Seurin-de-Coubeyras* ou peut-être *Saint-Seurin-
des-Arbres*. De ces vieux noms, quelques-uns ont survécu dans
l'usage : tel *Saint-Léger-Du-Balson*, près Villandraut; d'autres
ont été changés : *Saint-Romain-de-Boursas* a été troqué

contre *Saint-Romain-la-Virvée*, du nom du joli ruisseau voisin. Je crois bien que *Saint-Laurent-de-Meirins* a précédé *Saint-Laurent-Des-Combes;* à *Saint-Sauveur-de-Puy-Réial* (Montagne royale) ou de *Puyrobaud (?)*, on a substitué *Saint-Sauveur-de-Puynormand.*

Les indications d'ordre géographique peuvent faire connaître une particularité de l'emplacement occupé par les villages : *Saint-Michel-de-La-Pouyade*, près La Réole, est sur une hauteur et *Saint-Martin-de-La-Caussade*, près Blaye, est à proximité d'une voie romaine, *calceata, caussade, chaussée.*

Le nom du cours d'eau qui coule à proximité sert fréquemment à compléter le nom des villages. Dans le pays, on unit volontiers l'un à l'autre ces deux noms par la préposition *de : Saint-Romain-de-Vignague* et *Saint-Léger-de-Vignague* sont arrosés par la Vignague; *Listrac-de-Durèze*, par la Durèze, etc. Cette habitude prête à l'équivoque : il faut être prévenu pour comprendre que *Saint-Antoine-de-l'Ile* est ainsi dénommé parce qu'il est placé sur la rivière de l'Isle, et plusieurs seront tentés de chercher dans le département de la Dordogne la commune appelée *Civrac-de-Dordogne.*

Le plus ordinairement, l'indication complémentaire consiste en l'énoncé d'une ville. Autrefois, c'était la ville dans le ressort judiciaire ou dans la seigneurie de laquelle se trouvait la localité, et on disait plutôt : *en. Saint-Laurent-en-Lamarque* est *Saint-Laurent-de-Médoc*, qui ressortissait à la juridiction de Lamarque; *Saint-Vivien-en-Esparre* était compris dans la juridiction de Lesparre; *Saint-Christoly-en-Castillon-de-Médoc* tirait son nom du château de Castillon, chef-lieu d'une seigneurie à laquelle Baurein a consacré une de ses monographies; *Saint-Michel-en-Landiras* est *Saint-Michel-de-Rieufret; Tizac-en-Curton, Villeneuve-en-Rions* étaient respectivement dans l'*honneur* de Curton et de Rions.

On a dit aussi : *de. Saint-Seurin-de-Puynormand* (aujourd'hui *Saint-Seurin-de-l'Isle*); *Saint-Georges-de-Puynormand (Saint-Georges-de-Montagne)* ; *Saint-Denis-de-Puynormand (Saint-Denis-de-Pile)*. *Loupiac-de-Blaignac* et *Saint-Aubin-de-Blaignac* dépendaient du château de Blaignac, qui domine de si imposante façon le cours de la Dordogne, dans la commune de Cabara.

Quelques communes enfin, donnant aux individus un exemple trop peu suivi, ont renoncé à la particule, pour s'appeler simplement : *Saint-Ciers-Lalande, Saint-Palais-Lalande,* au lieu de *Saint-Ciers-de-Lalande, Saint-Palais-de-Lalande.*

Le pays était fractionné en circonscriptions, dont le nom n'est plus toujours exactement compris : le *Rioncès* a disparu ; du *Barès,* il subsiste un souvenir dans le nom d'*Ambarès,* anciennement *en Barès.* Je crois bien que *Marsas* est une corruption de *Marsanès :* la paroisse était dite, au XIIIᵉ siècle, *Saint-Genès-de-Marsanès.* Enfin, *Saint-Médard-en-Jalle* ne signifie rien ; le vrai nom est *Saint-Médard-en-Jallès, in Jallesio,* disent de vieux manuscrits.

Par contre, on a créé bien mal à propos un pays nouveau, en coupant en deux le nom du *castrum Andorte, Castets-en-Dorthe.* « *Chateau d'Andorte lez Saint-Machari,* » porte une charte du XIVᵉ siècle.

Notons également que *Castelmoron-d'Albret* est dans l'arrondissement de La Réole, et non pas dans l'étendue territoriale du duché d'Albret.

De nos jours, certaines communes prétendent au droit d'ajouter à leur nom celui du chef-lieu de canton, ou bien celui d'une commune voisine plus connue ; *Fronsac* s'est ainsi trouvé parrain malgré lui d'un certain nombre de communes du canton : *Lalande-de-Fronsac, Saint-Genès-de-Fronsac, Saint-Michel-de-Fronsac,* dont les vrais noms sont plutôt *Lalande-de-Cubzac, Saint-Genès-de-Queuil, Saint-Michel-de-La-Rivière.* Il est à peine utile d'ajouter que l'histoire et la philologie ne sont pour rien dans ces changements ; il s'agit de marques de barriques, et rien de plus.

D'autres adjonctions sont encore des réclames : *Soulac-sur-Mer, Naujac-sur-Mer, Andernos-les-Bains,* et même *Cours-les-Bains. Cours-les-Bains* ne sera plus confondu avec d'autres *Cours,* qui ne sont pas stations thermales ; mais *Soulac, Naujac* et *Andernos* sont seuls à porter leurs noms en France, et pas n'était besoin d'allonger ces noms d'une précision tout à fait inutile. *La Sauve-Majeure* s'est raccourcie modestement en *La Sauve,* tandis que *Castillon-sur-Dordogne* a tenté de mettre à son nom un panache : *Castillon-la-Bataille.*

Maintenant que nous savons comment se sont constitués les noms officiels des communes, il nous reste à nous faire une règle pour les reviser.

En premier lieu, on ne peut pas songer à restaurer les formes anciennes uniquement parce qu'elles sont anciennes : ce principe nous conduirait à chercher la forme primitive, ce qui donnerait lieu à bien des problèmes insolubles ; dans la pratique, il entraînerait une confusion inexprimable ; on ne pourrait plus s'entendre, et les employés des Postes, pour retrouver les sous-préfets de *Vasates, Squirs* ou *Regula, Sparra, Foserat* ou *Liburnia,* devraient avoir suivi les cours de M. Longnon ou de M. d'Arbois de Jubainville. Tout cela est une chimère, et bien ridicule. Nous accepterons donc l'évolution des noms de lieu ; nous admettrons que la toponomastique, comme la langue, comme toute chose ici-bas, est soumise à une transformation, contre laquelle les règlements seraient d'ailleurs impuissants.

En conséquence, nous nous efforcerons de déterminer, pour chaque nom, à quel point en est cette évolution. Mais l'exécution de ce programme, l'application de cette première règle soulève bien des difficultés.

En théorie, quel critérium choisir et à quoi reconnaître le nom véritable? Légalement, nous devrions nous reporter au tableau du dernier dénombrement quinquennal ; mais ici cette ressource nous manque, puisqu'il s'agit précisément de retoucher le tableau en question. Il ne nous reste donc que l'usage, et spécialement l'usage local.

Voici un exemple : il existe dans la banlieue de Bordeaux une commune qui figure dans le tableau de la population imprimé au *Recueil des actes administratifs* de 1902, page 223, sous la forme *Le Haillan ;* les textes anciens portent *Haillan,* et les habitants de la commune et des communes limitrophes disent de même : « Je vais à Haillan ; je viens de Haillan. » De toute évidence, le nom véritable est et le nom officiel doit être *Haillan*.

Par malheur, les cas ne sont pas toujours aussi simples. Même s'il était possible de procéder sur place à une enquête dans les diverses communes, la besogne serait malaisée. La centralisation a si fortement pénétré le pays que les traditions anciennes sont fortement entamées; nos paysans ont adopté, pour un certain nombre de noms, la forme française. Quand ils disent *La Trène*, comment savoir s'ils ne prononcent pas à la française? Et même quand ils disent *La Tresne*, avec *s*, à quel signe reconnaître s'ils ne s'inspirent pas de l'orthographe officielle?

Supposons cependant connu et fixé le nom de chaque commune; il peut y avoir plusieurs manières d'en noter les sons sur le papier, plusieurs façons de l'écrire. Pour faire un choix entre ces orthographes, nous ne pouvons plus compter sur l'usage local : il n'y a pas d'usage en ces matières en dehors des règles officielles. L'illettré peut conserver inconsciemment les vieux vocables; l'homme qui lit et qui écrit subit l'influence extérieure et reproduit pour les noms l'orthographe à la mode. Force nous est de recourir à l'étymologie et de nous arrêter à l'orthographe qui se rapproche le mieux de la forme originelle : *Castets-en-Dorthe*, *Pleine-Selve* redeviendraient *Castets-Andorte*, *Plaine-Selve*, etc.; *Thoumeyragues*, *Ordonnac* et autres seraient nettoyés des impuretés orthographiques dont ils sont encrassés.

Enfin, il est utile de recueillir les appellations complémentaires permettant de distinguer les localités qui ont le même nom fondamental.

Ce sont là, en vérité, de simples constatations, non des changements. Et néanmoins cette modeste réforme n'ira pas vraisemblablement sans protestation.

Si on plaçait un accent sur l'*e* de *Jalles*, dans *Saint-Médard-en-Jalles*, cet accent courrait le risque d'être déféré au Conseil d'État, et un employé d'une de nos grandes administrations, à qui je confiais mon projet d'écrire *La Trène*, s'est récrié sur mon audace : Saint-Médard, La Tresne sont, paraît-il, trop grandes villes pour qu'on puisse toucher à leur nom. L'objection est-elle fondée? Est-il, dans les communes, deux catégories : l'une où les noms officiels sont intangibles, l'autre où ces mêmes noms peuvent être modifiés? Si oui, souhaitons que ces considérations ne fassent pas échouer la revision projetée.

Lorsque la loi municipale de 1884 vint en discussion devant le Sénat, un orateur émit l'idée que les noms des communes constituent pour elles une propriété véritable. Ils sont, en effet, un *bien;* ils font partie de cet héritage de souvenirs que la France d'aujourd'hui a reçu de la France d'autrefois et dont elle est comptable envers la France de demain. Et la tentative est infiniment louable de défendre contre la banalité la physionomie de ces noms, qui est une parcelle du patrimoine national.

Du chiffre des fortunes au moyen âge.

Nous possédons un très petit nombre de renseignements sur l'évaluation des fortunes du moyen âge. Les documents nous renseignent plutôt sur la superficie des domaines; ils disent rarement ce que le patrimoine valait *in globo,* immeubles et meubles.

Un registre du XIVᵉ siècle gardé à la mairie de Luz (Hautes-Pyrénées) renferme des indications sur la fortune d'un certain nombre d'habitants. La vallée de Barèges était en procès avec les Hospitaliers de Gavarnie, au sujet de pacages. Pendant le premier semestre de 1356, il fut procédé à une enquête, et chaque témoin, à l'exception des ecclésiastiques, des religieux et de quelques personnages, comme le bayle, fut invité à déclarer « quantum habundat in bonis », ce qu'il avait de biens. Peut-être les enquêteurs désiraient-ils savoir dans quelle mesure le témoin était intéressé au gain du procès, ne fût-ce que pour le paiement des frais, qui pouvaient être répartis entre les propriétaires au prorata de leurs ressources. Je crois plutôt que la force probante du témoignage était, jusqu'à un certain point, proportionnée à la richesse du témoin. Dans une autre ville pyrénéenne, Puycerda, à la fin du XIIᵉ siècle, l'habitant possesseur de 1,000 sous et plus était cru sur serment dans les procès dont l'objet ne dépassait pas 100 sous.

Une pareille règle n'était guère démocratique ; elle froisse notre sentiment de l'égalité et de la dignité humaine. Il n'est peut-être pas impossible de l'expliquer, sinon de la justifier : la misère est mauvaise conseillère et, dans telles contrées pauvres, on trouve parmi les malheureux, torturés par la faim ou le dénuement, autant de faux témoins que l'on veut.

J'assistai un jour, dans un pays de montagne, à un jugement qui mettait aux prises un riche propriétaire et un de ses voisins.

L'audience se tenait en plein air, sur le terrain du litige, et la population était accourue. Lorsque déposaient certains témoins cités par le plaideur opulent, l'assistance accueillait leurs mensonges les plus flagrants par un murmure d'énergique réprobation.

Là est, sans doute, la raison pour laquelle il fut demandé aux témoins de 1356 à quel chiffre montait leur avoir.

Les intéressés répondaient en énonçant une somme d'écus d'or ou bien de petits tournois, qui étaient une monnaie d'argent.

L'écu d'or de la dernière émission valait, d'après Natalis de Wailly, 11 fr. 71, et la valeur de la livre tournois, déduite du cours légal de l'or combiné avec le cours légal de l'argent, était, au dire du même auteur, de 10 fr. 72.

Ce sont là, qu'on veuille bien ne pas l'oublier, des valeurs absolues, qui expriment ce que vaudrait aujourd'hui, après monnayage, le poids de métal légalement renfermé dans les monnaies dont il s'agit. Si on veut connaître la valeur relative, qui représente le pouvoir d'achat des mêmes monnaies, il faut multiplier ces chiffres par un coefficient que M. d'Avenel a fixé approximativement à 3.

Cela étant, voici les réponses que j'ai relevées :

	Valeurs énoncées dans le texte	Valeur absolue	Valeur relative
Pierre Destrade, de Sazos. . .	6o l. tourn.	643 fr.	1,929 fr.
Pierre Bergonhon, de Luz . .	95 l. tourn.	1,018 fr.	3,054 fr.
Arnaud-Guillaume de Casals, de Sère	100 l. tourn.	1,072 fr.	3,216 fr.
Raimond de Puyol, de Sassis.	100 l. tourn.	1,072 fr.	3,216 fr.
Guillaume Vinhal, de Luz . .	100 l. tourn.	1,072 fr.	3,216 fr.
Eudes de Cortade, d'Esquièze.	200 l. tourn.	2,144 fr.	6,432 fr.
Raimond Cortade, de Luz . .	200 l. tourn.	2,144 fr.	6,432 fr.
Arnaud Ramond, domicilié à Belpouey	200 l. tourn. et plus	2,144 fr.	6,432 fr.
Guillaume de Nouguier, de Sassis	200 l. tourn. et plus	2,144 fr.	6,432 fr.
Fortaner de Laporte, d'Esterre(?)	300 l. tourn.	3,216 fr.	9,648 fr.
Jean de Soville, damoiseau, domicilié à Luz, châtelain de Barèges	300 l. tourn.	3,216 fr.	9,648 fr.

	Valeurs énoncées dans le texte	Valeur absolue	Valeur relative
Raimond de Superbie, de Luz .	3oo écus d'or et plus	3,5I3 fr.	10,539 fr.
Pierre Dezverdiers, de Luz . .	3oo écus d'or et plus	3,5I3 fr.	10,539 fr.
Arnaud Masco, de Luz. . . .	4oo l. tourn.	4,288 fr.	12,864 fr.
Guillaume d'en Guillem, de Barèges	1,000 l. tourn.	10,720 fr.	32,160 fr.
Raimond de Capdeville, de Villenave	1,000 l. tourn.	10,720 fr.	32,160 fr.

Les témoins étaient apparemment des notables, et les fortunes dont les chiffres viennent d'être indiqués devaient être supérieures à la moyenne. Or, ils sont loin d'être élevés. Ce damoiseau, châtelain de Barèges, ferait aujourd'hui dans le monde, avec ses 10,000 francs, assez triste figure.

Une telle constatation confirme le peu que nous savons en ces matières. Dans une bourgade du Roussillon que Mérimée a rendue célèbre, à Ille, en 1297, on cessait d'être classé dans le bas peuple quand on possédait plus de 500 sous. Le sou catalan, payé en argent, représentait un poids de métal qui équivaut, dans notre système monétaire actuel, à o fr. 82. C'est dire que, pour être réputé *bourgeois* à Ille, dans les dernières années du XIIIe siècle, il suffisait d'avoir 410 francs, valeur absolue.

De ce phénomène, les causes sont multiples; on me permettra d'en signaler une. La richesse consistait surtout en biens-fonds, et la terre n'est pas un objet immédiat de jouissance; elle vaut par les récoltes, que l'insécurité des temps rendait aléatoires. Aujourd'hui, grâce à la paix sociale et à la facilité des transports, le propriétaire foncier tire un meilleur parti du sol. Le *pagès* d'Ille laisse mûrir, sans crainte de la *mala gent*, ses pêches succulentes, que le chemin de fer portera sur les marchés lointains. Et c'est pourquoi, malgré la *mévente des vins*, 410 francs ne représentent plus une fortune; c'est à peine, dans la corbeille des brunes héritières, le prix de quelques *escoffions*.

La nef de la Cathédrale Saint-André

(EXAMEN D'UN TRAVAIL RÉCENT).

En 1903, à l'occasion du Congrès des Sociétés savantes, je publiai dans la *Revue Philomathique de Bordeaux* une note sur les voûtes primitives de la cathédrale Saint-André de Bordeaux et sur le rang probable que ces voûtes occupaient parmi les voûtes dites angevines. A cet article, mon confrère et ami M. Berthelé vient de consacrer quelques pages de critique dans un récent volume de *Mélanges*[1]. Cette critique est-elle décisive? Je ne le pense pas. Toutefois, certains arguments méritent d'être examinés de près, d'autant plus que l'autorité de M. Berthelé est grande dès qu'il s'agit des voûtes de système angevin. L'analyse qu'il a donnée de ce mode de voûtement (*L'architecture Plantagenet*, dans *Recherches pour servir à l'histoire des arts en Poitou*, p. 111-160) est restée classique. C'est une bonne fortune pour les Bordelais de connaître l'opinion de mon confrère sur le problème que j'avais soulevé sans prétendre le résoudre définitivement, et je suis assuré d'être leur interprète en remerciant M. Berthelé de l'autorisation qu'il m'a aimablement envoyée de reproduire ici ce chapitre de ses *Mélanges* :

Dans son article intitulé : *Notes archéologiques, la Nef de la cathédrale Saint-André* (Bordeaux, impr. Gounouilhou, 1903, in-8° de 8 p., extrait de la *Revue Philomathique de Bordeaux et du Sud-Ouest*, 6ᵉ année, n° 4, 1ᵉʳ avril 1903, pp. 167 à 175), M. J.-A. Brutails a émis l'opinion que la nef de la dite cathédrale[2] — dont « les voûtes

---

1. Joseph Berthelé, *Mélanges*, Montpellier, 1906, p. 517-522.
2. « La nef de Saint-André à Bordeaux, commencée en 1252, suivant le plan d'une église à coupoles, modifiée et enfin couronnée par des voûtes sur croisée d'ogives. » (Ed. Corroyer, *L'Architecture gothique*, p. 14.) — « Aucun document ne nous fait connaître l'âge de cette nef. » (Brutails, *op. cit.*, p. 6.) (**A**)

du xII° siècle ont entièrement disparu » — avait été recouverte « *d'une voûte angevine ou Plantagenet,* de plan carré, sur croisée d'ogives et bombée à la clef» (p. 6).

« L'hypothèse » apparaît ingénieuse.

Est-elle réellement fondée? Ou bien dépasse-t-elle la mesure de l'ingénieux et de l'hypothétique? — Pour notre part, il ne nous sera possible d'avoir une opinion ferme à ce sujet qu'après examen personnel du monument. Mais d'ores et déjà notre sentiment ne serait nullement défavorable.

Si l'argumentation de M. Brutails n'est point de celles qui imposent la conviction, en revanche sa manière de voir ne présente théoriquement rien d'invraisemblable, et il nous semble parfaitement permis de l'accepter provisoirement, sous bénéfice d'une vérification critique ultérieure.

Mais notre savant confrère et ami ne s'est point borné à exercer sa sagacité sur ce problème particulier, bien délimité, de la nature des voûtes de la nef de Saint-André de Bordeaux au xII° siècle. Il s'est de suite placé à un point de vue plus large, — beaucoup plus large, — et cette restitution hypothétique est devenue pour lui le point de départ d'une théorie, dont la portée générale est considérable, et qui ne tend à rien moins qu'à renverser ce qui a été accepté jusqu'ici par tous les archéologues sur le pays d'origine de l'architecture Plantagenet.

Après avoir écarté d'un tour de main l'opinion qui voit en Anjou, *antérieurement à 1150,* un type de voûte *de transition* entre la *coupole* romane dite byzantine et la *voûte dômicale gothique* définitivement constituée (**B**), — et avoir du même coup renvoyé chronologiquement les spécimens de ce type *après* [la nef de] « la cathédrale Saint-Maurice d'Angers, qui passe pour *la plus ancienne* église subsistant du style Plantagenet [et qui] fut voûtée... *entre 1150 et 1153* » (p. 6-7), M. Brutails affirme, avec deux photographies comparatives à l'appui[1], que « les chapiteaux de... Saint-André [de Bordeaux], plus romans, et les bases, moins aplaties, décèlent une origine sensiblement plus reculée que les chapiteaux et les bases de la cathédrale d'Angers » (p. 7-8).

Et il conclut que l'architecture Plantagenet n'est pas sortie de l'Anjou, mais de l'Aquitaine, — que « cette priorité de Saint-André... répond à tout ce que l'on sait du Bordeaux de l'école romane, » — et que l'« on ne saurait s'étonner d'y trouver *le prototype des églises angevines* » (p. 8).

Cette conclusion est étayée, d'autre part, sur les considérations suivantes :

« Si l'on prend la peine de réfléchir, l'antériorité de Saint-André n'a

[1]. « On sait que la comparaison des caractères et surtout des profils de la mouluration permet de dater, dans une certaine mesure, les monuments du Moyen-Age. » (Brutails, *op. cit.,* p. 6.)

rien que de très naturel : le style Plantagenet est une fusion de l'architecture à coupoles et de l'architecture gothique : la première florissait dans nos contrées, Angoumois, Périgord, Bordelais, et son rayonnement a été presque nul ; la seconde, originaire de l'Ile-de-France, était animée d'une force d'expansion merveilleuse. Il est rationnel que les deux styles se soient combinés sur le territoire de la coupole, et non pas dans l'Anjou, qui ne fit des coupoles qu'à titre exceptionnel, et surtout au nord de la Loire, où les coupoles sont absolument inconnues.

» Précisément, le siège métropolitain de Bordeaux fut occupé de 1136 à 1158 par un archevêque, Geoffroi de Loroux, qui entretenait un commerce d'amitié avec Suger, et Suger fit plus que personne pour fixer la formule de l'art gothique. On s'explique fort bien que Geoffroi ait adapté au type local des églises la croisée d'ogives dont son illustre ami avait fait à Saint-Denis, en 1140-1144, une application aussitôt célèbre » (p. 8) (C).

Les relations amicales de Geoffroi de Loroux avec Suger ne paraissent pas douteuses, — quoiqu'il ne faille pas exagérer la portée des formules : *amantissimo suo domino Sugerio, carissimo domino suo Sugerio, reverendo et in Christo carissimo suo Sugerio, carissimo suo et merito reverendo domino Sugerio, reverentissimo domino et merito diligendo Sugerio,* par lesquelles débutent les cinq lettres administratives de Geoffroi de Loroux à Suger, qui nous ont été conservées [1].

Il s'ensuit que l'archevêque de Bordeaux a pu être, au moins autant, si ce n'est plus, que d'autres de ses confrères en épiscopat, au courant des travaux d'architecture exécutés à Saint-Denis, — et, par conséquent, il n'y aurait rien d'extraordinaire à ce que, dans les travaux de sa cathédrale Saint-André, il ait encouragé l'usage de la croisée d'ogives de l'Ile-de-France.

Mais il ne faudrait pas oublier que si Geoffroi de Loroux connaissait Suger, il connaissait aussi l'Anjou, — et, en Anjou, une certaine abbaye qui paraît bien avoir joué un rôle considérable dans l'histoire architecturale du XIIᵉ siècle : l'abbaye de Fontevrault.

Dans les cinq lettres susdites de Geoffroi de Loroux à Suger, il est deux fois question de Fontevrault :

1º en 1149, « ... Oportuit nos descendere... usque Lemovicas. Inde vero, pro necessitate ecclesiæ Fontis-Ebraldi, usque ad illam descendimus. » (*Hist. des Gaules et de la France,* t. XV, p. 514) ;
2º en 1150, « ... Vocatus a vobis ad conventum Carnotensem,... ad hunc

---

1. Voir ces cinq lettres dans le *Recueil des historiens des Gaules et de la France,* t. XV, nouv. édit. (Léop. Delisle), pp. 514-515 et 524-525. — Cf. Lecoy de la Marche, *Œuvres complètes de Suger,* p. 303-304 et 311-312.

sanctum conventum simul cum fratribus nostris coepiscopis veniendi itinere jam suscepto et ex magna parte peracto, Domino disponente, pro insperata infirmitate apud Fontem-Ebraldi oportuit nos remanere » (*Ibid.*, p. 524).

Si Geoffroi de Loroux est venu deux fois à Fontevrault en 1149-1150, il a pu voir, et à Fontevrault même et dans le voisinage, des constructions qui n'étaient pas celles de Suger. De telle sorte que, si la nef de Saint-André de Bordeaux a été réellement recouverte « d'une voûte angevine », il ne serait pas interdit de penser, de supposer qu'au lieu d'imiter Saint-Denis, Geoffroi de Loroux aurait parfaitement pu imiter l'Anjou. Et alors « l'antériorité de Saint-André » deviendrait très problématique, — et, au lieu d'être « le prototype des églises angevines », la cathédrale de Bordeaux pourrait très bien n'en avoir été que la copie (**D**).

M. Brutails estime *rationnel* que la fusion de la coupole et de la croisée d'ogives se soit faite en Aquitaine plutôt qu'en Anjou Il est tout aussi rationnel, et peut-être même plus, de penser le contraire. En Aquitaine (Périgord et Angoumois inclus), on a eu, au xii⁰ siècle, pour le voûtement des églises, des traditions qui sont restées vivaces bien postérieurement à l'invention de la croisée d'ogives. En Anjou, au contraire, de même que dans l'Ile-de-France et en Normandie, aucune tradition de ce genre n'existait, et c'est ce qui a permis le développement si considérable et si rapide, dans le deuxième et le troisième quarts du xii⁰ siècle, d'une part, de la croisée d'ogives pure, d'autre part, de la voûte Plantagenet.

L'Anjou, qui avait, de même que la Touraine, emprunté quelques coupoles à l'Aquitaine, emprunta vers la même époque ou peu après, soit à l'Ile-de-France, soit à la Normandie[1], la croisée d'ogives alors encore dans toute sa nouveauté.

Les architectes angevins, qui venaient d'essayer de la coupole, découvrirent bien vite qu'il était possible, en utilisant certaines particularités de ce dernier mode de voûtement, de perfectionner encore cette croisée d'ogives qui, à elle seule, dans sa primitive simplicité, constituait déjà un si grand progrès. Et tandis que l'Ile-de-France, la Champagne, la Picardie, etc., restèrent en somme fidèles au style de Saint-Denis, l'Anjou développa, jusqu'au maximum possible, le style auquel elle avait si brillamment donné sa marque personnelle.

Cette évolution angevine fut d'autant plus facile, nous le répétons, qu'aucune habitude antérieure n'était là pour l'entraver. Comme l'a très judicieusement fait observer M. Enlart, « les provinces du Nord... n'avaient su... tirer [du style roman] que des résultats médiocres »; et c'est pourquoi elles « l'abandonnèrent »[2] (**E**).

1. Cf. notamment John Bilson, R. de Lasteyrie, Anthyme Saint-Paul et Louis Régnier, dans la *Revue de l'Art Chrétien*, année 1902, pp. 213-214 et 217 à 219.
2. Enlart, *Manuel d'archéologie française*, t. I, p. 438.

Nous avouons n'être pas aussi convaincu que M. Brutails par le caractère *plus roman* des chapiteaux et par le caractère *moins aplati* des bases de Saint-André de Bordeaux. Un argument de ce genre ne peut avoir de portée que lorsqu'il s'agit de deux édifices de la même région, appartenant aux mêmes traditions, — et encore reste-t-il toujours assez suspect. Quand il s'agit de deux édifices, très éloignés l'un de l'autre et que rien, d'autre part, ne signale comme ayant été l'œuvre des mêmes ouvriers, il est prudent de s'abstenir de raisonner de cette façon. — Combien d'exemples ne pourrait-on pas citer, aussi bien pour la sculpture que pour l'architecture, d'édifices *plus romans* que le Saint-Denis de Suger et la nef de la cathédrale d'Angers, et qui leur sont cependant postérieurs ! — Combien de fois la sculpture n'est-elle pas, dans un même édifice, plus ou moins postérieure à la construction ! ! (**F**)

Au total, nous croyons qu'il convient de considérer les arguments d'ordre historique et logique de M. Brutails comme assez peu solides, — et sa conclusion en faveur d'un prototype bordelais de l'architecture angevine, comme très discutable (**G**).

A. Il va de soi que cette date ne saurait s'appliquer aux constructions dont je m'occupe. L'erreur de Corroyer est manifeste.

B. M. Berthelé s'est mépris. Je n'ai point entendu parler des types de transition, mais uniquement de la voûte gothique dômicale pleinement constituée, que l'on est convenu d'appeler *voûte Plantagenet;* or, de ce style Plantagenet, on s'accorde à trouver le premier exemple subsistant à la cathédrale Saint-Maurice d'Angers, au sujet de laquelle M. Berthelé (*Recherches,* p. 118) a écrit les lignes suivantes :

« Nous trouvons la voûte Plantagenet complètement formée à la cathédrale d'Angers entre 1150 et 1153. Les voûtes de la nef de ce monument sont le premier type à date absolument certaine de cette architecture, mais ce ne sont certainement pas les plus anciennes qui aient été construites. Avant elles il y a eu quelque chose. Leur forme est *fixée;* auparavant il y a eu forcément des *tâtonnements.* En tout, on trouve la période d'incubation. »

Ces tâtonnements, cette période d'incubation, je ne les visais pas dans ma phrase; je ne retenais que le type de Saint-Maurice d'Angers, fixé et arrêté. On peut, d'ailleurs, admettre simultanément que ce type a été réalisé pour la première fois à Bordeaux, mais élaboré en d'autres provinces, plus au nord. par exemple dans la région de la Touraine, d'où l'archevêque Geoffroi de Loroux était originaire (*Recueil des historiens des Gaules*, t. XV, p. 592, n. *b*).

C. Aux raisons que j'ai indiquées en faveur de l'antériorité de Saint-André il convient d'en ajouter une : ces voûtes couvraient une largeur excessive et elles sont tombées de bonne heure. Ce fait semble bien dénoter une inexpérience, une connaissance insuffisante des formules gothiques. A l'origine de l'époque romane, les constructeurs élevèrent des églises voûtées qui croulèrent en foule. Il est naturel de penser que les premiers architectes gothiques se livrèrent pareillement à des essais téméraires et malheureux : l'un de ces essais serait la nef de notre cathédrale bordelaise.

D. Ce passage est le plus important du chapitre, à beaucoup près. Par malheur, M. Berthelé n'a pas précisé ni développé sa pensée autant qu'il aurait été désirable pour donner à cet argument toute sa force. Essayons de compléter son exposé un peu trop sommaire.

L'évolution de la voûte Plantagenet comprendrait trois périodes : 1° coupoles sans pendentifs distincts, dans lesquelles la calotte continue la courbe des pendentifs ; 2° coupoles de même forme, renforcées par des nervures, par des ogives ; 3° enfin, voûte sur croisée d'ogives, qui retient de la coupole non pas l'appareil, mais le bombement : c'est la voûte dômicale de Saint-Maurice d'Angers.

De ces trois états successifs deux sont représentés à Fontevrault : le carré du transept est couvert d'une coupole à pendentifs non distincts, et, parmi les spécimens de croisées d'ogives bombées, M. Berthelé (p. 126) cite « deux des églises secondaires de l'ancienne abbaye de Fontevrault : Saint-Lazare, qui sert aujourd'hui d'infirmerie, et Saint-Benoît, qui sert de brasserie, l'une et l'autre antérieures peut-être(?) de quelques années à la nef de la cathédrale d'Angers. » On saisit maintenant à quelles voûtes M. Berthelé fait allusion, quand il parle de l'influence que Fontevrault a pu exercer sur Bordeaux et sur Angers.

Son argumentation soulève des objections diverses, et sa théorie sur l'élaboration du style Plantagenet, quelque satisfaisante qu'en soit l'ordonnance, est loin d'être aussi solide qu'elle le paraît. Les coupoles, même les coupoles ordinaires à pendentifs distincts, sont restées en honneur jusque vers la fin du XIIe siècle. La coupole sans pendentifs distincts qui existe à Fontevrault est, suivant Félix de Verneilh (*L'architecture byzantine en France*, p. 279), postérieure à 1150. N'en peut-on pas dire autant des coupoles nervées? Celle de Mouliherne, telle que M. Berthelé nous la décrit (*Recherches*, p. 122-123), avec trois compartiments « presque plans », est l'œuvre d'un maçon maladroit et non pas d'un architecte sachant son métier; il est bien difficile de la faire rentrer dans une case quelconque d'une classification chronologique. En un mot, il est permis de croire que le *processus* de l'évolution est le suivant : d'abord, des coupoles ordinaires; en second lieu, sous l'influence des ogives du Nord, des voûtes dômicales; en troisième lieu, enfin, les coupoles nervées, habituellement placées sous le clocher et construites de façon à ne pas souffrir de la trépidation. Il devient indifférent que l'on place la coupole nue sans pendentifs distincts avant ou après la croisée d'ogives surélevée à la clef.

L'âge des voûtes dômicales de Saint-Lazare et de Saint-Benoît de Fontevrault est l'un des éléments essentiels du problème. On regrettera vivement que M. Berthelé n'ait pas énoncé les raisons qui lui font croire que ces voûtes sont, peut-être, antérieures à celles de Saint-Maurice d'Angers; qu'il n'ait pas comparé, de façon explicite et en détail, Fontevrault avec Angers, d'une part, avec Bordeaux, de l'autre.

Même en admettant que Saint-Lazare et Saint-Benoît soient de quelques années plus vieux que Saint-Maurice, il n'en résulte pas forcément que ces deux églises aient précédé notre Saint-André.

Remarquons, à ce propos, que la date 1150-1153, communément admise pour les voûtes de la nef de la cathédrale Saint-Maurice, n'est pas une date rigoureuse. Nous trouvons là une de ces opinions courantes dont ne se défendent pas assez les archéologues les mieux informés. On sait sur quoi s'appuie cette attribution. Un obituaire parlant de l'évêque Normand de Doué, qui occupa le siège d'Angers depuis 1150 jusqu'à 1153, dit : « De navi ecclesiæ nostræ, trabibus præ vetustate ruinam minantibus ablatis, voluturas lapideas miro effectu ædificare cœpit, in quo opere DCCC libras de suo expendit. » Normand de Doué « cœpit *voluturas* ». Est-ce à dire qu'il commença *les voûtes* elles-mêmes ou seulement qu'il entreprit *les travaux de voûtement?* Ces travaux comprirent d'abord un remaniement des murs latéraux, qui furent renforcés de contreforts plus vigoureux et de piles massives et qui furent surélevés. Or, il suffit de regarder un moment le flanc nord de l'église pour se rendre compte que c'est là une entreprise considérable, qui absorba, et au delà, les trois à quatre années de l'épiscopat de Normand de Doué, même en admettant que celui-ci se mit à l'œuvre immédiatement après sa nomination. Il en résulte, ou bien que ces travaux préparatoires avaient été exécutés en grande partie avant lui, ou bien que les voûtes lui sont postérieures.

Ainsi donc, en ce qui concerne ces voûtes fameuses, dont on fait honneur à Normand de Doué, il est possible qu'elles aient été vaguement prévues par ce prélat et qu'un de ses successeurs en ait arrêté le projet et exécuté la construction.

L'érudit historien de la cathédrale d'Angers, M. de Farcy, à qui j'ai soumis le cas, m'a fourni, avec la plus extrême obligeance, les renseignements les plus précis que l'on puisse réunir sur ce sujet. Autant que j'en puisse juger, la date initiale généralement assignée aux voûtes de Saint-Maurice est beaucoup moins certaine qu'on ne le croit. Il n'est pas interdit de la retarder et de laisser entre les voûtes gothiques de l'Ile-de-France et celles d'Angers une période un peu plus longue pour la transition de l'un à l'autre type.

En résumé, cet argument de M. Berthelé, très sérieux assurément, ne semble pas de nature à renverser ma thèse. Dans tous les cas, tel qu'il est présenté, il ne fait pas brèche, il ne porte pas.

E. Cette critique est moins forte que la précédente. Elle comprend une raison théorique et une raison de fait : la première est exacte ; je ne puis pas en dire autant de la seconde.

En théorie, M. Berthelé estime que les procédés gothiques ont réussi plus aisément dans les provinces où l'architecture romane n'avait produit que de médiocres résultats. J'admettrai d'autant plus aisément cette idée que je l'ai soutenue, depuis longtemps déjà, dans mon livre sur *L'Archéologie du moyen âge et ses méthodes* (p. 164).

En fait, mon confrère allègue que l'Aquitaine avait, au xii° siècle, pour voûter les églises, des traditions qui restèrent longtemps vivaces. Précisons l'objet du débat : il s'agit du Bordelais. Or, en Bordelais, il n'y avait pas, à l'époque romane, de traditions pour le voûtement des églises. Les nefs romanes voûtées sont, dans la Gironde, une exception assez rare, et, à ce point de vue, la terre bordelaise était aussi bien préparée que possible à recevoir utilement la semence gothique.

F. Ces critiques ne sont-elles pas excessives? Que des églises rurales soient en retard sur leur temps, que le synchronisme des progrès en architecture soit une hypothèse plus commode que solide, nul n'est plus que moi disposé à le reconnaître. Mais quand il s'agit de deux cathédrales, de deux villes importantes, qui, après tout, ne sont pas si éloignées l'une de l'autre, la comparaison des sculptures et des moulures est encore l'un des plus sûrs moyens de déterminer les rapports chronologiques des édifices. M. Berthelé en a fait l'un des éléments essentiels de sa classification des voûtes angevines, et il a eu incontestablement raison. La méthode n'est pas rigoureuse, cela est vrai; elle vaut seulement « dans une certaine mesure », ainsi que j'en ai fait l'observation. Mais s'il existe en ces matières des méthodes absolument sûres, je ne les connais point. M. Berthelé, qui me reproche d'avoir employé celle-là, a omis d'indiquer par quoi il faudrait la remplacer.

Le mieux est, sans doute, de se servir des procédés habituels d'investigation, sans s'abuser sur la valeur des résultats qu'ils peuvent donner et sans perdre de vue que la chronologie monumentale est loin de constituer une science exacte.

G. Sur ce point, M. Berthelé et moi sommes pleinement d'accord. Bien loin de prétendre que ma conclusion fût indiscutable, j'ai pris soin d'en souligner le caractère provisoire et incertain : « En l'état actuel de l'archéologie, les problèmes relatifs à l'élaboration de l'architecture gothique ne comportent guère de solution précise définitive. » C'était dire que mon opinion était revisable.

Il me sera permis de constater que les critiques de mon confrère et ami ne l'ont guère entamée. Elle sort même de ce débat, si je ne m'abuse, notablement fortifiée : pour résister à l'examen d'un archéologue aussi complètement instruit de tout ce qui a trait à l'histoire du style Plantagenet, il faut, on en conviendra, que la théorie sur l'origine bordelaise des voûtes angevines renferme autre chose que des vues purement subjectives et des conjectures sans fondement.

A quelle école appartient
l'Architecture religieuse Girondine.

Voilà donc la *Revue historique de Bordeaux* entrée dans la vie.
Mon premier mot sera pour lui souhaiter une longue et utile
existence. Puisse-t-elle produire les résultats que ses fondateurs
se sont promis, répandre dans le public le goût des études
d'histoire, éveiller des vocations d'archéologues et contribuer
à la reconstitution de cette école archéologique bordelaise qui
fut jadis si brillante.

C'étaient, certes, des intelligences d'élite que les frères de
Verneilh, Leo Drouyn, Marionneau et le marquis de Castelnau,
pour ne citer que ces noms. C'étaient aussi de rudes tra-
vailleurs. Ils ont besogné beaucoup et bien. Mais autant il serait
puéril et odieux de méconnaître ce qu'ils ont fait, autant il
serait dangereux de croire qu'il n'y a plus rien à faire. La
tâche est, grâce à leurs labeurs, plus avancée en Bordelais
qu'en d'autres contrées ; elle n'est cependant pas accomplie, —
il s'en faut bien, — et les bonnes volontés trouveront pendant
longtemps à s'employer.

La science archéologique de nos devanciers était, si je ne
m'abuse, sensiblement moins précise que la science des archéologues contemporains. Il y entrait plus de romantisme et de
poésie. Cela est une constatation et non pas un reproche : à
chaque génération suffit sa peine. La génération qui nous a
précédés a créé l'archéologie, elle en a formulé la doctrine ; il
nous appartient de reviser ces théories et, là où il y aura lieu,
de les compléter ou de les modifier. Mais si, dès le premier
jour, l'archéologie s'était présentée sous l'aspect un peu austère
qu'elle a pris depuis, les efforts d'Arcisse de Caumont
n'auraient suscité ni dans l'opinion, ni parmi les pouvoirs
publics, ni même chez ses disciples, l'enthousiasme qui a

produit de si heureux effets. Après la période d'élaboration, la période de critique et de conclusion. C'est dans l'ordre.

Un autre fait qui nous crée des devoirs consiste en ceci que nous sommes mieux outillés, grâce aux progrès de la photographie et des procédés photochimiques. Assurément, le dessinateur connaît mieux un édifice que le photographe : on peut obtenir un excellent cliché sans avoir à peine vu l'objet que l'on photographie, tandis que pour en faire un dessin un peu fini, il faut embrasser cet objet dans l'ensemble et le scruter dans les détails. Nous savons par une lettre tout récemment publiée [1] que Drouyn a passé trois jours pour dessiner d'après nature le porche de Saint-Seurin de Bordeaux, un jour et demi pour la porte d'Haux et autant pour celle de Castelvieil. Il les possédait plus complètement que le photographe qui a dressé sa chambre noire devant ces morceaux d'architecture, a mis au point, impressionné une plaque et, aussitôt après, a continué son voyage. Mais, par contre, combien plus fidèle est l'image photographique, il est inutile de le dire.

Nos monuments bordelais ont eu la bonne fortune d'être reproduits par des dessinateurs et des aquafortistes de grand talent. Jules de Verneilh et Drouyn comptent au nombre des meilleurs parmi les artistes qui se sont occupés du moyen âge; leurs œuvres unissent à un charme réel une conscience et une exactitude rares (pl. I). Il est cependant arrivé à Drouyn lui-même de tomber parfois dans la fantaisie : son œil, quelque pénétrant qu'il fût, ne percevait pas toujours ce qu'une très longue pose permet à l'objectif de saisir avec netteté. Et puis, même dans le dessin le plus sévère, il entre une part d'interprétation.

Drouyn s'en rendait compte, et le dédain avec lequel il traitait la photographie était mêlé d'un peu de dépit et de colère. Viollet-le-Duc, ce prestigieux dessinateur d'architecture, était plus juste quand il parlait des services que la photographie est appelée à rendre [2].

La photographie n'a pas seulement cet avantage d'être plus

1. Dans la *Revue de l'Agenais*, nov.-déc. 1907, p. 542.
2. *Dictionnaire d'architecture*, t. VIII, p. 33.

vraie ; avec la phototypie, la simili et le zinc, elle a rendu facile la reproduction d'un grand nombre d'édifices intéressants qui, sans ces procédés, seraient restés ignorés. Elle a permis des rapprochements et des comparaisons très instructifs. Elle a renouvelé l'information archéologique.

Enfin, pour être complet, il faut ajouter que nos prédécesseurs bordelais n'ont pas tiré des faits qui leur étaient connus tout le parti désirable. L'esprit de synthèse et les idées générales n'étaient pas chez eux à la hauteur des qualités d'analyse. Drouyn a terminé son bel ouvrage sur la *Guienne militaire* sans écrire le chapitre qui en était le corollaire, sans résumer, en une étude d'ensemble, les traits caractéristiques de l'architecture civile et militaire du Bordelais féodal. A plus forte raison il n'a pas donné, il n'a pas tenté le tableau synoptique de l'architecture religieuse.

Voilà, ce me semble, pourquoi il reste à travailler, même après l'œuvre admirable des érudits qui furent, dans notre province, les collaborateurs d'Arcisse de Caumont.

Or, parmi les problèmes qui peuvent être utilement repris, l'un des plus importants a pour objet de chercher à quelle école appartient l'architecture religieuse du Bordelais. Je voudrais aujourd'hui moins en donner la solution qu'en poser les termes.

*
* *

Arcisse de Caumont avait constaté, en étudiant la répartition des formes architecturales, un groupement géographique :

Les monuments normands du xi° et du xii° siècle, comparés à ceux du Poitou, ces derniers comparés à ceux de la Bourgogne et de l'Auvergne, offrent tous des types généraux uniformes, les mêmes principes de construction, mais avec des différences dans la manière dont les ornements sont traités ; ces différences consisteront dans la prédominance de telle ou telle sculpture, dans l'adoption de certaines formes, de certaines combinaisons habituelles dans une province, plus rares ou insolites dans d'autres ; en un mot, dans une multitude de détails qui ne frappent pas toujours au premier abord, mais qu'un œil exercé apprécie bientôt avec un peu d'attention.

... Il faut..., dans la géographie des styles architectoniques et dans l'appréciation des dissemblances que présentent, sous ce rapport, les diverses provinces de France, tenir, avant tout, compte de l'influence des matériaux sur le choix des moulures et sur la manière de les traiter. Mais, après avoir accordé à cette influence toute l'importance qu'elle a eue sur l'état de l'art, il faut aussi reconnaître des écoles diverses, des différences de goût et d'habileté, qui ne peuvent provenir d'aucune autre cause que des traditions d'école [1].

Survint Quicherat. C'était un homme sévère que ce « maître des maîtres ». Il nous effrayait un peu, à l'École des Chartes, tant son visage était autoritaire, et j'imagine que les archéologues même les plus qualifiés n'étaient pas sans le redouter. Quicherat entreprit d'apporter de l'ordre dans l'archéologie monumentale, qu'il jugeait anarchique; il résolut de soumettre les édifices à la hiérarchie la plus étroite. La *géographie des styles* de Caumont laissait échapper quelques types isolés; Quicherat traça un cadre qui renfermerait, pensait-il, tous les types, tous les caractères, disposés par espèces et par genres. Si un pareil principe de classement est applicable aux sciences naturelles, qui s'occupent de faits régis par des lois constantes, il ne saurait être admis par l'archéologie, qui étudie des faits indéfiniment variables. Le projet de Quicherat, pour cette raison et pour quelques autres, était voué à l'insuccès.

Mais il renfermait une idée juste et féconde. On aura été frappé, en lisant plus haut l'exposé de Caumont, de voir combien les caractères qu'il retient pour le classement sont secondaires et superficiels : des sculptures, des moulures, et c'est à peu près tout. Quicherat prenait pour base de sa classification la forme de la maîtresse voûte.

En somme, Caumont avait raison de parler de la géographie des styles et Quicherat, de son côté, avait été on ne peut mieux inspiré en donnant le pas, dans la subordination des caractères, au mode de voûtement. La vérité est dans la fusion des deux systèmes.

*
* *

Il ne semble pas que les archéologues aient pris nettement conscience des principes auxquels ils obéissent en ces matières,

1. *Abécédaire d'archéologie : Architecture religieuse*, 5ᵉ édit., pp. 138-139.

et il en résulte, à mon avis, de la confusion et des tâtonnements qu'il serait possible d'éviter.

Il faut, en premier lieu, se bien pénétrer de cette idée qu'il n'existe pas de caractère essentiel qui ait, pour la classification archéologique, une valeur absolue. La voûte elle-même ne présente qu'une importance relative : bien des églises ne sont pas voûtées; deux églises dont les voûtes sont différentes peuvent être unies, d'ailleurs, par des affinités profondes, et réciproquement. Il est donc indispensable de retenir plusieurs caractères : rapport d'équilibre de la voûte centrale avec les nefs latérales, structure et forme de la première et des secondes, grandes lignes du plan, type des supports, sculpture, etc.

Il faut, en second lieu, se rendre compte qu'un classement, quel qu'il soit, ne peut pas atteindre tous les édifices. La verve créatrice des maîtres d'œuvre était trop diverse, trop fantaisiste aussi parfois, pour qu'on puisse faire entrer toutes ses productions dans un cadre rigide. Nous devons donc prévoir des exceptions, plus ou moins nombreuses, et ce serait peine perdue que de chercher à les éviter.

En troisième lieu, la précision dans la méthode est ici particulièrement nécessaire. Il est, en effet, plusieurs manières de comprendre le classement : étant donné que les édifices d'une contrée présentent des analogies, on peut constituer des groupes géographiques et sacrifier les individus qui, dans ces groupes, font exception; inversement, on peut ranger ensemble, sans tenir compte de leur situation géographique, les types semblables; on peut, enfin, combiner les deux classements, et c'est, en effet, ce qui se pratique d'habitude. Mais voici où le dissentiment commence. Dès l'instant qu'il est question d'écoles régionales, il paraît logique de partager tout le territoire de la France en régions : ces écoles seront plus ou moins originales, elles seront aussi plus ou moins homogènes et comporteront des variétés plus ou moins marquées; mais au total elles comprendront le pays entier. Or, on a proposé naguère, pour l'époque romane, une division d'où seraient exclues certaines contrées, « comme la Champagne, la Bretagne, la basse vallée de la Loire, l'Aquitaine, le Limousin, » et cela pour deux raisons, qui se devinent et qui sont quelque peu contradictoires : on laisse ces contrées en dehors des écoles, les unes parce que leur type d'église est très particulier, les autres parce qu'elles n'ont pas de type propre. Pour les premières, il ne peut pas y avoir d'hésitation : si réellement il est impossible de les englober dans une école voisine, qu'on en fasse des écoles distinctes. En ce qui concerne les secondes, la question est plus délicate : il s'agit de savoir si, en dehors du voûtement et de l'ordonnance générale, on ne trouvera pas, dans la décoration, par exemple, des similitudes permettant de constituer des groupements, des écoles.

L'application de ces principes ne va pas, on le pense bien, sans soulever de nombreuses difficultés. Il était de doctrine courante qu'il existe dans les provinces septentrionales deux grandes écoles : l'école dite du Nord, qui est l'école de l'Ile-de-France, de la Picardie, etc., et l'école de la Normandie et de la Bretagne. Aujourd'hui, des archéologues tentent de réunir ces deux écoles en une seule et de rejeter la Bretagne dans les limbes des pays sans école architecturale. A ce sujet, il est bon d'observer que l'architecture romane de la France comprend deux vastes régions : d'une part, le Sud et le Centre, qui ont couvert leurs nefs centrales de voûtes diverses; de l'autre, le Nord, qui a continué l'usage des simples charpentes. Il en résulte que les provinces septentrionales ne peuvent pas présenter les différences profondes qui proviennent, ailleurs, de la variété des voûtes. Mais nier leur dualité, c'est faire trop bon marché des caractères distinctifs des églises normandes dans le plan du chevet, dans l'alternance des piles, dans la construction en double mur des parties hautes, dans la multiplicité des lignes, dans le choix des motifs de décoration, etc.

*
* *

La combinaison du classement logique avec le classement géographique, la dissémination, dans les groupes régionaux, d'églises étrangères à ces groupes et pareilles entre elles, tout cela complique singulièrement le problème. On s'entend sur l'existence de certaines écoles monastiques, dont la plus répandue et la mieux définie est l'école cistercienne : les moines de Cîteaux ont semé dans l'Europe occidentale quantité d'églises qui se ressemblent étroitement.

Faut-il aller plus loin? Faut-il admettre une école périgourdine, comprenant les églises couvertes de files de coupoles sur pendentifs? Peut-être, parce que ces églises forment un groupe assez compact et, d'ailleurs, suffisamment homogène; bien que ce type se superpose à un style antérieur et qu'il coexiste avec ce dernier, il occupe une aire géographique assez bien délimitée pour qu'il soit question d'une école régionale.

Faut-il admettre cette autre école, « répandue un peu partout, et qui a employé pour ses voûtes des berceaux transversaux »? Assurément non; dans l'emploi des berceaux transversaux il s'agit d'un procédé de construction, et non pas d'une école : les églises ainsi voûtées peuvent être, au surplus, très dissemblables; Tournus (Saône-et-Loire) n'est pas de la même famille que Lescar (Basses-Pyrénées).

Faut-il enfin faire une place, dans la répartition territoriale de la France architecturale romane, à l'école lombarde? Pas davantage. Que les migrations des *Comacini* aient exercé dans certaines provinces, comme le Roussillon, une influence appréciable, c'est un fait très curieux : on leur doit, sur le littoral méditerranéen, des arcatures lombardes en quantité, quelques arcs plus épais à la clef, quelques absides à galerie extérieure, quelques portes accostées de lions, des clochers, etc.; mais, sauf de très rares exceptions, l'édifice est de type local. En Roussillon, je ne crois pas qu'aucune église soit lombarde : elles ressortissent à l'école provençale.

En résumé, on peut penser que la France de 1100 environ se partage entre huit grandes écoles régionales : école du Nord, école Normande, école Rhénane, école Bourguignonne, école Auvergnate, école Poitevine, école Provençale, école d'Aquitaine, auxquelles il est permis d'ajouter l'école Périgourdine des églises à coupoles. Il importe, d'ailleurs, de se bien garder de toute illusion sur la valeur objective de ce classement et sur l'homogénéité des écoles : elles ont moins des règles que des tendances et, à la périphérie de chacune d'elles, ces tendances, moins accusées qu'au centre, se mêlent et se fondent.

***

Cela étant posé, à quelle école rattacher les églises romanes construites dans le département actuel de la Gironde?

Débarrassons d'abord la question de la difficulté relative aux écoles monastiques. Les Bénédictins ont élevé dans le pays de belles églises; les Clunistes ont fondé dans le diocèse de Bordeaux : Sainte-Croix, La Sauve, Saint-Sauveur de Blaye, Guîtres, et dans le diocèse de Bazas : Blasimon, Saint-Ferme, le prieuré de La Réole, enfin Le Rivet, qui passa aux Cisterciens; ceux-ci ont fondé dans le diocèse de Bordeaux : Faize et Bonlieu (Carbon-Blanc), et dans le diocèse de Bazas : Font-Guillem (commune de Masseilles).

Certaines de ces églises ont une ampleur remarquable; parmi celles qui subsistent, aucune ne représente un type d'importation, constitué en dehors de notre contrée.

Nous savons par les textes que des monastères de provinces éloignées ont essaimé chez nous : l'abbaye de Conques a créé Sainte-Foy-la-Grande et a presque sûrement envoyé à Esclottes, sur les confins de la Gironde et du Lot-et-Garonne, un moine architecte chargé de faire l'église[1]. Pas plus à Esclottes qu'à Sainte-Foy, je ne pense pas que rien décèle l'origine des constructions subsistantes.

Les seuls ordres qui aient, dans nos pays, bâti suivant une formule originale leurs églises conventuelles, sont les Hospitaliers et les Templiers. Ces églises-là se reconnaissent à première vue : ce sont des édifices rectangulaires, à chevet plat percé de trois fenêtres, à contreforts de faible saillie; la nef unique est tantôt couverte d'une charpente et tantôt d'un berceau sur doubleaux, qui, eux-mêmes, retombent sur des colonnes engagées; l'appareil est soigné; à l'extérieur, les murs de flanc portent à mi-hauteur une série de corbeaux,

1. Abbé BOUILLET, *Antiquaires de France*, 1892, p. 121-122; DESJARDINS, *Cartulaire de Conques, Introduction*, p. XCVIII.

qui recevaient la poutre faîtière du toit en appentis des logis[1].

Les moines ont fait beaucoup, chez nous comme ailleurs, pour les progrès de l'architecture : on leur doit les plus belles églises romanes de la Gironde; mais ils ont bâti conformément au programme et aux formules de l'école locale.

Il reste à savoir quelle était cette école, et la réponse est malaisée : nous sommes sur les confins de deux écoles, école du Poitou, école d'Aquitaine ou du Languedoc; nos monuments ne ressemblent pleinement ni à l'une ni à l'autre, parce qu'ils sont éloignés du centre de l'une et de l'autre, et, de plus, l'une de ces deux écoles, l'école d'Aquitaine ou du Languedoc, a une physionomie vague et des traits mal accusés. Elle existe surtout comme école de sculpture, et son foyer est à Toulouse. La sculpture toulousaine a-t-elle rayonné jusque sur le sol girondin? On doit l'affirmer *a priori* si l'on admet que son action s'est étendue à l'école poitevine[2]. En fait, M. André Michel a saisi le lien ténu qui rattache à la sculpture de Saint-Étienne de Toulouse celle de La Sauve[3]; or, la puissante abbaye de La Sauve a exercé autour d'elle une influence que Leo Drouyn avait constatée à diverses reprises[4]. Peut-être même cet excellent archéologue l'avait-il exagérée quelque peu : il voyait une preuve de cette influence dans les volutes saillantes placées sous l'angle du tailloir, qui sont, d'après M. André Michel, l'un des signes de la sculpture toulousaine. Au surplus, il est possible de concilier les deux opinions : il se peut que La Sauve ait été en Bordelais l'agent propagateur de l'école du Languedoc.

*
* *

L'empreinte de l'école du Poitou sur le Bordelais est plus profonde. Cette école du Poitou se divise en sous-écoles,

1. Cf. la description, à peu près pareille, donnée par le baron H. DE MARQUESSAC, dans *Les Hospitaliers de Saint-Jean de Jérusalem en Guyenne*, p. 78.

2. Anthyme SAINT-PAUL, dans l'*Encyclopédie d'architecture* de Planat, au mot *Poitevine (École)*, t. VI, p. 225.

3. *Histoire de l'Art*, t. I, p. 626 et p. 647.

4. *Congrès scientifique*, 28ᵉ section, t. II, p. 270 ; *Notes archéologiques*, extraites du *Compte rendu des travaux de la Commission des monuments historiques de la Gironde*, 1845, p. 15; surtout, *Actes de l'Académie de Bordeaux*, 1852, p. 437 et suivantes.

Poitou proprement dit, Angoumois, Saintonge. Voici de l'en-semble les caractéristiques les plus saillantes.

Églises à trois nefs : plan avec déambulatoire et chapelles rayonnantes ; nef centrale voûtée d'un berceau sur doubleaux, contre-buté par les voûtes latérales, qui sont d'arêtes ou, elles-mêmes, en berceau à doubleaux ; piliers d'un dessin un peu compliqué durant le XIIᵉ siècle. Églises à une nef de la région saintongeaise : chœur allongé, précédé d'un avant-chœur qui porte clocher et qui, suivant la remarque de M. Musset, évoque l'idée d'un carré de transept dépourvu de croisillons [1]. Églises à une ou à trois nefs indistinctement : fenêtres quel-quefois garnies de clôtures en pierre ajourée ; décoration extérieure souvent exubérante ; profusion des colonnes engagées et emploi des colonnettes faites au tour ; ordonnance de la façade, qui, à partir de Ruffec en allant vers le Midi, est à deux étages : en bas, trois arcades, celle du milieu abritant la porte ; au-dessus, une arcature aveugle [2]. Rappelons, enfin, d'un mot, la luxuriante floraison de sculpture qui couvre les vous-sures des portes saintongeaises.

La Gironde n'a qu'un nombre extrêmement restreint d'églises romanes à trois nefs : j'en connais deux au total, Soulac et Vertheuil ; La Sauve, ayant sa grande nef voûtée sur croisées d'ogives, ne saurait être considérée comme une construction romane [3]. Or, à Vertheuil comme à Soulac, la nef était voûtée d'un berceau sur doubleaux, brisé ici, en plein cintre là ; ce berceau a persisté à Soulac et on en voit les arrachements à Vertheuil, au-dessus des voûtes gothiques ; à Vertheuil, les voûtes des collatéraux étaient d'arêtes ; à Soulac, elles sont en berceau brisé renforcé de doubleaux. Les piliers de l'une et de l'autre église sont armés de colonnes engagées.

Nos églises sont donc à nef unique ; dans les plus impor-tantes, le chœur s'ouvre sur un transept avec absidioles : à Lignan-de-Créon, à Rions, à Landiras, à Saint-Ferme, etc. Quelquefois, surtout vers Bazas, l'édifice entier est sous lam-

1. *Bulletin monumental* de 1906, p. 276.
2. BERTHELÉ, *Histoire des arts en Poitou*, p. 87.
3. Je ne parle ici que des constructions authentiquement romanes.

bris ; plus souvent, le chevet, abside et chœur, est voûté. Le voûtement de la nef, sans être une rareté, constitue une exception.

Qu'il y ait ou non un transept, le chœur est développé. C'est, dans notre architecture girondine, l'une des particularités qui frappent le plus les étrangers [1]. L'avant-chœur portant clocher est très fréquent dans nos pays, notamment en Libournais : à Saint-Michel-de-la-Rivière, à Saint-Martin-de-Mazerat, à Sainte-Colombe, à Sainte-Radegonde, etc.

Nos fenêtres ont dû avoir autrefois des clôtures en pierre découpée : il en restait naguère deux débris à Saint-Georges-de-Montagne et une clôture de ce genre est encore en place au clocher de Gironde.

Les colonnes engagées abondent pour décorer nos absides, et certaines colonnettes ont manifestement été façonnées au tour : à Cartelègue, à l'extérieur du chevet carré, on peut voir des colonnettes faites de deux pièces tournées, l'une comprenant la base et le bas du fût, l'autre le haut du fût et le chapiteau.

Les façades du type de l'Angoumois et de la Saintonge sont nombreuses en Gironde : à Tauriac, où on voit les vestiges d'un cavalier sculpté dans l'arcade aveugle qui flanque le portail au nord ; à Sainte-Colombe ; dans l'église d'Aillas, qui est à l'extrémité sud-est du département ; dans la très curieuse église romane de Montagne, commencée en 1605 ; à Saint-Palais, où quelques détails donnent à penser que la façade romane fut exécutée pendant la période gothique, etc. Nous possédons même à Berson, près de Blaye, une église dont l'architecte, en plein xive siècle, a transposé en gothique le parti adopté pour le rez-de-chaussée des façades saintongeaises. A Moulis, le bas de la façade est de style angoumois et franchement roman ; l'arcature aveugle du haut est un ressouvenir gothique du même type.

Quant aux portes, nous en possédons de très belles, dont le décor est conforme au modèle de l'école poitevine : c'est le

1. M. Anthyme SAINT-PAUL a noté cet allongement du chœur des églises du Bordelais dans l'*Encyclopédie d'architecture* de Planat, au mot *Poitevine (École)*.

cas de la porte, si malencontreusement remaniée, de l'abbaye de Vertheuil (pl. II); c'est le cas des deux magnifiques portes de Castelvieil et de Blasimon (pl. II); c'est le cas de la porte, universellement connue, de Sainte-Croix de Bordeaux.

***

L'architecture périgourdine à coupoles a poussé quelques pointes dans notre pays bordelais. Outre un certain nombre de coupoles sous clochers, il existe en Gironde quelques nefs, très rares il est vrai, que l'on a couvertes ou entrepris de couvrir d'une file de coupoles. La collégiale de Saint-Émilion en fournit un exemple classique. Deux autres, également situées dans l'arrondissement de Libourne, sont moins connues : à l'église Sainte-Geneviève de Fronsac, les nonnes, qui dépendaient de Saint-Ausone d'Angoulême, ont commencé à voûter de coupoles leur église, jusqu'alors abritée par une charpente; une seule coupole a été faite; peut-être n'a-t-elle pas été terminée : les amorces témoignent de l'intention où on était d'étendre ce voûtement vers l'ouest[1]. Rien n'est curieux comme l'analyse de cette église, où l'on voit une construction, voûte et piliers, se loger dans une construction antérieure. Rien n'est plus suggestif aussi : on saisit là sur le vif l'invasion d'un style étranger dans nos monuments bordelais.

Les deux coupoles de Saint-Philippe-d'Aiguille sont dans le même cas : elles ont été montées, ainsi que leurs supports, dans une nef précédemment sous lambris. L'une de ces deux coupoles présente un détail de structure bizarre : les assises inférieures des pendentifs projettent une arête. Peut-être a-t-on voulu établir là une voûte d'arêtes. Ce serait la seule de ce genre qui existe sur une nef du moyen âge dans le département.

J'omets les coupoles isolées placées sur les nefs : à Parsac, à Saint-Martin-de-Laye, à Pellegrue où elle est dans le carré du transept, à Peujard où les arcs d'encadrement de la cou-

---

1. J'ai donné une monographie de Sainte-Geneviève de Fronsac dans le Bulletin de la *Société archéologique de Bordeaux*, t. XX, pp. 1 et ss.

PLANCHE II.

Portes de Vertheuil et de Blasimon.

pole rappellent ceux de l'église de Marignac, près de Pons[1].
La place même qu'elles occupent généralement sous le clocher, l'expérience inachevée de Fronsac, les tâtonnements
de Saint-Philippe-d'Aiguille, maintes traces de maladresse
dans la construction des coupoles de Pellegrue, de Cars, etc.,
tous ces indices montrent bien que la coupole n'était pas ici
chez elle; c'était un expédient, un pis-aller, et non pas un
procédé traditionnel et familier.

**

La voûte romane avait été en honneur dans le Midi et le
Centre; les provinces du Nord ne l'avaient jamais pleinement
adoptée. Pour voûter les nefs, ces provinces imaginèrent une
formule nouvelle, incomparablement plus légère et plus pratique, laquelle consistait à poser une voûte d'arêtes, aussi
mince que possible, sur une ossature formée de deux nervures
entre-croisées, sur une croisée d'ogives. La croisée d'ogives,
l'arc-boutant ou tout au moins un contrefort très saillant,
enfin une rénovation de la décoration et principalement de la
sculpture, devenue plus rationnelle et plus vivante, tels sont
les éléments de l'architecture gothique.

L'art gothique descendit du Nord, gagna le Midi et se
répandit à l'étranger. L'économie des anciennes écoles, la
géographie des styles fut modifiée. Les écoles gothiques ont été
moins étudiées que les écoles romanes : l'art roman, à la
recherche d'une formule satisfaisante, est plus intéressant
que l'art gothique, en possession de cette formule; de plus,
dans tous les pays, les grandes églises gothiques sont imitées
des églises de l'Ile-de-France — ainsi, en Gironde, le chœur
de Saint-André de Bordeaux, Saint-Michel de la même ville,
la cathédrale de Bazas — et les monuments qui sont les productions et les témoins du style local sont habituellement
d'importance secondaire. Toujours est-il qu'il reste fort à
faire pour déterminer les groupements des édifices gothiques,
surtout dans le Midi.

[1]. *Congrès archéologique de France*, LXIe session (Saintes, 1894), p. 288.

Ces groupes se différencient moins qu'à l'époque précédente par la décoration ; — le principe gothique en ces matières l'a emporté à peu près partout au xiii° siècle ; — ils sont caractérisés plutôt par les procédés de construction et surtout par le parti architectural : tracé du plan, rapports de la maîtresse voûte avec les voûtes latérales, importance de la galerie de premier étage et des fenêtres dans le vaisseau central, etc.

On reconnaît les écoles d'architecture gothique de l'Ile-de-France, de la Normandie, de la Bourgogne, dont il faut distinguer la Champagne, du Poitou ou de l'Anjou, enfin du Midi.

A cette dernière, l'un de nos archéologues les mieux informés a consacré naguère une étude dont un résumé seul a été publié :

Après avoir montré comment l'importation de l'architecture gothique dans cette région fut une conséquence de la croisade des Albigeois, il propose de fixer les limites de l'école méridionale en traçant une ligne de Bordeaux à Valence, en passant par Cahors et La Chaise-Dieu, mais il constate que beaucoup d'édifices compris dans le Languedoc et la Gascogne ont subi des influences venues du Nord.

Les origines du plan à nef unique bordée de chapelles lui permettent de développer des considérations sur les avantages économiques et défensifs de cette disposition. Il insiste sur les chapelles rayonnantes, ouvertes directement sur le chœur, comme à la cathédrale d'Albi et à Lamourguier de Narbonne, en montrant que cette disposition dérive des absides romanes du Périgord. Les transepts et les déambulatoires sont rares.

Les voûtes d'ogives présentent de mauvais profils avec arête abattue. Plusieurs églises de l'Aude et du Roussillon conservent une nef dont la charpente porte directement sur des arcs transversaux, suivant un système qui a pris naissance en Lombardie et qui se répandit en Catalogne; on en voit des exemples dans les dortoirs cisterciens de Santas-Creus et de Poblet au xiii° siècle.

Si le triforium est rare, par contre on a souvent ménagé un passage au-dessus des chapelles latérales en perçant les culées qui les séparent. Les chapelles polygonales des cathédrales de Gérone et de Barcelone sont ainsi surmontées de véritables tribunes.

Cet extrait appelle diverses rectifications. Je les formule d'autant plus librement qu'elles ne s'adressent pas à l'auteur du mémoire, dont on a peut-être, en résumant sa communication, dénaturé la pensée.

La croisade contre les Albigeois commença en 1208; il existe dans le Midi des édifices gothiques antérieurs à cette date : par exemple, la nef de la cathédrale de Toulouse, qui est un large vaisseau dépourvu de collatéraux. Les Croisés ont ravagé ce pays : je ne crois pas qu'ils y aient fait école d'art. Quoi qu'il en soit, le type d'église à une nef bordée de chapelles n'a pas sa cause dans la guerre des Albigeois; il dérive, ainsi que je l'ai établi ailleurs [1], de types romans locaux, la cathédrale d'Orange, Saint-André-de-Sorède (Pyrénées-Orientales), etc., et ces types romans eux-mêmes procèdent manifestement de l'antiquité romaine, comme le fait observer M. Choisy [2]. En dehors de la croisée d'ogives, il n'y a rien de septentrional là dedans.

Les chapelles rayonnantes des absides sont dues à la même idée que les chapelles latérales de la nef : le constructeur utilisait l'espace entre les contreforts. Il n'est pas besoin, pour expliquer ces chapelles, de faire intervenir l'influence d'une école éloignée.

Les pannes sont posées, non pas directement sur les arcs transversaux, — les toitures seraient incurvées, à la façon de carènes, — mais sur des maçonneries, plus ou moins importantes, qui sont élevées sur les arcs et qui forment pignon. Le système a pris naissance en Orient : M. de Vogüé en a fait connaître en Syrie des applications célèbres.

Il y aurait plusieurs observations à formuler au sujet de ce qui est dit des prétendues tribunes de Gérone et de Barcelone : à Gérone, elles se réduisent à une galerie sans importance; à Barcelone, la cathédrale est à trois nefs, et le triforium, très mesquin, comme celui de Gérone, ne peut pas se trouver « au-dessus des chapelles ».

Mais l'inexactitude qui, dans le passage ci-dessus reproduit, nous intéresse le plus vivement a trait aux limites de l'école du Midi. Je cherche vainement pour quelle raison on rattache

---

1. *Notes sur l'art religieux du Roussillon*, p. 64.
2. *Histoire de l'architecture*, t. II, p. 213.

Bordeaux à cette école : ni dans la ville ni dans le département, il n'existe aucune église gothique semblable à celles du Languedoc. Bordeaux et la Gironde appartiennent à l'école poitevine ou angevine, laquelle a deux types d'églises : l'église à une nef, voûtée de croisées d'ogives sur plan carré et bombées à la clef; l'église à trois nefs à peu près également hautes. Le premier type, dont le spécimen le plus connu est la cathédrale Saint-Maurice d'Angers, descend en droite ligne des églises à coupoles; le second, qui est magnifiquement réalisé à la cathédrale Saint-Pierre de Poitiers, résulte de l'adaptation de la croisée d'ogives au type roman local.

Dans la Gironde, nous avons un grand nombre d'églises à une nef voûtée de croisées d'ogives sur plan rectangulaire; c'est la famille gothique la plus répandue sur notre sol. Nous avons possédé vraisemblablement, et de très bonne heure, à Saint-André de Bordeaux une superbe église du genre de Saint-Maurice d'Angers; l'église paroissiale Saint-Pierre de La Sauve, le chevet de Saint-Seurin de Bordeaux, Saint-Macaire, etc., ont avec ce groupe d'édifices des rapports plus ou moins intimes de parenté. Le programme de Saint-Pierre de Poitiers a été plus fréquemment suivi, surtout en Bazadais, avec une lignée d'églises sans déambulatoire ni chapelles rayonnantes, à trois nefs presque de même hauteur : Sainte-Eulalie de Bordeaux, Rions, le transept de Langon; à une époque plus rapprochée de la nôtre : Saint-Léger-du-Balson, où on travaillait en 1511, Saint-Côme en 1538, Saint-Symphorien; plus près encore de nous, Goualade, Barsac et, enfin, au xviiiᵉ siècle, Cantenac, qui est de 1770 environ.

Quant aux églises à nef unique et chapelles latérales, je le répète, il n'en existe pas dans la Gironde. A la vérité, l'église de Monségur est sur ce plan; mais les chapelles sont voûtées de berceaux perpendiculaires à la nef, et c'est une question de savoir comment la nef elle-même était couverte. Je considère comme probable que les pannes de la charpente portaient sur des arcs transversaux, suivant la combinaison décrite plus haut. C'est là une hypothèse. Et puis, Monségur est loin de Bordeaux, plus rapproché du Languedoc et plus exposé à ses influences. Enfin, Monségur est une bastide, et on ne tient pas suffisamment compte des conditions très spéciales dans lesquelles s'élevaient ces villes; elles étaient construites par des ingénieurs étrangers à la contrée, qui s'inspiraient des principes rationnels et des nécessités d'économie, et non des traditions locales.

Notre région a été, pendant la période gothique plus complètement que pendant la période romane, soumise à l'architecture de la Saintonge. Et ce n'est peut-être pas un pur effet du hasard, c'est plutôt un résultat des courants artistiques dès longtemps établis, si, vers la fin du xvᵉ siècle, Saintes nous envoya les Lebas, père et fils, architectes de la tour Saint-Michel.

*
* *

En résumé, le territoire du département de la Gironde paraît relever des écoles suivantes :

Pendant la période romane, au point de vue de la construction : école du Poitou et, en quelques localités, école du Périgord.

Pendant la même période, au point de vue de la décoration : écoles du Languedoc et du Poitou.

Pendant la période gothique : école de l'Anjou et du Poitou.

Je répète, en finissant, que dans ces quelques pages j'entends poser le problème plutôt que le résoudre. La question n'est pas définitivement tranchée, et la *Revue historique de Bordeaux* accueillerait avec empressement toute communication sur ces matières intéressantes, mais difficiles.

La grille en fer forgé

de l'église Sainte-Eulalie de Bordeaux.

Les Bordelais connaissent, au moins pour en avoir vu la similigravure dans la belle *Histoire de Bordeaux* de M. Jullian [1], la grille qui ferme, à l'église Sainte-Eulalie, la chapelle des Corps Saints. C'est une grille Louis XV, en fer forgé, datée par l'inscription suivante, que j'emprunte à M. Jullian : M[RS] DE BLANC ET DE LAVIE GRANDS SINDICS — M[RS] LAROCHETTE ET DVVERGIER G[DS] OVVRIERS, L'AN 1751.

Des documents entrés naguère aux Archives départementales fournissent sur cette œuvre d'art industriel quelques données qui sont analysées ci-après.

Le 24 avril 1746, les plus notables paroissiens, les *ouvriers* en exercice et les anciens ouvriers furent réunis ; M. de Carrière leur exposa que des travaux étaient indispensables :

Le tiers ou plus des parroissiens ne peuvent entrer dans l'églize les fêtes annuelles, à cauze que l'églize est embarrassée par des chapelles très vieilles et en très mauvais état, qui sont fermées par des mauvais grillages.

L'assemblée décide qu'on étudiera des améliorations. De là est sorti le projet de grille pour la chapelle Saint-Clair, dont l'exécution fut confiée à Blaise Charlut, serrurier à La Réole.

Le 25 juin 1750, Duvignau, négociant à Bordeaux, livra, sur l'ordre de la fabrique, à Charlut diverses fournitures, charbon, fer, acier, tôle : barres de fer carré d'Allemagne de 6 lignes (13 millimètres 5), à 36 fr. 76 les cent kilos ; barre d'acier d'Allemagne, à 1 fr. 02 le kilo. ; barre de fer carré, de 15 lignes (33 millimètres 84), à 31 fr. 65 les cent kilos ; barres de fer carré de 10 lignes (22 millimètres 56), à 32 fr. 67 les cent

1. P. 539.

kilos; barres de fer plat, au même prix; barres de fer carré ondé, au même prix; tôle fine, à 1 fr. 23 le kilo.

Charlut fit le travail à La Réole. Le 2 avril 1751, il écrivit pour s'excuser de ne pas le livrer :

Ille m'a arivez un axidans d'une pièce qu'ille m'a casez dans le courronemant, qui meux retarde, et ille mais parti deux ouvriers, par raport à la milice, qui meux fon gran bezoin, car je travale jour et nuis.

Le travail fut terminé peu après, ainsi qu'il ressort des deux passages suivants des comptes de 1751 :

Receu pour le montand de sept cens cinquante cinq livres de fer donné en paiemend à Blaize Charleu, serrurier, qui a travaillé le grillage et porte à la chapelle St-Claire, à 16 l. 10 s. . . . 124 l. 13 s.
27 dudit [mai 1751]. Païé à Blaize Charleu, serrurier à La Réole, pour solde de tout les ouvrages qu'il a fait, selon son conte et quitance n° 25 . . . . 705 l. 16 s.

Charlut, qui forgea la grille de Sainte-Eulalie, est bien connu à La Réole, où une ruelle porte son nom. On garde de lui dans cette ville divers travaux au couvent des Bénédictins et des impostes dans des maisons particulières. Gauban lui attribue, en outre, une grille et un lutrin en fer qui sont à la cathédrale Saint-André de notre ville.

La grille et la porte de Sainte-Eulalie furent peintes quatre ans après avoir été posées. Le 6 avril 1755, M. Cugeon, grand ouvrier, fit observer que les fers commençaient à être attaqués par la rouille :

Que le portail de la chapelle Saint-Clair auroit bezoin d'être peint d'huille grasse, que sans cette réparation il est risqueux qu'il ne soit miné par la rouille qui commance déjà de s'y mètre, qu'il conviendroit aussy de faire bronzer et dorer certains endroits dud. portail pour luy donner la décoration qu'il mérite par sa beauté.

Ces propositions furent adoptées.

Des connaisseurs qui sont du métier jugent que la grille de Sainte-Eulalie est inférieure aux ferronneries de La Réole; elle n'a pas, non plus, la somptueuse richesse des grilles que

Moreau forgea trente ans plus tard pour le chœur de la chapelle des Dominicains, aujourd'hui Notre-Dame.

Il n'est cependant pas inutile de livrer au public les lignes qui précèdent. Peut-être auront-elles pour effet de rappeler à quelque chercheur en quête d'un sujet d'étude que l'art industriel bordelais du xviiiᵉ siècle attend encore son historien.

———————

Le Cloître des Dominicains de Bordeaux
en 1620.

Le 8 avril 1620, les Dominicains de Bordeaux présentèrent aux trésoriers de France, généraux des finances en Guienne, des lettres patentes portant « que vizitation seroit faitte dud. convent et ruynes advenues en icelluy par l'ambrasement des poudres estans dans le cloistre dudit convent servant d'arcenal ». Les commissaires délégués par les trésoriers requirent Pierre Ardouin et Claude Maillet, maîtres maçons jurés, Guillaume Bellin, « maistre charpentier de grosse fuste », Jean Degranges, maître serrurier, Jacques Cucuq et Guillaume Lamothe, maîtres vitriers, de les assister dans cette visite, qui eut lieu le 10 avril, « heure de deux heures après midy ».

La commission pénétra dans un grand cloître de 45 brasses sur 26, à peu près 80 mètres sur 46, que longeaient, au nord l'église, à l'est la rue du Chapelet. Église et cloître étaient sur l'emplacement actuel des allées de Tourny. Avant « l'embrasement » dont il s'agissait de constater les effets, les galeries circulaient autour du préau, larges de 13 pieds (4m 64) dans œuvre. La claire-voie était formée de trente-quatre arcs, portés « par des pilliers de pierre de taille de deux piedz et demy d'espoisseur, faitz et composés de quatre menbres rondz modernes, avec des cartz de rond entre deux couronnes de chapiteaux ». Au milieu du préau s'élevait « une tour faitte à six pantz, ayant 26 piedz dans œuvre, de 60 piedz de haulteur, sçavoir 20 piedz dans terre et quarante piedz sur terre, avec des pilliers boutans à chasque pan..., ayant 6 piedz hors œuvre et un pied et demy de largeur, de pierre de taille. Et dans lad. tour » il y avoit « deux voultes en ogive, l'une sur l'autre; et la plus basse a servy autrefois à mettre les ossemens des mortz et en l'autre, quy estoit au-dessus, y avoit une chappelle de sainte Catherine ».

Or, « puis vingt an en ça ou environ », « les gouverneurs et lieutenans du Roy » avaient pris le cloître « pour servir d'arcenal, ayant mis dans lad. tour, à la voulte d'embas les balles à canon, en la voulte d'en hault les poudres, et le pan dudit cloistre quy est du costé du couchant estoit ocupé par les moulins, forneaux et autres choses nécessaires, où les ouvriers travailloient pour faire et rafiner les pouldres ». Tout ce côté du cloître fut ruiné par l'explosion; en face, cinq arcades tombèrent; le reste du cloître, où étaient les ateliers de menuiserie et de charronnerie, la fonderie des canons, etc., fut également endommagé.

Mais ce qui souffrit le plus, ce furent les immenses verrières de l'église : il ne fallut pas acheter moins de 200 aunes (environ 240 mètres) de toile pour fermer provisoirement les fenêtres. Le procès-verbal fournit sur ces vitraux des renseignements étendus, qu'il ne saurait être question de reproduire ici. L'ensemble des réparations fut estimé 21,560 livres 10 sols.

Le procès-verbal est surtout intéressant par la description qu'il donne du couvent et spécialement du cloître. Ce qu'il dit de la tour hexagonale gothique, à croisées d'ogives et à contreforts saillants, construite au centre du préau, appelle un rapprochement instructif avec les tours dressées près de Saint-Michel, de Saint André et de Saint-Seurin. Ces ossuaires bordelais mériteraient une étude, dont les éléments sont, par malheur, difficiles à réunir.

L'Art bordelais du XVIIIe siècle.

A propos d'un livre récent.

Les beaux livres sur Bordeaux se multiplient depuis quelque temps : voilà deux albums parus; deux autres volumes sont annoncés, qui seront moins coûteux, moins luxueux sans doute, mais non pas moins intéressants. C'est un juste hommage aux Bordelais d'autrefois, qui ont fait notre ville si belle; c'est un régal pour les Bordelais d'aujourd'hui, peut-être une révélation pour beaucoup d'entre eux.

La somptueuse publication de M. Léon Deshairs : *Bordeaux, Architecture et Décoration au dix-huitième siècle* [1], fera époque dans la littérature archéologique bordelaise. Quand le premier fascicule fut mis en vente, il y a quelques mois, ce fut un événement. Comme La Fontaine demandant : « Avez-vous lu Baruch? » les érudits locaux ne s'abordaient pas sans formuler la question : « Avez-vous vu Deshairs? » Le fait est que l'ouvrage est magnifique; j'aurai tout dit d'un mot en constatant qu'il est digne du sujet.

***

Il comprend une superbe série de planches in-folio en phototypie, signées Berthaud, et qui reproduisent avec art et avec goût des façades, des intérieurs, des motifs divers de notre architecture au XVIIIe siècle. Certaines ne sont pas aussi parfaitement réussies que les autres : ceux-là seuls s'en étonneront qui n'ont jamais fait une photographie. Il est sûr que la vue de l'hôtel des frères Labottière, l'ancien parloir de Tivoli, qui est en haut de la planche 55, paraît, par comparaison, un peu terne. Mais l'ensemble du livre est excellent : les lignes montantes gardent leur verticalité et les tons leur valeur; les détails sont nets. Quelques photographies présentaient une réelle difficulté : ce n'est pas une opération aisée que de faire le

----

1. Calavas, éditeur, 68, rue Lafayette.

cliché de tels balcons et de telles corniches qui figurent dans l'album. Dans la planche 1, façade de l'Hôtel-de-Ville sur la place Rohan, la différence de vigueur entre les plans est très heureusement rendue. En résumé, l'illustration est des plus soignées et des mieux réussies.

J'ai parlé de l'illustration d'abord. C'est qu'aussi bien elle est la partie essentielle de l'ouvrage; elle est, ou peu s'en faut, l'ouvrage tout entier. En tête, une préface de huit pages résume les théories et les impressions suggérées à M. Deshairs par les monuments bordelais du XVIIIᵉ siècle. Puis, vient une « Table des planches », de six pages. Cette *Table* n'est pas une sèche nomenclature : l'indication de chaque édifice est accompagnée d'une brève monographie, parfois illustrée de plans et d'élévations géométrales. Un « Index des matières » complète le texte. Les planches sont au nombre de 104.

Pl. 1-10. — En tête, l'*Hôtel-de-Ville*, ses façades diverses, l'aile où sont actuellement logées les Archives, le grand escalier, — la stéréotomie, pourtant si curieuse, est mal venue, mais le cliché était très difficile et c'est merveille de l'avoir à peu près bon, — les salons, leurs boiseries délicieusement ouvragées.

Pl. 11-16. — Les planches 11-16 sont consacrées à la *Préfecture :* façade du Chapeau-Rouge, — méritait-elle les honneurs d'une planche? — les deux vestibules, l'appartement du Secrétaire général.

Des deux vestibules, l'un, celui qui s'ouvre sur la rue Esprit-des-Lois, a été profondément remanié et altéré. La console qui est au milieu et en haut de la planche 13 n'a plus de raison d'être; le plafond insipide du dernier compartiment n'est pas de Louis; toute l'architecture en avant de la paire de colonnes du premier plan a été ajoutée. Il n'y a d'ancien — et encore ! — que le compartiment central, couvert d'une coupole, laquelle abritait à l'origine un temple.

Au surplus, il n'est pas inutile de donner ici quelques détails sur l'hôtel de la Préfecture, dont l'histoire est incomplètement connue. Cet hôtel a été constitué par l'acquisition successive de quatre immeubles contigus, mais distincts. Les quatre immeubles ont été bâtis, vers la fin de l'ancien régime, quand on procéda au lotissement des glacis du Château-Trompette, peu après la construction du Grand Théâtre.

Voici quelques notes sur chacun de ces immeubles.

Hôtel Saige. — Les 21 août 1775, 7 et 15 mai 1776, par actes au pouvoir de Rauzan, notaire, l'Intendant vendit à François-Armand

Saige, avocat général, des terrains compris dans le lotissement précité; Saige chargea Louis d'y construire un hôtel. La Bibliothèque municipale conserve une série de dessins géométraux; les Archives du département ont des plans dressés par Combes en 1813.

L'hôtel occupait principalement l'angle du cours du Chapeau-Rouge et de la rue Louis, alors rue de la Comédie; il avait sur chacune de ces voies neuf fenêtres de façade. Le vestibule, placé côté du Chapeau-Rouge, s'ouvrait sur une cour, beaucoup moins profonde qu'aujourd'hui et terminée par un double rang de colonnes, soutenant un passage qui mettait en communication des terrasses de premier étage, aménagées sur les deux ailes. En arrière de cette colonnade apparaissait le jardin, au fond duquel s'élevait un petit logis en bordure sur la rue Esprit-des-Lois. Au rez-de-chaussée de ce logis, le temple dont il est parlé quelques lignes plus haut formait le dernier plan de la perspective que l'on découvrait en pénétrant dans le vestibule.

Saige fut guillotiné sous la Terreur. Le 26 juillet 1808, Marie-Jacquette-Martine Verthamon, sa veuve, remariée à J.-B. Coudol-Belleisle, maire de Cadaujac, céda l'hôtel à Laurent Lafaurie de Monbadon, maire de Bordeaux, agissant au nom de la Ville; elle reçut, en échange, des terrains du Château-Trompette pour 750,000 francs, valeur de l'immeuble et des réparations à effectuer.

La principale modification subie par l'hôtel Saige, et dont Thiac est responsable, consista à reculer la colonnade jusqu'au plan où elle est aujourd'hui. Le jardin, qui n'avait guère verdi que sur les dessins des architectes, fut supprimé; la cour fut agrandie d'autant et sur les flancs, à la place des murs bas des communs, on prolongea l'architecture de la cour primitive.

Maison Mabit. — Cet immeuble est en façade sur la rue Louis; il correspond aux dixième, onzième et douzième fenêtres, en comptant du cours du Chapeau-Rouge. Saige l'avait fait construire, mais il ne l'occupa point. Dès le 18 décembre 1776, par-devant Rauzan, notaire, il en céda l'usufruit viager aux frères Jean et Jean-Baptiste Journu, négociants. La propriété passa, en 1813, à Daniel Delvaille; après diverses mutations, elle appartenait, en 1846, à M. Mabit. Cette année-là, le Département songeait à l'acquisition de la maison : une ordonnance d'autorisation fut signée le 10 septembre. La Révolution de février arrêta l'exécution du projet, qui fut repris en 1852; un décret intervint le 25 mars de cette année et une décision du Conseil général le 1er septembre. Le jury d'expropriation, faisant droit aux demandes du propriétaire, lui alloua 75,000 francs à la date du 25 novembre 1853. Il reste un plan dressé par Thiac au mois de mai précédent.

Maison de Acha. — C'est la maison qui est à l'angle des rues Esprit-des-Lois et Louis.

Le 10 avril 1776, Rauzan, notaire, reçut la vente de l'emplacement, consentie par l'Intendant au profit de J.-B. Mathieu, négociant, et de son gendre, Jacques Legrix, président-trésorier de France au Bureau des finances de Guienne, moyennant 30,577 livres 15 sols. Legrix père et fils firent construire la maison par Louis; ils en transmirent la propriété, meubles compris, à Pierre Loriague, négociant, le 25 floréal an IX. Jean-Joseph de Acha, rentier espagnol, l'acheta en 1834; elle fut attribuée en partage, le 29 août 1843, à son neveu Antonio.

L'ordonnance de 1846, qui déclara d'utilité publique l'agrandissement de la Préfecture, prévoyait l'adjonction des deux immeubles Mabit et Acha. Ce dernier ne fut acheté qu'en 1856.

Nous savons, par un plan de Labbé, que le rez-de-chaussée comprenait : dans la rue Esprit-des-Lois, une boutique, un vestibule, un magasin qui donnait également dans la rue Louis, et dans ladite rue Louis, outre le magasin précité, un second magasin et un escalier. Le jury d'expropriation accorda, le 20 décembre 1856, 190,000 francs à M. de Acha et 7,500 francs d'indemnité à trois locataires. L'administration installa au rez-de-chaussée un bureau de télégraphe; l'étage au-dessus fut affecté au logement du Secrétaire général.

Maison Morin. — C'est l'immeuble qui fait suite, dans la rue Esprit-des-Lois, à l'entrée des bureaux de la Préfecture. Le 6 prairial an XI, devant Darrieux, notaire, Mme Coudol-Belleisle vendit cette maison à J.-B. Lanavit, négociant. En 1820, ce notaire acquit à son compte ladite maison, où, dit l'acte, « pend pour enseigne : *Hôtel Marin* ». L'un des propriétaires successifs, M. J.-B. Ménard, courtier maritime, fit exhausser la bâtisse vers 1846. Le 6 octobre 1879, Mme Morin vendit l'immeuble au Département. Il existait au rez-de-chaussée une boutique, louée à un coiffeur, qui résilia son bail en 1890.

Reprenons l'étude du beau volume de M. Deshairs.

Pl. 17-22 — L'*Archevêché* fait l'objet de ces six planches : premier salon, second salon, salle à manger.

Cette architecture restaurée, truquée, refaite, ces ors criards sur

des laques trop fraîches excitent vraiment des enthousiasmes injus-
tifiés. L'administration des Monuments historiques n'a-t-elle pas
classé naguère ces salons? Le choix n'est pas heureux, et beaucoup
d'autres salons, à Bordeaux, auraient été plus dignes d'une telle
distinction.

On peut voir à la Mairie un plan de l'hôtel du Gouvernement à
la fin du xviiie siècle. La comparaison de ce plan avec l'état actuel
permet de constater que l'hôtel a été remanié : des fenêtres ont été
percées ou murées, je ne sais plus au juste. Ce qui est établi, c'est
que la disposition des ouvertures n'est plus la même et l'aménage-
ment intérieur a nécessairement été altéré.

Ces pièces spacieuses ont évidemment grand air; il leur manque
la patine, le charme des vieilles choses, l'authenticité. Elles sont
de valeur artistique médiocre et d'intérêt archéologique à peu
près nul.

Pl. 23-30. — La *Bourse* a fourni la matière de ces planches, dont
certaines sont réellement des documents précieux : l'avant-corps
qui remplit la planche 24 n'avait pas été, que je sache, photogra-
phié à une aussi grande échelle; des fenêtres, l'encadrement de
l'horloge, des mascarons, les salons et leurs Gobelins fameux, tout
cela forme une série des plus attachantes. La planche 26, où sont
réunis cinq frontons, qui sont des chefs-d'œuvre de sculpture, est
elle-même un petit chef-d'œuvre de photographie.

Pl. 31-42. — Les douze phototypies qui suivent sont relatives au
Grand Théâtre. Les notices consacrées à la Bourse et au Grand
Théâtre sont particulièrement précises et soignées : elles racontent
dans ses grandes lignes, mais avec netteté, l'histoire de ces deux
monuments. Quant aux photographies du Grand Théâtre, elles
reproduisent les aspects bien connus, les parties classiques, et
d'autres que l'on n'a pas l'habitude de voir étudier : les statues
posées sur la balustrade de la façade, la façade postérieure, de lignes
si amples et si fermes, des motifs sculptés par Philippe Titeux et
Vandendris, la salle des fêtes, des caissons du péristyle.

J'aurais aimé à trouver là un de ces caissons d'angle, dont l'appareil ingénieux, mais compliqué et en trompe-l'œil, est décrit dans
l'ouvrage de Gaullieur L'Hardy. Ces petits moyens ne sont pas ce
qu'il y a de plus beau dans l'œuvre de Louis; mais *magis amica
veritas*.

Pl. 43-44. — *Portique de l'École d'équitation :* une vue d'ensemble,
une planche de détails et une notice bien documentée. Gaullieur

L'Hardy n'est pas le seul à faire honneur de cette sculpture à Van der Voort; Bernadau est du même avis (*Annales de Bordeaux*, p. 163). Marionneau a pris parti pour Francin, et sans doute il a raison; néanmoins, certains morceaux, comme les deux couples d'enfants de plein relief, les croupes de l'attelage, le taureau, sont d'une facture lâchée. On peut croire que Francin a eu des collaborateurs, dont le ciseau était moins vigoureux et moins élégant.

PL. 45-46. — *Fontaines de la Douane, de Saint-Projet, de Sainte-Croix.* J'ai signalé, il y a quelques années, un document qui tend à fixer à 1735 la date de la fontaine de Sainte-Croix. « Et cependant, dit M. Deshairs, on a peine à croire que la fontaine Sainte-Croix ne soit antérieure que de deux ans à la fontaine Saint-Projet. A ne considérer que ses ornements,..... on serait tenté d'en chercher la date dans les dernières années du règne de Louis XIV. » Sur ce point il convient d'avoir pleine confiance en l'auteur, qui connaît à fond l'évolution de l'art de cette époque-là. Il ne faudrait pas oublier toutefois que certaines œuvres étaient en retard et ne suivaient la mode que de loin. Il sera question plus loin du projet dressé par Cabirol, en 1779, pour un autel de Saint-Michel; dans l'ensemble, on serait tenté de regarder ce dessin comme une œuvre du temps de Louis XIII. Pour le xviiie siècle comme pour le Moyen-Age, les règles de classification chronologique ne sont pas à ce point rigides qu'elles ne laissent la faculté de reporter les productions artistiques en deçà de l'époque accusée par leurs formes.

PL. 47-48. — Peu de Bordelais connaissent le *Salon ovale de l'hôtel de Lisleferme*, qui était projeté en 1778[1] et qui est actuellement converti en Museum. M. Deshairs publie quatre panneaux de ce salon; il me sera permis de regretter qu'il n'y ait pas ajouté une vue d'ensemble. Assurément, cette architecture est un peu froide; mais elle est bien jolie dans sa mièvrerie, et le jeu des glaces, les raccords des plans courbes de l'intérieur avec les plans rectilignes des fenêtres et des portes offrent à l'œil amusé bien des surprises.

Quant à la décoration, voici ce qu'en pense l'auteur. Je cite ces lignes, qui vengent une œuvre trop délaissée de dédains immérités :

Les quatre panneaux en bois sculpté qui en décorent le salon ovale peuvent être considérés, au moins pour l'exécution, comme les plus belles boiseries de Bordeaux. Ils semblent, au premier abord, répéter quatre fois le même dessin; mais le sculpteur a pris plaisir à en varier

---

1. *Archives historiques de la Gironde*, t. XLI, p. 373.

ingénieusement les détails, et quelques-uns de ces détails, — bouquets de fleurs, d'épis, de raisins ou de feuilles de chêne, petites figures dressées dans des auréoles ou scènes encadrées dans des rectangles, — représentent allégoriquement les quatre Saisons.

Comme il arrive souvent à l'époque de Louis XVI, la composition de ces panneaux est à la fois chargée et grêle, à cause de la multiplicité des petites parties que l'artiste a superposées. Mais l'exécution est d'une souplesse merveilleuse; les gros fleurons conventionnels, empruntés à l'art gréco-romain, semblent prendre sève et vie au frôlement des brindilles et au parfum des roses voisines; jamais les pétales et les feuillages n'ont été modelés avec plus de naturalisme, — on pourrait dire avec plus d'amour.

PL. 49 et 50. — M. Deshairs retient, comme appartenant au temps de Louis XVI, l'*Hôtel de l'administration des Hospices*. Ce pseudo-temple, avec sa coupole maussade, n'est-il pas un peu postérieur? Il fait songer à la boutade de cet homme d'esprit qui prétendait que les soldats de la Révolution et de l'Empire avaient fait la guerre dans le seul but de fuir la tristesse mortelle des demeures qu'on leur bâtissait.

En dépit des apparences, il semble bien que M. Deshairs a raison. Vue par dessous, la coupole présente des analogies avec celle de l'hôtel Journu, qui est antérieur à la Révolution. De plus et surtout, l'immeuble dont il s'agit ici est très vraisemblablement cette « maison en forme d'hôtel entre cour et jardin... située à Bordeaux, sur le cours d'Albret, parroisse Sainte-Eulalie, composée de plusieurs pièces, avec écurie et remise dans la cour », qui fut vendue le 6 juin 1787, par-devant Monier, notaire, « à Messire Jean-Paul-André, marquis de Saint-Marc, ancien officier au régiment des Gardes françoises, chevalier de l'ordre royal et militaire de saint Louis, demeurant ordinairement à Paris ». L'acte de vente précise que l'hôtel avait été bâti sur un terrain acheté à cet effet en 1780, par Joseph Dufour, rapporteur du point d'honneur au tribunal des maréchaux de France.

Il est impossible de continuer, planche par planche, cette revue détaillée. A feuilleter l'Album, on voit défiler les plus beaux parmi les hôtels bordelais, avec leurs boiseries exquises, leurs cheminées et les encadrements de leurs glaces, leurs heurtoirs et leurs balcons de fer forgé.

L'ouvrage se termine par la reproduction de deux grilles du Jardin-Public, « exécutées dans le style du milieu du XVIIIe siècle, par Faget, en 1858 ».

Il faut bien le dire cependant, la série aurait pu être plus variée. Quelque riche que soit la décoration de tous ces intérieurs, on finit par en trouver le spectacle un peu monotone. J'aurais désiré, pour ma part, voir figurer dans ce magnifique musée, où il aurait été bien à sa place, le pavillon de musique de la rue Saint-Laurent, parfois attribué à Louis. De plus, l'architecture édilitaire est sacrifiée : les portes monumentales de Bourgogne, d'Aquitaine, Dijeaux valent mieux que deux minuscules clichés en simili, insérés dans la « Table des planches ». Sans compter qu'il est à Bordeaux plusieurs places dont « l'architecture uniforme » ne saurait être oubliée dans une étude de l'architecture bordelaise au XVIIIe siècle. La façade du quai de Bourgogne, la place Dauphine auraient avantageusement remplacé quelques trumeaux ou dessus de portes.

Je n'ose pas trop citer ici l'hôtel de la Marine, dont l'Administration du même nom empâte les façades, de temps à autre, d'une nouvelle couche de céruse, comme s'il s'agissait d'un ponton vétuste et propret; si elle en avait les moyens, elle mettrait évidemment l'immeuble en cale sèche, pour caréner et repeindre les fondations. Et malgré l'abus du badigeon, je ne sais quelle grâce vieillotte, quel parfum d'aristocratique distinction dégage cette ordonnance sobre et discrète. L'hôtel de la Marine donne une note qui manque dans l'Album de M. Deshairs.

Enfin, M. Deshairs a systématiquement négligé l'architecture religieuse. C'était son droit, certes, et je ne sais rien d'injuste comme de reprocher à un auteur le cadre qu'il s'est tracé. Il est, seulement, permis de faire observer que nos églises auraient livré un élément de variété et de richesse très appréciable. Rien qu'à Notre-Dame, on trouve une chaire somptueuse, une grille de chœur qui est l'un des meilleurs produits de la ferronnerie bordelaise durant le règne de Louis XVI, un escalier dont l'anatomie savante ne le cède pas à celle des escaliers de l'Hôtel-de-Ville; quant à l'autel, lorsqu'on l'a débarrassé de ses bouquets, il reste une envolée vaporeuse d'anges, d'amours et de nuages, pas très liturgique peut-être, mais dont les contours marmoréens ondulent agréablement sur le fond d'ombre du sanctuaire.

La cathédrale a reçu jadis, quand on réorganisa le culte, plusieurs objets de fer, forgés par Blaise Charlut pour les Bénédictins de La

Réole : des grilles qui portent un saint Pierre, patron du monastère ; un lutrin, qui témoigne d'une habileté d'exécution remarquable ; deux crédences d'un bon dessin, ornées de paniers de fruits, comme Charlut en a martelé pour l'imposte de certaine maison réolaise. La chaire, que l'on croit avoir été faite par Cabirol [1], est un morceau estimable d'art décoratif.

A Sainte-Eulalie, la grille qui ferme la chapelle des Corps saints est due au même Blaise Charlut.

A Saint-Pierre, Brunet, « sculpteur de Bordeaux, où il est mort en 1785 [2], » avait fait une chaire et un retable, dont les derniers débris ont récemment failli disparaître dans une piteuse aventure.

L'église Saint-Louis, plus heureuse, a recueilli dans l'héritage du Carmel des Chartrons une chaire et quatre confessionnaux, plus des lambris d'acajou finement ciselés par Bérard [3].

La Chartreuse de Saint-Bruno a reçu de Berinzago, en 1772, cette curieuse décoration picturale dont le genre est contestable, mais qui atteste une science peu ordinaire de la perspective.

La merveilleuse apothéose de saint François-Xavier, à l'église Saint-Paul, est de 1744, et la décoration intérieure du chevet de la Manufacture, décoration que notre ville va laisser passer à l'étranger, paraît de peu d'années postérieure.

A Saint-Seurin, on fit, en 1734-1735, la sacristie [4] ; en 1771-1772, la tribune de l'orgue, œuvre des frères Laclotte [5] ; peu après, l'orgue lui-même, dont le buffet fut sculpté par Cabirol et Cessy [6]. Deux bénitiers furent taillés pendant l'exercice 1771-1772, ainsi qu'il résulte de documents gardés dans une liasse de pièces comptables [7]. Voici ces textes ; ils nous révèlent le nom d'un ouvrier d'art, d'un artiste, qui est peu ou point connu par ailleurs :

Nous soussignés, commissaires nommés par le chapitre pour traiter deffinitivement avec les ouvriers qui doivent travailler aux ouvrages de l'église ; Attandu la nécessité de deux bénitiers qui doivent être placés à l'entrée de l'église, dans deux niches faites et taillées exprès dans l'épaisseur des deux grands pilliers à côté du tambour, somms convenus avec le s^r Perrié, marbrier, habitant du présent faut bourg, rue du Pont de la Mothe, ce qui suit :

1° Qu'il sera fait de marbre de Languedoc, du plus beau, deux

---

1. Voir la note de M. le chanoine Callen, dans son édition de Lopès, t. I, p. 150.
2. Bernadau, *Tableau*, p. 131.
3. *Id., op. cit.*, p. 171.
4. Archives de la Gironde, G 1013 et 1563.
5. G 1531. — Le maçon se nommait Brothier (G 1532).
6. G 1533. — On sait que les jeux étaient de Dom Bedos.
7. G 1531.

cuvettes en forme de coquille, confformément au modelle qui nous en a été présenté en terre cuite, sçavoir lesdittes coquilles auront chacune trois pieds de long sur deux de proffondeur; lesdittes cuvettes seront fouillées de cienq pouces et trois pouces de fonds, et le revers de la coquille saillera au-dessue de quatre pouces, le tout biens et exatements poli;

2° Qu'il sera fait deux consolles de pierre de Thaillebourg ou Crasanne pour assoire les deux coquilles de marbre, qui seront faites confformément au modelle qui nous en a été présenté en terre cuite, biens fouillées, avec des guirlandes et autres ornements à trois faces, forment dans le bas un pilastre en mourant.

Le tout biens posé et arresté par le s^r Perrié, moyénant la somme de trois cents quatres viengt sèze livres, payables aussitost que le susdit ouvrage sera fini et posé.

Convenu entre les sieurs commissairs et le sieur Perrié de tout ce que dessus et en l'autre part, à Saint-Seurin lès Bordeaux, ce jourd'huy, deux février mille sept cens soixante-douse. Fait double, signé des parties.

AUBERT, ch., trés., PERRIÉ.
    commissaire.

J'ay resûe de Monsieur l'abbée Auxber la somme de deux cent quarantes livres, à comptres des ôuvrages mansionée dant la prézente polices. A Bordeaux, le 7 juillet 1772.

PERRIÉ.

Resus cent cinquatre six livres pour solde dûe prézent comptre. A Bordeaux, le 25 juillet 1772.

Visa. PERRIÉ.

Les bénitiers de Perrié sont toujours à Saint-Seurin, sous les niches qu'on fit pour les loger, dans les piliers cylindriques, près de la porte méridionale. L'idée générale, une coquille posée sur une console, rappelle le bénitier de Saint-Genès-de-Queuil, que j'ai publié il y a peu de temps [1].

Le XVIIIe siècle a laissé plus de souvenirs à Saint-Michel. La fabrique de cette église était richement dotée; la prospérité commerciale fit affluer l'argent et provoqua les générosités dans ce quartier de négociants et de marins. L'érudit qui entreprendra d'écrire l'histoire de l'art industriel bordelais au XVIIIe siècle devra compulser soigneusement les registres de comptabilité de cette paroisse, qui nous ont été heureusement conservés.

En 1762, on fit la sculpture à la tribune de l'orgue. La mention

1. *Album d'objets d'art existant dans les églises de la Gironde*, planche 61. — Le bénitier de Saint-Genès est de Vernet. Le même Vernet ou un homonyme, « proffesseur de l'Académie de peinture [et] sculpture de cette ville, y demeurant rue Fondaudège, » traita, en 1789, avec la fabrique de Saint-Michel pour la confection d'un maître-autel (Archives du département, G 2366).

suivante, tirée du registre de comptes, nous apprend quels furent les ornemanistes chargés de ce travail :

Payé au nomé Cessy et Audebert, pour la sculpture de la tribune et du jubé, suivant leurs reçus, 600 livres [1].

Le buffet de l'orgue fut entrepris et construit, en 1760-1763, avec les jeux, par Micot, facteur à Paris [2]. Cabirol n'était pas encore ce qu'il devint par la suite, le sculpteur habituel de la fabrique. On ignore quel est l'auteur de la chaire opulente, en acajou et marbre, qu'un riche paroissien faisait placer dans l'église en 1753 [3] ; mais on sait pertinemment que, plus tard, Cabirol reçut différentes commandes.

En 1778-1779, il fit pour la chapelle Saint-Marc, aujourd'hui dédiée au Sacré-Cœur, un autel dont il reste deux dessins, plan et élévation [4]. C'était, qu'on me passe le mot, une grande *machine*, classique et solennelle, qui servait surtout à encadrer trois toiles peintes, semble-t-il, par Batanchon, et à supporter un saint Marc assis sur son lion, dans une gloire. Le devis était de 1,200 livres ; mais on modifia le projet en cours d'exécution, et Batanchon certifia que les 400 livres de plus-value réclamées par Cabirol étaient largement dues à ce dernier.

Quelques années après, on résolut de supprimer les trumeaux dans les portes de l'église, afin de faciliter le passage du dais. Les travaux de transformation de la porte nord furent conduits, en 1782, par Jean Lasmolle, dit La Franchise, appareilleur ; Bonfin, ingénieur et architecte de la ville, était « chargé de la direction de ces ouvrages » [5]. Cabirol eut à faire la sculpture du tympan : le 10 septembre, il donne quittance de 95 livres, « pour la sculpture que j'ay fait dans l'attique qui est au-dessus de la porte de lad. églize du cotté de l'escalier, sçavoir pour quatorze têtes de chérubins à doubles ailes, à 5 livres pièce, 70 livres, et dix pieds de rozasse en écusson sur la face du pilier de lad. attique [6]. »

En 1788, c'est à la porte sud que besogna Cabirol ; la mort ne lui laissa pas le temps de finir cette œuvre, pour l'achèvement de

1. G 2323, fol. 99.
2. G 2349-2350.
3. G 2303.
4. G 2356.
5. G 2359.
6. G 2359. — Cf. 2323, fol. 128 v°.

laquelle il fut remplacé par Mercié. Ce dernier fut payé le 18 octobre 1788 :

Payé à Mercié, sculteur, pour avoir achevé le dessus de la porte du cotté de Sainte-Croix, qui avoit été commencé par Cabirol...., 200 livres [1].

Cabirol avait à peine terminé la décoration de la porte nord de Saint-Michel quand, le 20 décembre 1782, il entreprit de faire pour cette même église un chandelier pascal. Je donne ci-après le contrat qui intervint à cette occasion entre lui et les fabriciens, ainsi que les reçus du paiement. Outre que le chandelier en question est l'une des rares œuvres dont on puisse affirmer qu'elle est de Cabirol, le texte même des documents n'est pas sans comporter quelques réflexions intéressantes. Si on rapproche de ces pièces la quittance de Perrié, publiée plus haut, et la lettre de Blaise Charlut, imprimée dans la *Revue philomathique* [2], on se rendra compte que ces ornemanistes étaient des hommes très médiocrement cultivés. Comme les maîtres d'œuvre qui ont élevé les prestigieuses cathédrales de l'époque gothique, c'étaient des artisans, des ouvriers.

Les soussignés. Monsieur Antoine Bounin, négociant, agissant en qualité de grand ouvrier de l'église Saint-Michel é tent pour luy que pour Messieurs les sindics et autres grands ouvrier, comme autorizé par délibration de fabrique du quatre septembre dernier, d'une par, et sieur Barthélemy Cabirol, sculpteur, d'autre part, sont convenus de ce qu'il suit, sçavoir :
Ledit sieur Cabirol s'oblige de faire pour l'église St-Michel un chandelier pascal tel qui et mentionné au devis cy-dessus et conforme au plan d'élévation qui et en mains du sieur Cabirol, signés *Ne varieteur* par led. sieur Bounin, comme aussy led. sieur Cabirol s'oblige de livrer led. chandillier, fait è parfait suivant les règles de l'arc, au dix avril prochain au plus tard, et, agréé et délivré qu'il soit, le sieur Bounin oblige la fabrique de payer aud. sieur Cabirol la somme de huit cens livres, à laquelle a été réglé et fixé le prix dud. chandelier tent pour le bois, le fer, la sculpteure, doreure, que pour toutes fourniteures et ouvrages quelconque, pour rendre le chandelier fait et parfait.
1° Ledit chandelier aura sur sa hauteur totale sep piés, conprenant les griffes de lion jusque à la douille ou vase qui ressoit le sierge pascal.
2° Tout le cor du chandelier cera de bon boy de hormeau, du plus sec, ny ver moulleu.
3° Le pied cera an asamblage, mortoisé et chevillé en clous écroués au parties qu'elles exigront, surtout la tige et les griffes.

1. G 2323, fol. 149 v°.
2. *Revue philomathique de Bordeaux*, 1908, p. 40.

4º Toute la sculpteure cera faite et prise dans la masse, qui doit être esculptée cen qu'elle soit raportée, sauf au ped, où les guirlandes partant d'un ruban enveloppant le contour du pied, etc.

5º Le cor dudit chandelier cera de trois piesses, sçavoir le pied jusque à la nessance de la tige, de la tige au-dessus du taillouar du chapiteau, dudit taillouart au saumet de l'autre piesse; le tout, coique mortoizé et colé, ceront cézi de bout à bout par un arbre de fer à écrou, pour en nenpêcher la vaccilation.

6º Ledit chandelier cera sculpté dens le dernier gout; la doreure sera faites a nor bruny et or fain de cens fren; le cor dudit chandellier cera douré sur les trois fasse du même or.

Fait et arrté en double, à Bordeaux, ce 20 déxembre 1782.

BOUNIN, g^d ouvrier de St-Michel.

B^my CABIROL.

Monsieur Candau, grand ouvrier de St-Michel, est prié de la part du s^r Bounin, son très humble serviteur, de payer au s^r Cabirol les huit cent livres du montant du chandelier pascal, s'il a été exécuté conformément à la police cy-dessus.

Bord., le 31 may 1783.

BOUNIN.

J'é receu de Monsieur Candeau la some de huis cens livre mantionné au compte en l'autre part, montent du prix du chandellier que j'é fait pour la fabrique de S^l-Michel.

Bordeaux, ce 31 may 1783.

B^my CABIROL [1].

Le chandelier pascal a échappé au vandalisme des révolutionnaires et des antiquaires [2]. L'ornementation en est très intelligemment conçue : elle est modelée avec vigueur, sauf sur le champ laqué blanc de la tige, qui est égayé d'arabesques délicates. Ces deux façons se font valoir par contraste.

* * *

M. Deshairs avait pour le sujet de son travail cette sympathie sans laquelle un auteur ne produit qu'une compilation froide et compassée. Voici comme il débute :

D'autres villes ont un charme plus intime, plus de variété, plus de bonhomie dans l'accueil. Bordeaux impose par son élégance un peu uniforme et sa grandeur. Ce que l'étranger y voit d'abord et ce qui

1. G 2360.
2. Voir la photographie dans mon *Album d'objets d'art existant dans les églises de la Gironde*, planche 50.

laisse dans sa mémoire les images les plus vives, ce sont de larges quais et un large fleuve, des rues droites et bordées de maisons régulières, des places aux façades symétriques, le vaste espace vide des Quinconces, un théâtre au portique altier de temple latin. Cette ville moderne, où nul accident du sol n'a contrarié un génie d'ordre et de clarté, est surtout l'œuvre du xviiie siècle.

Et un peu plus loin :

Le xviiie siècle ne fut en effet nulle part plus qu'à Bordeaux une ère de prospérité. La paix a ranimé le commerce; la richesse publique est à son comble; la joie de vivre éclate, et c'est comme un renouveau. Les navires aux poupes sculptées flottent plus nombreux dans le port, De toute part les vieux murs tombent et on reconstruit. On plante des arbres sur les promenades, on sculpte des groupes pour les portes monumentales, des mascarons ou des guirlandes aux façades des hôtels, des fleurs aux lambris des salons; on tord sous le marteau le fer des balcons et des rampes,

Peut-être même, dans son enthousiasme pour le xviiie siècle, l'auteur est-il quelque peu injuste pour la période qui a précédé :

A l'arrivée de Boucher (1720), la ville se réveillait à peine d'une longue torpeur. Si l'on excepte le cours d'Albret commencé, l'église Saint-Paul bâtie par les Jésuites, l'église Saint-Dominique (aujourd'hui Notre-Dame) bâtie par les Jacobins, presque rien, depuis cent ans, n'avait été fait pour l'embellir.

C'est faire trop bon marché de bien des travaux effectués entre 1620 et 1720 : construction de l'église Sainte-Colombe, construction d'une chapelle pour les Orphelines de saint Joseph (aujourd'hui Bureau de bienfaisance) (1663), décoration de Saint-Bruno (1672), construction d'un retable monumental (1666) et d'une sacristie (1683) à Sainte-Croix, construction des chapelles de la Madeleine (1685) et de la Manufacture (1687), construction du noviciat des Jésuites et de la façade du collège de la Madeleine, etc., etc. La vérité est que, sous Louis XV, les ateliers bordelais redoublèrent d'activité et s'inspirèrent d'un autre programme; mais ils n'avaient pas chômé jusque-là.

M. Deshairs reprend à son compte le procès du Château Trompette, dont la silhouette odieuse blessait la dignité des Bordelais, offensait leurs goûts esthétiques et coupait la ville en deux. Tous ces griefs n'étaient pas sans fondement autrefois. Le Château-Trompette était pour le quartier nord un voisin gênant : il fallut, en 1700, une décision du Roi pour autoriser les Dominicains à faire dans l'église qu'ils bâtissaient (aujourd'hui Notre-Dame) une voûte d'un demi-pied d'épaisseur.

Peut-être cependant ne devrions-nous pas oublier aujourd'hui que ces ouvrages militaires ont singulièrement facilité l'œuvre de paix des Intendants : nos cours se déroulent sur l'emplacement des remparts du Moyen-Age; le Grand Théâtre et les hôtels du Chapeau-Rouge se sont développés à l'aise sur les glacis du Château Trompette. Les ingénieurs du XIV⁰ siècle ont frayé des avenues aux voyers du XVIII⁰; Vauban a préparé la place à Louis.

Faut-il ajouter que je n'entends nullement déprécier l'entreprise géniale des Boucher, des Tourny, des Dupré de Saint-Maur?

Assurément, on peut reprocher à ces administrateurs d'avoir fait, en ces matières comme en tout le reste, de la centralisation à outrance.

Chercher à Bordeaux, au XVIII⁰ siècle, une architecture publique ou privée ayant une originalité régionale serait tentative vaine. Le goût de Paris et de Versailles s'impose alors à toute la France par l'intermédiaire des Académies et des agents du roi.... La Place Royale, c'est presque la moitié de la place Vendôme transportée sur un quai de la Garonne.

Et M. Deshairs montre comment l'activité artistique est alors soumise, chez nous, à l'hégémonie d'architectes et de sculpteurs venus de Paris, les deux Gabriel et Louis, Verberckt, Van der Voort, Francin. A cette circonstance l'Introduction doit une bonne part de son intérêt : l'auteur, comme il est naturel, connaît beaucoup mieux les artistes parisiens que leurs collaborateurs bordelais. Il nous apprend sur les premiers bien des choses intéressantes; il glisse rapidement sur les seconds, qui attendent encore de l'érudition locale le livre documenté auquel leur mérite et notre filiale curiosité ont cependant bien des droits.

Et maintenant, que vaut l'œuvre du XVIII⁰ siècle à Bordeaux? Que vaut la formule officielle d'art que le pouvoir central a fait triompher dans notre ville?

C'est, il faut bien le dire, un art agréable, mais de valeur secondaire, parce qu'il manque à l'une des conditions essentielles du beau, qui est la sincérité. Un homme qui avait le droit de parler de l'art, Gounod, a dit : « L'art est une parole. Le rôle de la parole est d'exprimer et d'être sincère. » Sincère, l'art des XVI⁰, XVII⁰ et XVIII⁰ siècles ne l'est pas.

Ces portes monumentales, qui encombrent sans rien fermer, sont un vain décor. Ces *architectures uniformes* sont un mensonge de pierre; car, suivant le principe enregistré par Philibert Delorme, « il faut que les ornements et décorations de fassades soient à propos et correspondantes au dedans du logis[1]. » C'est vraiment un paradoxe un peu fort de donner comme un progrès le retour de notre architecture nationale à des formes imaginées pour une autre société, pour d'autres besoins et pour d'autres ressources. Ainsi que Victor Hugo l'a dit en son fastueux langage, c'est pourtant « cette décadence qu'on appelle Renaissance... C'est ce soleil couchant que nous prenons pour une aurore »[2].

Et, malgré tout, cet art Louis XV et Louis XVI nous plaît. Il s'impose à notre goût, sinon à notre admiration. Même le style qui a suivi trouve grâce à nos yeux. Est-ce l'effet d'une comparaison irréfléchie avec l'architecture contemporaine, dont le mieux qu'on puisse dire est que « si ces édifices ne sont pas beaux, ils ont du moins l'avantage de ne pas durer longtemps »[3]? Est-ce un instinctif et involontaire hommage à l'effort réalisé par nos ancêtres, à leurs pensées et à leurs rêves ?

Quoi qu'il en soit, ces façades pompeuses, ces intérieurs élégants nous charment et nous enchantent Il faut être un philosophe, prisonnier de ses formules *a priori*, pour en parler comme Taine l'a fait :

C'est alors que l'on vit régner ce style intolérable dont la fin du dernier siècle et le commencement de celui-ci ont été infestés, espèce de jargon.... qui semblait l'œuvre d'une académie de cuistres, digne de régenter une fabrique de vers latins[4]

En vérité, une appréciation aussi sévère est une injustice, presque un blasphème. Ouvrons notre âme au beau, sous quelque forme qu'il se présente. Dans l'œuvre d'art, sachons retrouver et goûter les émotions saines, les sentiments de force et de délicatesse que l'artiste y a déposés. Rappelons-nous ce mot de Ch. Garnier que, « si l'éclectisme doit être repoussé complètement lorsqu'il s'agit de produire, il faut être éclectique pour admirer[5]. »

1. *L'Architecture*, liv. I, ch. VIII.
2. *Notre-Dame de Paris, Ceci tuera cela.*
3. Viollet-le-Duc, dans les *Annales archéologiques*, t. II, p. 343, note.
4. Taine, *Philosophie de l'art*, 1885, t. I, p. 25.
5. Cité par M. Anthyme Saint-Paul, *Viollet-le-Duc et son système archéologique*, 2° édit., p. 14.

Admirons donc ou tout au moins apprécions à sa valeur, sans dédain comme sans engouement, cette éblouissante éclosion d'art qui transforma Bordeaux pendant le xviiie siècle. La ville nous donne à ce moment-là le spectacle rare d'un sens esthétique affiné uni au sens pratique des affaires. Elle mérite l'éloge décerné par Viollet-le-Duc aux anciens Grecs :

C'est un fait étrange, dans l'histoire des peuples, de rencontrer à la fois chez les mêmes hommes cette aptitude aux opérations commerciales, aux calculs positifs du négociant, et ce sentiment exquis dans les œuvres d'art [1].

1. *Entretiens sur l'architecture*, t. I, p. 71.

Épitaphe d'un Durfort à Montserrat.

C'est un merveilleux spectacle que celui de Montserrat : ces rochers pareils à des jeux d'orgues formidables; ce panorama limpide où, à perte de vue, les accidents du terrain se perçoivent avec une impeccable netteté. Dans un cadre aussi extraordinaire, tout devient étrange, jusqu'au petit chemin de fer à crémaillère qui, là-bas, monte péniblement de Monistrol, en jetant aux échos ses cris stridents de monstre blessé. Après quelques heures, on est écrasé par cette nature grandiose, grisé par cette débauche de lumière, et on cherche, dans l'étude de quelques curiosités conservées au monastère, une diversion et un repos.

C'est ainsi que, dans le cloître, j'avisai une dalle de marbre, comme j'en avais tant vu en terre catalane. Longue de 0ᵐ40, haute de 0ᵐ26, elle porte aux angles un écusson, losangé de ... et de ... à trois pièces; et, au milieu des grands côtés du cadre, une croix cléchée, évidée, posée sur un cercle. Le champ de la dalle est occupé par une épitaphe de quatre lignes, en majuscules gothiques. Or, j'éprouvai quelque émotion à rencontrer là, dans ce paysage fantastique, où on se trouve si loin de nos tranquilles plaines girondines, un nom bordelais :

XIIIᵒ KALENDAS ///PTEMBRIS, ANNO DOMINI Mᵒ
CCCᵒ XXIIIIᵒ, MIGRAVIT ROMEUS DURFOR=
TIS AB ISTO SECULO. CUJUS ANIMA
REQUIESCAT IN PACE. AMEN.

Était-il vraiment de nos pays le personnage dont les ossements avaient été recueillis dans une cavité de la muraille fermée par cette pierre funéraire? Appartenait-il à une branche des Durfort de Gascogne? Rien ne me permet de le savoir; l'épitaphe ne dit pas qu'il fût noble, et le *Précis historique sur la famille de Durfort-Duras* [1] ne mentionne ni ce membre de la famille ni ces armoiries; mais le prénom, *Romeus*, évoque l'idée de pèlerinage. Je me pris à rêver d'un Durfort pèlerin, venu de nos pays et mort au terme de son pieux voyage. Et sur mon carnet de route je transcrivis l'inscription, que je livre à la sagacité de nos d'Hozier locaux.

1. Jean Favre, Marmande, 1859, in-8°, 224 pages.

Notes

sur la propriété des dunes de Gascogne.

Ceci n'est pas une étude complète sur la propriété des dunes, — un volume y suffirait à peine, — mais une série de notes recueillies il y a quelques années et où est successivement passée en revue la situation légale des dunes avant, pendant et après la Révolution.

AVANT LA RÉVOLUTION

Il est au moins deux manières de retracer l'histoire du droit et spécialement du droit domanial. Des juristes, très distingués d'ailleurs, ferment systématiquement les yeux aux faits ; ils s'en tiennent aux théories juridiques. Ils arrivent ainsi à produire des mémoires d'une belle ordonnance, où les diverses propositions s'enchaînent logiquement.

Mais pour peu que l'on ait l'habitude de scruter le passé ou simplement de manier les pièces d'archives, on sait que l'histoire et la logique marchent rarement d'accord et que les faits, résultats de maintes forces divergentes, sont complexes, beaucoup plus complexes que les théories du droit.

Dès l'époque romaine, au dire d'un homme[1] qui a minutieusement étudié ces matières, « ce n'était pas une question de droit... que la nature publique d'une portion du territoire ; c'était une question de fait dont la solution dépendait uniquement du partage et de l'attribution. » A plus forte raison en est-il ainsi dans la France d'autrefois.

La situation domaniale de l'Ancien régime était sortie principalement d'une longue élaboration, qui avait duré pendant une grande partie du Moyen-Age ; c'est au cours de cette période que les appropriations s'étaient effectuées. Or, voilà une société où les pouvoirs publics s'étaient démembrés, émiettés à l'infini, où les rois avaient vendu, donné, baillé à fief, engagé, aliéné en mille occasions et sous mille formes les attributions les plus précieuses de leur souveraineté,

---

1. Championnière, *De la propriété des eaux courantes*, p. 46.

jusqu'au droit de rendre la justice et d'exiger le service militaire. Cela étant, nous pouvons affirmer *a priori* qu'ils se sont dessaisis d'une portion notable des propriétés de la couronne. Et, de fait, à les considérer de près, les lois domaniales sont surtout des affirmations de doctrine, qui n'ont point prévalu contre les titres et contre la possession.

Le législateur pose en principe que le domaine est inaliénable; mais il ne peut pas oublier « que ce principe exécuté d'une manière trop rigoureuse, pourroit avoir de grands inconvénients dans l'ordre civil, et causer une infinité de maux partiels...; qu'il est de la dignité d'une grande nation et de ses représentants d'en tempérer la rigueur » [1].

Ce sont des vérités de tous les temps : les lois de l'Ancien régime s'arrêtent donc devant les faits acquis; bien plus, elles en tirent parti et les consacrent à prix d'argent.

Prenons, par exemple, l'édit de février 1710, que le Domaine invoque parfois, comme si cet édit lui était absolument favorable [2]. Au fond, l'édit de février 1710 est une simple mesure fiscale : après avoir proclamé le droit primordial du Roi sur les biens domaniaux, l'édit constate que des concessions ont été faites et des usurpations commises ; il régularise les unes et les autres, concessions et même usurpations, moyennant paiement d'une indemnité au Trésor, et il confirme les détenteurs en la possession de ces biens et de leurs accroissements futurs. L'expédition qui en fut reçue par le Parlement de Bordeaux porte ce titre : « Édit qui confirme les possesseurs des isles et islots le long de la mer [3]. »

Au surplus, pour qu'on ne pense pas que je donne de l'édit en question une interprétation fantaisiste, je reproduis la partie essentielle du dispositif :

Statuons et ordonnons, voulons et nous plaist que tous les détemteurs, propriétaires ou possesseurs des isles et islots, crémens et attérissemens, lais et relais de la mer, droits sur le poisson, entrées et sorties des batimens, barques, chaloupes et batteaux, droits de parc et pescheries, madragues et bordigue, droits de varek, de bris, de naufrage, ancrage, pontage, épave, passage, gravage, feux, balizes, exemptions de guet et garde *et autres droits*

1. Loi du 1er décembre 1790. — Cette même loi comprend dans les domaines nationaux les biens aliénés que la Nation a le droit de recouvrer par voie de rachat ou autrement (art. 1er).

2. « L'édit de février 1710 et l'article 2 du décret de décembre 1790 consacrèrent, du reste, la domanialité des lais de mer et des rivages de la mer » (Mémoire de l'État contre Soulac, Bordeaux, 1893, p. 18).

3. Isambert donne un titre plus complet, où il a fait passer quelques lignes de l'édit lui-même : « Édit portant confirmation des possesseurs des îles et îlots, crémens, » etc.

sur les bords et rivages de la mer dont eux ou leurs auteurs se sont mis en possession de leur autorité privée et desquels ils jouissent par usurpation et sans titre ou dont ils ne jouissent qu'en vertu des alliennations, concessions et dons ou des lettres pattentes qui leur en ont esté accordées par nos prédécesseurs roys et nous jusqu'à présent, soient maintenus et conservés, comme nous les y maintenons et conservons à perpétuité, dans la jouissance et possession d'iceux, ensemble dans les crémens futurs, en nous payant, etc.

L'état de la législation pouvait se résumer en cette formule : le domaine appartient soit au Roi, soit aux seigneurs et particuliers qui le possèdent légitimement. Or, dans nos pays, nombreux étaient les sujets qui bénéficiaient de cette restriction et qui possédaient ostensiblement, paisiblement, des îles, des lais et relais de mer, des droits de pêche, de bris, naufrage et épaves, etc. Les actes nous montrent que les seigneurs de la contrée avaient en mains la totalité, ou presque, des rivages de la mer.

Dès 1290, le roi d'Angleterre interdisait de troubler les seigneurs de Lesparre en la possession du rivage[1], laquelle leur avait été concédée par Jean-sans-Terre. Le 12 octobre 1357, il fait défense aux barons de Guienne de revendiquer sans fondement les droits de côte et de naufrage; mais si l'un d'eux prétend à ces droits, le souverain examinera sa demande[2]. A la fin du xvie siècle, une description de la sirie de Lesparre lui assigne pour limite « le front de la grand mer »[3]. Les titres du droit de naufrage figuraient dans les archives de cette seigneurie[4]. En 1634, le seigneur d'Andernos, rendant hommage aux trésoriers de France, qui étaient les représentants du Domaine, déclara que sa seigneurie confrontait « du couchant, à la canau dudit Endernos », au chenal d'Andernos[5], au bassin d'Arcachon. En 1659, le duc d'Épernon, vendant la seigneurie de Lacanau, se réservait le droit de naufrage et d'ambre gris[6]. En 1713, la famille de Candale vendait à M. de Ruat le captalat de Buch, lequel s'étendait jusqu'à la mer[7].

En 1731 encore, le duc de Gramont, baillant à ferme les revenus

---

1. Rymer, *Fœdera*, 1739, t. I, partie III, p. 87.
2. Rymer, *Fœdera*, 1825, t. III, partie I, p. 380.
3. Cité dans un mémoire pour l'État contre Soulac. Bordeaux, 1893, p. 20.
4. C 3359, fol. 301.
5. C 4177.
6. C 4106; C 3350, fol. 196; J. Bert, *Notes sur les dunes de Gascogne*, p. 205. — Voir dans Baurein, t. VI, p. 192-193, le texte d'une ordonnance du duc d'Epernon, du 20 juillet 1660, sur la pêche et la navigation dans le bassin d'Arcachon.
7. *Arrêts de la Cour de Bordeaux*, 1848, p. 489.

de ladite seigneurie, réservait « les droits de prélation, droits de naufrage, d'aubenne, désérence en entier et la moitié des amandes de toutes espèces, des lods et ventes, des biens nobles, des marais et autres biens communément appellés *cousteyres* », plus divers locaux[1].

A Soulac, les religieux prétendaient au « droit de naufrage et espave sur la coste de la mer »[2]. Les mêmes avaient, concurremment avec le sire de Lesparre, des redevances sur les salines : ils exerçaient ce droit très anciennement et ils continuèrent après l'édit de 1710.

S'il fallait multiplier les faits analogues, rien ne serait plus facile. Je me bornerai à en mentionner encore deux.

En 1506, le seigneur d'Arès baillait à fief aux habitants les padouens et divers biens sis dans la terre d'Arès, dont la limite atteignait l'ime mer[3].

Au mois d'avril 1703, M. d'Essenault, prenant possession de sa baronnie de Castelnau, arriva au Porge : et, dit le notaire, « nous serions portés, en compaignie dudit seigneur et témoins et dits officiers, sur les dhunes du sable, que nous aurions traversées jusques sur le rivage de l'ime mer du grand Occéan, auquel lieu ledit seigneur a droit de cotte ; et icelluy, estant descendu de cheval sur ledit rivage, a pris diverses poignées de sable qu'il a jetté au vent, touché de l'eau de ladite mer, promené le long dudit rivage, » etc.

Il n'est pas seulement pittoresque, il est aussi très intéressant pour l'histoire du droit, le geste symbolique par lequel ce seigneur féodal affirme sa propriété sur les dunes, sur le rivage, sur le sable et jusque sur l'eau du « grand Occéan ».

Voilà donc un premier point hors de contestation : des seigneuries en bordure de l'Océan englobaient le domaine maritime et s'étendaient jusqu'au rivage inclusivement. Recherchons quelles sont les conséquences de ce fait.

On prétend que les dunes les plus rapprochées de la mer se sont formées sur des terrains domaniaux et que, par suite, elles appartenaient au Roi.

Cette théorie soulève de graves difficultés.

En premier lieu, elle est inapplicable aux seigneuries dont il vient d'être parlé, qui comprenaient le domaine maritime.

1. Q 952. — Pour Le Porge, cf. Baurein, nouv. édit., t. II, p. 65.
2. Cité dans le mémoire du Domaine contre Soulac, p. 23. — Dans son livre sur *Port-d'Albret*, p. 151 et 323, M. Saint-Jours montre que la ville de Bayonne était en possession de dunes.
3. Analysé dans une délibération du Conseil municipal d'Andernos, du 2 germinal an IX.

En second lieu, pour les dunes dont le pied est baigné par le flot, il faudrait savoir si la constitution géologique de la dune littorale n'est pas, sur tels ou tels points, antérieure à la constitution juridique du domaine public. Dans la dune de Gurp, commune de Grayan, M. le capitaine Saint-Jours me signale l'existence d'un atelier de l'époque néolithique. Supposons que d'autres dunes remontent, non pas aux temps préhistoriques, mais simplement aux vIII° ou IX° siècles; les juristes sont venus plus tard, quand déjà le rivage, qu'ils attribuent à l'État, était délimité par les dunes, quand celles-ci étaient propriété particulière.

Ceci nous conduit à constater que, même à la fin de l'Ancien régime, les représentants du pouvoir central n'incorporaient pas les dunes dans le domaine maritime. L'un des plus remarquables parmi les intendants de Guienne, Dupré de Saint-Maur, écrivait à Necker, le 26 février 1780 :

Les dunes sont hors de la ligne des terres qui sont baignées par les marées et, par conséquent, les seigneurs ou les communautés de chaque territoire y ont un droit particulier, sans préjudicier à celui qui est réservé au souverain sur les rivages [1].

A quoi Necker répondait, le 21 mars, que ces observations lui paraissaient fondées :

Quant aux difficultés qui pourront s'élever sur la plantation des dunes entre les propriétaires et les fermiers du Domaine, elles méritent une discussion approfondie, et vos observations à cet égard me paraissent fondées; mais j'attendrai, pour prononcer définitivement sur cet objet, que les opérations préparatoires soient terminées et que la question se présente à juger [2].

Au surplus, que les dunes ne fussent pas nécessairement propriété de l'État, c'est ce dont l'État lui-même est convenu lorsque, par un décret de 1810 qui sera étudié ci-après, il réserve les droits des tiers sur les dunes à ensemencer. Suivant l'observation qui en a été faite avec à propos dans un mémoire concernant les dunes de Carcans, « si les dunes avaient été de par leur nature et de plein droit la propriété de l'État, une pareille réserve serait inexplicable ».

Ainsi donc, les dunes n'appartenaient pas de droit au souverain. A qui appartenaient-elles? Il n'est pas possible de répondre *a priori;* c'est une question d'espèce.

La dune pouvait appartenir à un particulier, quand ce particulier

1. C 3603.
2. C 3603.

l'avait achetée, ou quand il était propriétaire du fonds inférieur que la dune avait envahi.

Elle pouvait appartenir à la communauté d'habitants, pour les mêmes raisons.

Elle pouvait appartenir au Roi, par suite de circonstances de fait : dévolution de la seigneurie à la couronne par déshérence, confiscation, etc. Le cas était rare.

Le Roi, écrivait en 1767 l'intendant de Fargès[1], n'a point ou très peu de landes[2] dans la généralité; elles appartiennent presque toutes aux seigneurs hauts justiciers et quelques-unes aux communautés.

La règle était que la dune appartenait aux seigneurs justiciers. Vers 1779, M. de Villers était en instance pour creuser des canaux à travers les dunes, entre le bassin d'Arcachon et Bordeaux, d'un côté, et entre le même bassin et Bayonne, de l'autre; le 5 juillet de l'année précitée, Necker écrivait à Dupré de Saint-Maur :

Comme ces dunes appartiennent à des seigneurs, M. de Villers croit nécessaire d'ordonner ces ensemencemens en accordant quelques priviléges et en fixant un terme après lequel ces dunes rentreraient dans le domaine du Roy, pour les ensemencer lui-même ou les concéder à de pareilles conditions[3].

Ces renseignements généraux sont corroborés par les dossiers de diverses affaires. D'un mémoire de 1778 ou environ sur « la terre et baronie de Lège-en-Buch..., appartenante à M. de Marbotin, conseiller en la cour du Parlement »[4], j'extrais les lignes suivantes :

Secondement, Monsieur de Marbotin, comme seigneur de ladite terre, y possède trois mille quelques journaux de landes qui seroient bons à mettre en nature de terre labourable et sept à huit mille journaux ou environ de vacants ou leytes bonnes à faire paccager les bestiaux. Ces leytes sont des lieux entrelassés dans les dunes de sable qui bordent la mer Océane; il s'y nourrit dans lesdites leytes quantité de bestiaux qui n'en sortent jamais.

Ainsi M. de Marbotin possédait les lèdes entre les dunes *qui bordaient la mer*, et sa possession était si complète qu'il baillait à cens,

1. Je crois, du moins, que la minute dont je donne un extrait est de sa main (C 3671).
2. Nous verrons ci-après que les dunes et lèdes sont comprises dans ce terme générique.
3. C 3606. — Les Fermiers élevant des prétentions sur les dunes, Necker fit prendre l'avis de l'Intendant. On a vu plus haut quel était cet avis.
4. C 3671.

ajoute-t-il, une partie des vacants. Ces lèdes cependant sont, d'après la théorie du Domaine, des lais de mer.

Passons à l'affaire de Ruat, dont le dossier nous est parvenu [1].

Les dunes du captalat de Buch appartenaient au seigneur ou captal : lui seul avait octroyé les concessions dont se réclament encore les propriétaires et les usagers de la forêt de La Teste [2], et, en 1743, lorsque des habitants du Porge furent poursuivis pour avoir conduit leurs troupeaux dans les dunes du Captalat, ce fut à la requête d'Amanieu de Ruat, captal de Buch, lequel fut partie au procès [3].

En 1778, les dunes menaçaient les paroisses du Captalat, La Teste, Gujan et Cazeaux. Il était urgent de fixer les sables par des ensemencements et, dans ce but, de procéder à des concessions au profit de particuliers. Or, les auteurs de M. de Ruat avaient passé avec les habitants des transactions qui reconnaissaient à ces derniers un droit de pacage sur les vacants du territoire, et les dunes, qui offraient aux troupeaux un peu d'herbe, étaient grevées de cette charge.

C'est ce que l'Intendant expose à Necker, le 3 mars 1778, dans une lettre où il parle des craintes de M. de Ruat :

Cette appréhension est principalement fondée sur la disposition de quelques habitans qui, sous prétexte de certaines transactions passées avec les anciens seigneurs des lieux, prétendent avoir des droits d'usage, même dans les dunes de sable, parce qu'il s'y trouve quelquesfois des herbes naissantes, en très petit nombre cependant, dont les bestiaux peuvent un peu proffitter.

A la mise en défens, les intéressés opposeraient soit des voies de fait, soit une instance devant les tribunaux ordinaires, qui leur donneraient vraisemblablement gain de cause. Il fallait donc assurer la connaissance de ces litiges aux juridictions administratives, plus portées à tenir compte des considérations d'intérêt général, et c'est pour arriver à ce résultat que l'on agit comme si les dunes du Captalat avaient été propriété du Roi. M. de Ruat y devait perdre assurément; mais il perdait bien davantage si les sables poursuivaient leur marche envahissante.

Qu'on veuille bien le remarquer, ces explications ne sont pas de moi; tous les motifs que je viens de résumer se trouvent dans les pièces du dossier. Un mémoire anonyme porte, entre autres :

L'autorité du Conseil ne pourroit agir que dans le cas où la propriété de ces terrains appartiendroit à S. M....

1. C 3672.
2. Voir la thèse de doctorat de M. R. Delage, *Du Droit d'usage dans la forêt de La Teste-de-Buch*. Bordeaux, 1902.
3. Le dossier est conservé dans le fonds des Eaux et Forêts.

Il seroit peut-être à désirer pour M. de Ruat que ces terreins pussent être censés appartenir au Roi et que la concession en fût faitte par S. M., soit à M. de Ruat lui-même, soit aux personnes qu'il désigneroit... Or, il ne seroit pas difficile de faire regarder ces dunes comme appartenant au souverain.

La conclusion se trouve dans un projet d'arrêt préparé par l'Intendant pour permettre à M. de Ruat de concéder au plus offrant les dunes des trois paroisses, moyennant une rente payable au bout de trente ans, moitié au seigneur et moitié aux usagers. Le Conseil du Roi, rendant un arrêt tout différent, bailla les dunes à M. de Ruat à titre de censive, sous la date du 23 mars 1779. Très marri, M. de Ruat éleva une protestation, et un nouvel arrêt de 1782 convertit la censive en un fief noble [1].

Telle est, brièvement condensée, cette affaire des dunes du Captalat. Le dossier démontre de la façon la plus claire que les dunes étaient la propriété du captal ou seigneur et que la propriété du Roi était une fiction suggérée par les circonstances. Cependant le Domaine, raisonnant sur cette concession unique dans l'histoire domaniale de la province [2] comme s'il s'agissait d'une concession normale et courante, a tiré de l'acensement de 1779 l'un de ses meilleurs arguments : « Le Roi concédait les dunes, donc il en était propriétaire. »

On peut saisir là sur le fait ce procédé qui consiste à édifier les théories sur des abstractions, en marge de la réalité.

Nous nous sommes occupés de la propriété dans le sens vague du terme. Il faut observer que cette propriété variait dans une large mesure : elle n'était point la même partout et, d'autre part, elle était habituellement grevée de charges, dont la nature et l'étendue différaient considérablement.

Nous savons que des particuliers détenaient des dunes en toute propriété, en alleu. Les seigneurs justiciers pouvaient avoir sur quelques dunes des droits identiques, les posséder à titre de propriété privée, à titre patrimonial, comme on disait ; la règle était que les dunes leur appartenaient en tant que seigneurs, à titre féodal. La distinction est devenue essentielle par la suite.

1. M. de Ruat n'ayant pas fait enregistrer ces deux concessions au bureau des Finances de Guienne et au Parlement de Bordeaux, la Cour de Bordeaux a déclaré qu'elles devaient être réputées non avenues (*Arrêts de la Cour de Bordeaux*, 1848 ; arrêt du 31 août 1848).

2. A la vérité, on a signalé aussi une demande en concession formulée par le comte de Montausier et adressée au Roi. Mais il est évident qu'une requête pareille ne prouve rien. La seule chose à retenir, c'est qu'il n'y fut pas donné suite.

Quelle qu'en fût l'origine, — patrimoniale ou féodale, — quel qu'en fût le détenteur, — souverain, seigneur, collectivité, simple particulier, — la propriété des dunes était habituellement amoindrie au profit de tiers.

Le Domaine soutient volontiers que ces recherches sont oiseuses, attendu que les dunes ne pouvaient appartenir à personne : vagues de sable, essentiellement instables, roulant sans trêve sur les lèdes [1] jusqu'au jour où elles s'arrêtèrent sous la main de Brémontier, elles échappaient, nous dit-on, à toute jouissance, à toute possession. Les lèdes formaient le fonds primitif, et l'on en pouvait jouir ; mais les dunes étaient « un désert effrayant », une « calamité », et une calamité n'est pas susceptible d'appropriation.

Tout cela demande à être mis au point. D'abord, la lède n'est pas toujours le sol primitif, antérieur à l'envahissement du sable. Une couche de sable a gagné les terres ; cette couche n'est pas uniformément épaisse : la surface présente des plissements, des ondulations. Les hauteurs sont les dunes proprement dites, les creux sont les lèdes. La lède est donc souvent la dune à sa partie la moins élevée ; l'origine, la formation, la nature du terrain sont les mêmes. La végétation des bas-fonds gagnait les pentes : dune et lède se confondaient chaque jour un peu plus sous un gazonnement uniforme.

L'erreur des Domaines vient en partie de ce que les dunes mouvantes, qui créaient aux populations et aux administrateurs de graves soucis, tiennent dans les documents une place qui nous abuse sur leur importance. D'autres « montagnes de sable », qui ne faisaient point parler d'elles, étaient entrées dans le domaine utilisable. Depuis le Moyen-Age, des travaux avaient été poursuivis en vue de fixer les dunes. En 1467, le seigneur de Lesparre était assigné à comparoir dans le territoire de Soulac, sur la « grand côte de la mer, près du lieu dit *du Pinedar* » [2] : ce nom indique une plantation de pins. Un document de 1650 signale à Saint-Nicolas, dans la même paroisse de Soulac, des « bois de haulte fuste, pasturages et marais » [3]. Entre l'étang de Carcans et la mer, les dunes, au dire de Baurein [4], portaient des pins « considérablement ». Cet auteur nous apprend qu'à Lacanau le pin réussissait « soit sur les dunes, soit dans la

---

1. Il ne faut pas prendre à la lettre tout ce que l'on dit de la mobilité des dunes. M. le capitaine Saint-Jours, qui connaît à fond le littoral, a émis sur ce sujet des observations intéressantes *(Repères du littoral gascon, passim)*.
2. Fonds de Sainte-Croix.
3. *Ibidem.*
4. *Variétés bordeloises*, nouv. éd., t. I, p. 351.

plaine »[1]. Cette forêt de Lacanau était étendue ; depuis le xvi° siècle, au moins, elle est mentionnée : le 1er septembre 1572, il était fait vente d'un pignadar « en la montagne dud. Lacanau appellé[e] *a Sou Veilh* »[2]. Plus tard, l'ingénieur Masse l'a fait figurer sur ses cartes topographiques et lui a, dans son mémoire, assigné une étendue de 3,500 toises sur 1,000, environ sept kilomètres sur deux[3].

D'autres forêts existaient sur les dunes du littoral gascon[4]. En 1779, le baron de Charlevoix-Villers jugeait qu'après les incendies et les ensablements il en subsistait 40,000 journaux, « encore parfaitement boisés »[5]. Dans son très récent travail sur le Captalat de Buch[6], M. l'abbé Petit a signalé toute une série d'ensemencements effectués à La Teste antérieurement à Brémontier.

Sans être couvertes de pins, les dunes pouvaient être fixées par une autre végétation, par des « arbrisseaux »[7], ou momentanément arrêtées. Celles-ci, en attendant la prochaine tempête, se vêtaient d'herbe, et le gourbet grimpait sur les versants.

Un arrêté du préfet de la Gironde, en date du 12 janvier 1802, atteste « que les sables des dunes ont été mal à propos regardés comme stériles, qu'il y croît, en très peu de temps, des végétaux de toute espèce »[8]. Et un document de l'an VIII renferme cette indication, qui est à retenir : « Il y croît des herbages excellents, et on a remarqué que les bestiaux qui s'y nourrissent y acquièrent un goût extrêmement délicat[9]. » Au cours du procès intenté par le captal de Buch aux gens du Porge qui venaient pacager dans les dunes du Captalat, aux lieux dits *la Lède, la Cousteyre, Landes, Pallus, Sable Blanc,* des témoins parlent des lèdes comme d'endroits « où il y vient beaucoup d'herbe »[10]. Nous avons vu que M. de Ruat, quand il entreprit d'ensemencer les

1. *Op. cit.*, t. II, p. 59.
2. Daudan, notaire.
3. Hautreux, *Bulletin de la Société de géographie commerciale de Bordeaux*, 1898, p. 300.
4. M. Durègne a marqué les principales sur une carte jointe au même *Bulletin*, année 1897.
5. J. Bert, *op. cit.*, p. 212.
6. *Le Captalat de Buch pendant la Révolution française*, pp. 11-16.
7. « Considérant... qu'il est reconnu que l'unique moyen de prévenir ce désastre (l'envahissement des sables) consiste non seulement à laisser croître sur les dunes les arbrisseaux qui retiennent le sable, mais à complanter d'arbres lesdites dunes, afin de les fixer » (Arrêté de l'Administration centrale du département, du 26 germinal an VII, relatif à Carcans).
8. J. Bert, *op. cit.*, p. 245.
9. Projets d'amélioration par le citoyen Fleury, de La Teste, dans le même ouvrage, p. 233.
10. Fonds des Eaux et Forêts. — Cf. ce que Baurein (nouv. éd., t. II, p. 59) dit du terrain sis entre l'étang de Lacanau et la mer.

dunes de La Teste, dut se préoccuper de les soustraire aux droits
d'usage.

De ces divers faits il se dégage une double conclusion : en premier
lieu, on erre gravement quand on affirme que les dunes étaient
essentiellement arides, qu'elles ne pouvaient pas être l'objet d'une
possession, qu'elles rentrent de droit dans la catégorie des biens
vacants ; ensuite, la dune, la lède, la lande, tout cela s'enchevêtrait,
se pénétrait, était soumis à un régime unique.

La distinction entre la lande, la dune et la lède est théorique. Mais
envisageons la réalité : voici un berger du xviii° siècle qui poussait
son troupeau sur la lande, vers l'Océan. Il trouvait la lède : quelle
raison avait-il pour s'arrêter? Aucune ; aussi savons-nous que le
troupeau parcourait la lède ; il usait de la dune également, ne fût-ce
que pour se rendre d'une lède dans l'autre[1], et en passant il ne
manquait pas de brouter l'herbe que la dune portait. Si la dune était
couverte d'arbustes, les bêtes y cherchaient l'ombre pendant l'été, un
peu de nourriture en temps de neige[2]. C'est abuser singulièrement
des abstractions que de vouloir séparer, en ces matières, les lèdes et les
dunes. La Cour de Bordeaux en a fait l'observation dans un *Attendu*
qui est, chose rare dans un document de ce genre, un fort joli
tableautin :

Attendu... qu'il ressort... de toutes les dépositions que l'unique plante
accrue au pied et sur le flanc des dunes, connue dans le pays sous la dénomination de *gourbet*, servait habituellement à la nourriture des vaches et
des chevaux, qui après l'avoir consommée sur place s'installaient sur le
sommet de ces éminences de sable pour y chercher le repos et la fraîcheur[3].

Sans doute ce paysage landais ne fera pas oublier *la Dune* du
regretté Auguin ; il n'en est pas moins agréablement brossé et, ce qui
vaut mieux, rigoureusement vrai. Lorsque l'arrêt ajoute qu'entre la
dune et la lède « existe, quant à la possession, une connexité étroite »[4],
il énonce une de ces vérités que leur évidence devrait mettre à l'abri
de toute contestation.

1. « Attendu... qu'il est difficile de concevoir la possession des leytes séparée de
la possession des dunes; que les bergers et les troupeaux ne pouvaient pas se rendre
aux leytes sans passer sur les dunes » (arrêt de la Cour de Bordeaux, du 25 juillet 1870; Dalloz, 1872, II, p. 102).
2. « Considérant d'ailleurs que les arbustes que la Nature y fait croître servent
d'abri aux bestiaux pendant la saison des chaleurs et leur fournissent des alimens
lorsque la terre est couverte de neige » (arrêté déjà cité du 26 germinal an VII pour
Carcans).
3. Arrêt du 6 mai 1872 (Dalloz, 1874, 1re partie, p. 370).
4. Même volume, p. 369. — Dans le même ordre d'idées, voir l'arrêt du 25 juillet 1870 (Dalloz, 1872, 2e partie, p. 103).

Landes, dunes, lèdes, le langage courant distinguait peu ou point ces trois choses, qui sont pratiquement confondues. Suivant un rapport du 17 août 1840, « l'expression *dunes* comprend l'ensemble des terrains ensablés, c'est-à-dire les dunes et les lettes » [1]. Inversement, dans les pièces du xviii⁰ siècle, le terme *lette, lède* s'étend aux dunes ; souvent les textes nomment les *lèdes* seules et, comme il a été dit, les actes de jouissance auxquels ces textes se rapportent s'exerçaient également sur les unes et sur les autres. Nous avons un « procès-verbal d'estimation des *lèdes* ou *landes communales* » de Grayan ; il y est dit que « les landes de Grayan, connues ici sous le nom général de lèdes... confrontent... du couchant à l'Océan ». Le mémoire de 1905 pour la commune de Carcans cite une lettre du sous-préfet de Lesparre, du 30 mai 1824, suivant laquelle la famille de Gramont réclame toutes les landes « jusqu'à la mer » [2].

Cette acception du mot *landes* était conforme à la tradition et, on peut dire, à la jurisprudence : le 26 nivôse an VIII, la Nation avait vendu « environ six mille arpens de *landes*, situés commune Du Porge » ; une contestation s'étant élevée relativement à l'assiette de ces 6,000 arpents, il a été jugé qu'ils comprenaient des *dunes*.

Évidemment on peut objecter que certains textes séparent les dunes des lèdes et les unes et les autres des landes ; mais il s'agit là de catégories philologiques ; au point de vue juridique, rien, à ma connaissance, n'autorise la distinction que l'on cherche à introduire : landes, lèdes et dunes formaient, à l'exception de quelques défens, un tout, qui était le domaine des bûcherons, des chasseurs et des pâtres. Les habitants y conduisaient leurs bêtes, y chassaient, y ramassaient la litière de leurs étables. Cette jouissance s'est continuée jusqu'à la fin de l'Ancien régime ; mais le droit en vertu duquel elle s'exerçait a varié suivant les époques.

A l'origine, les paroisses et les quartiers avaient la propriété des vacants. Pendant le viii⁰ siècle, par exemple, à ce moment où l'ancien monde se désagrégeait pour faire place au régime féodal, les vacants du Porge ou de Lège n'appartenaient plus au Roi, — si tant est qu'ils lui eussent jamais appartenu, — ils n'appartenaient pas aux seigneurs, qui n'existaient pas encore ; ils appartenaient à qui les occupait,

---

1. J. Bert, *op. cit.*, p. 284.
2. Dans une consultation pour la commune de Parentis-en-Born, imprimée à Mont-de-Marsan en 1903, M. Vigié, doyen de la Faculté de droit de Montpellier, cite trois actes de 1544, 1599 et 1626, intervenus entre les seigneurs et les habitants, p. 52, 53 et 54. Dans ces actes, tantôt les *lettes* ou *alettes* sont nommément désignées et tantôt elles sont comprises dans les *landes* et *padouens*.

aux habitants, qui les possédaient en commun. Puis, lorsque les seigneuries furent constituées, les seigneurs s'attribuèrent la propriété des vacants, dont ils laissèrent toutefois la jouissance aux habitants. Mais, de même que la féodalité avait changé en fief bien des propriétés allodiales, de même elle convertit en tenure le droit des populations sur les vacants ou *padouens*. Cette tenure, dans nos pays, portait un nom spécial, elle s'appelait le *paduentage*. Le *paduentage* se distinguait du bail à cens ordinaire, en ce que le premier avait pour objet des droits d'*usage, a padoir*, tandis que le bail à cens de landes était en vue du défrichement, *a treyre*. Rien de plus fréquent que le *paduentage* dans le Médoc : en 1439, les gens de Carcans furent affranchis de la questalité ; mais la charte d'affranchissement maintint diverses charges, dont le paiement du *paduentage* [1]. Une liève du xv° siècle énumère les rentes dues en Médoc au comte de Candale : Salaunes y figure pour 40 livres, plus, pour le *paduentage,* 6 livres et quelque chose ; ceux de Meyos payaient de *paduentage* 14 liards et 2 deniers par feu [2]. Pour Caudéran et Le Bouscat, les documents renferment d'assez nombreuses mentions de cette tenure [3].

Ces mentions, il importe d'en faire la remarque, s'étendent jusqu'à l'époque moderne : en 1651 et 1683, les habitants d'un quartier de Saint-Germain-d'Esteuil passaient reconnaissance pour un communal [4]; en 1634, est signalé un « droit de *pescuin* sur les habitans des parroisses [d'Andernos et Illac] ou [cir]convoisins quy mettent pascager leur bétailh dans la lande » [5]; en 1742, un laboureur d'Arsac déclare avoir joui paisiblement des vacants et padouens du seigneur, comme les autres habitants, parce qu'il a, comme eux, acquitté ponctuellement les redevances dues de ce chef [6]; en 1778, les gens « ayant droit de pacage et padouentage dans les padouens et communaux de Lauga », paroisse de Parempuyre, payent les arrérages non prescrits, soit vingt neuf annuités de la redevance [7]. En 1784, le bail à ferme des revenus de la seigneurie de Lesparre énumère le *civadage,* qui était, nous le savons par ailleurs, la prestation due pour le *paduentage* [8]. Au xix° siècle, le souvenir n'était pas perdu de cet état de choses ; les

---

1. Analysé dans le volume C 3359, fol. 11 v°.
2. C 1612, fol. 30 v° et 31.
3. 1428, G 1158 ; 1557, G 1165, etc. — Cf. ce que j'ai dit du *paduentage* dans l'Introduction au Cartulaire de Saint-Seurin, p. L.
4. L 1779.
5. C 4177.
6. Fonds des Eaux et Forêts.
7. E, Municipalités, Parempuyre.
8. H, fonds de Sainte-Croix, Lamarque.

documents en parlent encore, comme cette délibération du Conseil municipal de Gaillan, en date du 4 juillet 1827, qui expose qu'avant la Révolution le duc de Gramont percevait sur les pacages des droits féodaux, « sens, civadage et autres de cette nature ».

Comme l'on voit, les seigneurs percevaient une redevance pour le *paduentage*. Ce n'est pas la seule restriction qu'ils aient apportée au droit primitif des habitants : moyennant finances, ils accordèrent à des étrangers de pareilles autorisations de pacage, des baux à *paduentage*[1]. Ils provoquèrent des défrichements, qui réduisaient d'autant la superficie des vacants. Ils en vinrent à soutenir que la jouissance des habitants était l'effet d'une pure tolérance[2]. Cette prétention d'autocrate est passée dans des écrits des premiers temps qui suivirent la Révolution. Que dis-je? On retrouve cette thèse d'un autre âge dans des mémoires rédigés en faveur du Domaine sous la troisième République.

A une opinion pareille, un historien ne souscrira jamais : le droit des populations préexistait à tout autre; nos lointains ancêtres le faisaient valoir avant que le Domaine public et les seigneurs réclamassent les dunes, avant qu'il y eût un Domaine public et des seigneurs.

Ce n'est pas, nous le savons, le seul point sur lequel les défenseurs du Domaine ont substitué à la réalité des faits les théories tendancieuses forgées par les vieux juristes au profit de la royauté.

La thèse domaniale n'est guère autre chose qu'une série de vues *a priori,* d'où les contingences historiques sont à peu près exclues. Pour diverses raisons qui sont indiquées dans cet article, la question ne saurait être réglée par une formule générale : les dunes, — je le répète, et ce sera la conclusion de cette première partie, — n'appartenaient pas nécessairement au Roi, ni à un autre propriétaire quelconque; elles pouvaient appartenir au Roi, comme elles pouvaient

---

1. 1215. Autorisation de pacage délivrée par Gaillard Du Tourne aux gens de Macau (Cartulaire de Sainte-Croix, *Archives historiques,* t. XXVII, p. 52). — 1449. Engagement pris par le seigneur de Lamarque envers les habitants d'Arcins de ne pas accorder à d'autres qu'à eux et aux gens de Lamarque le droit de faire pacager dans les *padouens* de cette dernière paroisse (cité dans une consultation de 1789; archives d'Arcins, DD 1). — 30 novembre 1572. Bertrand de Bourbon, baron d'Audenge, agissant au nom de sa mère, baille à fief à Amanieu de Garnung la faculté de « paduenter et herbager tout et chescun son bestailh, tant gros que menu, par toutes et chescunes les terres vacantes et lettes de lad. dame » et de faire envoyer ses bestiaux dans la forêt de Lacanau (Daudan, notaire). — 5 décembre 1572. Acte analogue (même notaire).

2. Voir le dossier d'un procès devant le Conseil d'État entre le duc de Lesparre et quelques paroisses de la seigneurie, aux archives d'Hourtin, DD 1.

appartenir à des particuliers ou à des communautés d'habitants;
en fait, presque toujours dans la contrée depuis l'organisation de la
féodalité, elles appartenaient à des seigneurs justiciers, en tant que
seigneurs; les seigneurs en avaient baillé à cens une faible portion;
sur le reste, les communautés d'habitants avaient, en règle générale,
des droits de jouissance, qui faisaient ordinairement l'objet du bail
a *paduentage*.

PENDANT LA RÉVOLUTION

Dans le programme révolutionnaire pour la liquidation de l'Ancien
régime, la question domaniale et l'abolition de la féodalité tiennent
une des premières places.

La loi du 1ᵉʳ décembre 1790 définit le domaine national; mais elle
a soin d'expliquer que les biens dont il s'agit peuvent avoir été
aliénés et que le droit de la Nation se réduit parfois à la faculté de
recouvrer ces biens.

· Aux termes de la loi précitée, sont considérés comme dépendances
du domaine public « les rivages, lais et relais de la mer ». De même,
les biens « demeurés vacans et sans maîtres » appartiennent à la
Nation.

La Révolution allait jusqu'au bout dans les déductions de ses
principes. En brisant les seigneuries, elle exerça contre les seigneurs
la reprise des biens qu'ils possédaient à titre féodal : parmi ces biens,
les uns furent acquis à l'État, les autres aux populations.

Les rivages passèrent du domaine seigneurial au domaine public.
Les biens sans maître appartenaient jusque-là au seigneur justicier[1];
ils appartinrent désormais à la Nation. S'il existait des dunes abandonnées, échappant totalement à la jouissance, des dunes où pas un
sentier ne fût tracé, où pas un coin d'ombre, pas une touffe d'herbe
n'attirât jamais les troupeaux, ces dunes devinrent, à titre de bien
vacant, propriété de l'État. Quant aux autres dunes, servant à usage
commun, le sort en est réglé notamment par la loi des 28 août 1792
et par le décret du 10 juin 1793. L'article 9 de la loi du 28 août 1792
porte :

Les terres vaines et vagues ou gastes, landes, biens hermes ou vacans,
garrigues dont les communautés ne pourroient pas justifier avoir été
anciennement en possession, sont censés leur appartenir, et leur seront

---

1. *Coutumes du ressort du Parlement de Guienne*, [par les frères de Lamothe,] t. I,
1768, p. 459, note 3.

adjugés par les tribunaux compétents, si elles forment leur action dans le délai de cinq ans, à moins que les ci-devant seigneurs ne prouvent par titres ou par possession exclusive, continuée paisiblement et sans trouble pendant quarante ans, qu'ils en ont la propriété.

Le décret du 10 juin 1793 est plus radical, comme on va le voir par quelques extraits.

L'esprit du décret n'est pas « de troubler les possessions particulières et paisibles, mais seulement de réprimer les abus de la puissance féodale et les usurpations »[1]. Or, sont réputés usurpés tous les droits que les seigneurs ont sur les biens communs :

Tous les biens communaux en général, connus dans toute la République sous les divers noms de terres vaines et vagues, gastes, garigues, landes, pacages, pâtis, ajoncs, bruyères, bois communs, hermes, vacans, palus, marais, marécages, montagnes, *et sous toute autre dénomination quelconque*, sont et appartiennent de leur nature à la généralité des habitans ou membres des communes ou des sections de communes dans le territoire desquelles ces communaux sont situés; et comme tels les dites communes ou sections de communes sont fondées et autorisées à les revendiquer[2].

Le but de la Convention était d'arriver au partage des communaux ; aussi réglemente-t-elle minutieusement et ce partage et le fonctionnement des assemblées qui devaient le décider.

En un mot, le décret du 10 juin 1793 met les biens communs par nature à la disposition des groupes, municipalités ou sections[3], — le mot *commune* a ce double sens dans le décret. — Sont exceptés ceux de ces biens sur lesquels le ci-devant seigneur justifie d'un titre légitime, « et le titre légitime ne pourra être celui qui émaneroit de la puissance féodale »[4].

Cette dernière condition a donné lieu, dans la Gironde, à un débat intéressant : la famille de Gramont réclama, vers 1820, des landes dont la Révolution l'avait dépossédée; elle fit valoir que ces terrains lui appartenaient en vertu d'un acte notarié de 1672 portant vente de la terre de Lesparre, et la vente était un acte de droit commun, non un titre féodal. C'était jouer sur les mots : il importait peu de savoir si les ducs de Gramont avaient acquis la seigneurie par achat, héritage ou autrement. A ce compte, tous les seigneurs auraient pu dire : « J'ai les vacants par testament de mon père, ou par succession

1. Section IV, art. 9.
2. Section IV, art. 1.
3. On sait qu'en ces matières la section est un groupement de fait, qui peut être fort différent de la section administrative.
4. Section IV, art. 8.

de mon oncle, ou par contrat de mariäge, et ce sont là des titres non entachés de féodalité. » La question était de déterminer s'ils avaient les landes comme seigneurs et en vertu d'une prérogative féodale. Il s'agissait de la nature de leur droit, non du mode d'acquisition. Or, il n'est pas contestable que les landes étaient partie de la seigneurie et que cette propriété passait de seigneur à seigneur.

La famille de Gramont objectait également que la commune — c'était Carcans — n'avait pas formé d'action en revendication dans les cinq ans qui avaient suivi la promulgation de la loi et que, par suite, elle était déchue de ses droits. La question vaut la peine qu'on l'étudie avec soin.

La loi distingue entre la possession par le seigneur et la possession par les habitants : la possession par le seigneur est insuffisante[1]. Quant à la possession par les habitants, le législateur prévoit deux cas, suivant que les communautés pourront ou non établir qu'elles ont eu anciennement la possession : c'est seulement dans le cas où elles ne pourront pas justifier de la possession, actuelle ou ancienne, qu'elles seront tenues de former une action dans le délai de cinq ans. Le texte est très clair[2].

La jurisprudence exige que les communes aient dans le délai de cinq ans soit revendiqué, soit possédé[3]. Or, les communes de nos pays possédaient : elles avaient le *corpus*, l'objet matériel de la possession, puisqu'elles jouissaient des landes et des dunes[4] en vertu d'un droit d'usage ou du *paduentage ;* elles eurent l'*animus*, la volonté de posséder comme propriétaires, du jour où la loi le leur permit. M. Vigié, doyen de la Faculté de droit de Montpellier, me paraît avoir exactement exposé cet aspect du problème, dans le passage suivant d'un Mémoire déjà cité pour la commune de Parentis-en-Born[5] :

Les communes usagères antérieurement à la Révolution ont trouvé dans les lois de 1792-1793 un titre légal de propriété qui, moyennant une interversion de cause de la possession, leur permet de revendiquer leur qualité de propriétaire.

1. Section IV, art. 8.
2. Voir ci-dessus l'art. 9 de la loi du 28 août 1792.
3. Arrêt de la Cour de Cassation, du 20 messidor an X (Sirey, t. II, 1, p. 352). — En 1872, la commune du Porge gagna contre l'État un procès fameux à la suite d'une enquête qui permit de constater qu'elle possédait les dunes dans les cinq ans qui suivirent la promulgation du décret.
4. On a objecté que la dépaissance dénote un droit d'usage et non pas de propriété; la Cour de Cassation a fait observer que « les actes de possession utile dont ces terrains étaient susceptibles » n'allaient pas au-delà (arrêt plus bas cité du 23 mai 1876).
5. P. 62.

Pour qu'il en soit ainsi, il faut que les communes en possession de leurs usages sur les terres vaines et vagues aient eu la volonté d'exercer, à partir de ces lois et dans le délai de cinq ans, le droit de propriété qui leur était conféré.

Ce point a été très souvent jugé; nous signalons parmi les arrêts celui de la Cour de Cassation, ch. req., du 23 mai 1876 (Sirey, 76, 1, 375).

... « Attendu que les communes de Sainte-Hélène et de Salaunes..., — que ces communes n'ont pas eu à revendiquer des landes comprises dans leur territoire, parce qu'elles étaient en possession de ces landes à titre d'usagères et que les droits d'usage comprenaient tous les actes de possession utile dont ces terrains étaient susceptibles; — que les lois de 1792 et 1793 ont apporté à leur titre la plus énergique et la plus puissante des inter-versions; — que la volonté des communes de bénéficier des lois de 1792 et 1793 et de posséder à titre de propriétaire n'est pas douteuse.

La Cour de Cassation constate qu'il y a présomption en faveur de l'interversion de titre et cette présomption lui paraît assez forte pour en faire état. Dans bien des cas, cette déduction d'ordre psychologique est formellement confirmée par les documents. Voici, par exemple, l'arrondissement de Lesparre : l'une des questions qui agitaient le plus violemment les esprits était précisément cette question des terres vagues. Le 3 novembre 1792, les administrateurs du Directoire du District demandaient qu'il fût procédé d'urgence à la vente de certains biens d'émigrés, consistant principalement en prairies et pacages :

Ces domaines sont... situés dans des parroisses qui depuis longtemps sont dans une sorte de fermentation relativement à des prétendues usur-pations de communaux. Si nous partigions *(sic)* les biens confisqués dans ces communes en petits lots, tous les citoyens deviendraient propriétaires et oublieroient leurs communaux, au moins jusqu'à ce que des loix plus favorables leur permettent de les réclamer [1].

Survint le décret du 10 juin 1793, dont l'objet essentiel, rappelons-le, était de faciliter le partage des terres hermes et vagues. Les autorités administratives saisirent les municipalités et les invitèrent à décider si elles entendaient laisser ces biens dans l'indivision. Carcans, le 22 décembre 1793, Hourtin, huit jours plus tard (9 nivôse an II), délibérèrent à cet effet. Le 14 nivôse, le District écrivait :

La loi sur les communaux s'exécute dans ce district; les communes ont fait leurs assemblées et pris délibération pour le partage, sauf deux communes qui ont arrêté de jouir en commun; deux autres ont effectué le

1. Q 55.

partage et les autres communes procèdent à l'arpantement et à la division de leur terrain en lots [1].

Il est bien difficile, après cela, de soutenir que les communes de l'arrondissement n'ont pas fait acte de possession en temps voulu.

Il est une autre loi révolutionnaire qui concourt à expliquer pourquoi les communes n'ont pas intenté d'action en revendication, et de cette loi les communes ne paraissent pas avoir tiré tout le parti possible. C'est le décret de la Convention, en date du 17 juillet 1793, « qui supprime sans indemnité toutes redevances ci-devant seigneuriales et droits féodaux, même ceux conservés par le décret du 25 août dernier ».

Le décret du 25 août 1792 avait aboli les droits féodaux, sous certaines réserves ; le décret du 17 juillet 1793 les supprima tous sans exception :

ARTICLE PREMIER.

Toutes redevances seigneuriales, droits féodaux, censuels, fixes et casuels, même ceux conservés par le décret du 25 août dernier, sont supprimés sans indemnité.

II

Sont exceptées des dispositions de l'article précédent les rentes ou prestations purement foncières et non féodales.

Qu'on veuille bien se remémorer ce qui a été exposé plus haut concernant le bail à *paduentage* : d'immenses terrains vagues appartiennent au seigneur, non point parce qu'il les a achetés, mais parce qu'ils font corps avec la seigneurie ; la situation agricole et économique ne permet guère d'en faire que des pacages et le seigneur les concède à perpétuité pour des pacages ; de ce chef, il perçoit une rente ; fréquemment les preneurs passent reconnaissance pour ces terres

---

1. L 1779. — En réalité, il y eut, semble-t-il, plus de deux communes qui maintinrent l'indivision, et ces projets de partage ne furent pas, dans toutes les localités, suivis d'exécution. Il faut tenir compte de ce qu'à la suite des abus qu'entraîna le décret du 10 juin 1793, une loi intervint, le 21 prairial an IV, dans le double but d'arrêter les effets du décret et de consacrer ceux qui étaient acquis :
« Art. I". — Il est sursis provisoirement à toutes les actions et poursuites résultant de l'exécution de la loi du 10 juin 1793, sur le partage des biens communaux.
» II. — Sont provisoirement maintenus dans leur jouissance tous possesseurs actuels desdits terrains. »
Cette loi explique pourquoi les partages ont été arrêtés. Peut-être faut-il l'interpréter dans le sens le plus large et chercher dans l'article II une garantie au profit des communes qui étaient, à ce moment-là, en possession.

incultes [1]. A quelle catégorie appartiennent les rentes payées pour le bail à *paduentage?* Sont-elles féodales ou purement foncières? Je ne crois pas que l'on puisse hésiter : assurément ces rentes ne sont pas assimilables à un fermage habituel; elles constituent un véritable cens.

En conséquence, ces rentes et en même temps le domaine direct du seigneur ont été supprimés par le décret du 17 juillet 1793; la tenure s'est transformée en un alleu; les collectivités, qui jusque-là n'avaient que le domaine utile des landes, en ont acquis la pleine propriété.

La Révolution avait proclamé le droit primordial des communautés d'habitants sur les terres vaines et vagues; d'autre part, elle déclarait que la propriété était transférée du seigneur foncier au tenancier; on ne peut vraiment pas croire qu'au plus fort de cette réaction la Convention ait entendu maintenir au seigneur justicier cette propriété des terres hermes, qu'il tenait de son pouvoir seigneurial. Le décret du 17 juillet 1793 a donc fait passer aux communautés d'habitants ou aux sections la propriété des biens qu'elles tenaient à *paduentage.*

C'est pourquoi, plus tard, quand on mit les communes en demeure de prouver qu'elles avaient revendiqué les pacages dans les cinq ans qui suivirent la promulgation de la loi de juin 1793, certaines répondirent qu'elles n'avaient pas eu de revendication à élever, parce qu'elles étaient propriétaires.

Le maire de Carcans écrivait sous la date du 26 novembre 1819 :

La loi du 10 juin 1793, qui a autorisé le partage des biens communaux, n'a pu atteindre cette commune, vu qu'il n'en est jamais existé : les landes étaient désignées avant la Révolution sous le nom de landes vaccantes et étaient régies par les héritiers Gramont. A l'époque de la Révolution, *les droits de féodage ayant cessé par l'effet des lois, la commune s'empara des landes* pour en faire le parcours des bestiaux.

Ce que le maire de Carcans disait, d'autres l'ont dit sous une autre forme, et je ne parviens pas à comprendre pourquoi les mémoires et décisions judiciaires ne mentionnent pas — fût-ce pour le réfuter — cet argument.

Rappelons quelles conditions légales étaient faites sous l'Ancien

---

1. On trouvera, par exemple, une série de pareilles reconnaissances dans un terrier du xviii° siècle pour le seigneur de Castelnau (C 3352). Ainsi, le 26 juin 1736, dix-sept habitants de Mixtres, paroisse de Lacanau, tous tenant feu vif, déclarent devoir audit seigneur de Castelnau un boisseau d'avoine « pour tous droits de fouage, paduentage, pacage et herbage dans les communaux, landes et vaquans dud. seigneur..., dans lesquelles landes et vaquans les susnommés et autres tenans feu vif dans led. village de Mixtres pourront herbager et pacager toute sorte de bétail, couper sonstrage et brande sur lesd. vaquans pour leur uzage seulement ».

.régime aux catégories diverses des dunes de Gascogne et voyons ce qui, sous la Révolution, est advenu de chacune de ces catégories.

Dunes abandonnées et sans maître : appartenaient jusqu'en 1790 aux seigneurs hauts justiciers ; la Révolution les attribua au Domaine. Encore faut-il pour cela que les populations n'y exerçassent point ces actes de jouissance très restreints dont les dunes étaient susceptibles.

Dunes jouies par des particuliers ou par des groupements, qui en étaient, les uns ou les autres, propriétaires : la législation révolutionnaire ne les atteignit point.

Dunes servant à la dépaissance et appartenant à des seigneurs, pris non comme particuliers, mais comme seigneurs : elles rentrent dans les communaux par nature et le sort en est réglé par les lois du 28 août 1792 et 10 juin 1793. Si la commune ne les possédait pas, elle fut autorisée à les revendiquer dans un délai de cinq ans ; si la commune était en possession des dunes, fût-ce à titre d'usagère, elle acquit, de plein droit et par l'effet de la loi, la propriété. La jurisprudence met à la charge de la commune la preuve de la possession dans le délai de cinq ans à dater de la loi.

Dunes baillées à fief, à cens ou à *paduentage*[1] : le décret du 17 juillet 1793 les fit passer en toute propriété aux mains des tenanciers, individus ou collectivités. En fait, j'estime qu'à défaut des lois précédentes, ce décret aurait suffi pour incorporer dans le domaine communal la presque totalité des dunes de Gascogne.

APRÈS LA RÉVOLUTION

Cette troisième période de l'histoire des dunes a vu se produire un fait essentiel : l'occupation par l'État. La bataille est engagée sur cette question : à quel titre l'État possède-t-il? Est-ce *animo domini*, suivant la thèse du Domaine? Est-ce, comme le prétendent les adversaires, à titre précaire?

Un document résoudrait le problème : c'est un décret du 14 décembre 1810 ; mais ce décret reçoit des interprétations contradictoires. Examinons d'abord les faits qui l'ont précédé et amené; ils nous aideront à le comprendre sainement.

Dès les dernières années de l'Ancien régime, l'administration centrale s'occupa de fixer les dunes. En 1787, Brémontier écrivait à M. de Ruat pour lui demander l'autorisation d'établir sur ses

1. Sur le sort fait aux inféodations et aux acensements que le Domaine avait consentis avant la Révolution, voir la loi du 14 ventôse an VII, art. V, n° 3.

possessions un atelier d'essai. En 1791, le 21 juillet, le Directoire du département délibéra sur les ensemencements des dunes d'Arcachon ; le procès-verbal renferme le paragraphe suivant :

3° Qu'il sera écrit à la municipalité de La Teste, pour savoir à qui appartiennent les terreins qui se trouvent, d'une part, entre la grande et la petite montagne d'Arcachon, et, d'autre part, entre la ville et le territoire de La Teste et la mer, et que cette municipalité sera invitée à indiquer les moyens par lesquels ces terreins pourraient être recouvert[s] de pins ou d'autres bois, afin de former qu'une seule et même forêt avec les deux autres du nord et du sud ; qu'il sera observé en même tems à la municipalité de La Teste que, l'Administration ne pouvant pas se charger de tous ces ensemencemens, soit à cause des grandes dépenses qu'ils occasionneraient et qu'elle est hors d'état de supporter, soit *parce que les propriétaires de ces terreins devraient en receuillir un jour le fruit*, les habitans qui y ont intérêt sont invités à concourir à ces travaux, pour lesquels l'Administration sera toujours disposée à les aider, soit par les fonds de secours, soit par les autres moyens mis à sa disposition [1].

On voit dans quel esprit l'assemblée qui détenait dans le département le pouvoir exécutif délibérait sur la question. On ne peut pas dire qu'elle considérait les dunes comme propriété de la Nation.

Le 19 décembre 1791, le Conseil général fut appelé à examiner cette même question. On va constater quelle idée il se fait, à son tour, des droits de l'État.

Considérant..... qu'il est de la sagesse de l'Administration de s'assurer que ces travaux et ces dépenses ne tourneront pas en pure perte pour l'État et que le Département en retirera un jour le fruit ; que, pour y parvenir, il est important que ny la Nation ni des particuliers ne puissent prétendre aucun droit sur des terreins qui autrefois avaient été abandonnés comme stériles..............

Arrête : 1° que les travaux entrepris à ce sujet seront continués ;.....

2° Que toutes les personnes qui prétendraient des droits sur les terreins ensemencés ou à ensemencer seront invitées à faire connoître leurs titres à l'Administration dans le délai qui sera fixé ; faute de quoi et après ledit délai passé, elles seront censées avoir renoncé auxdits droits et qu'à cet effet il sera publié et affiché un arrêté contenant lesdites dispositions ;

3° Que l'Assemblée nationale sera *supliée*,.......... *dans le cas où la Nation aurait des droits à prétendre sur ces terreins*, d'y renoncer en faveur du Département, en considération des dépenses qu'il a déjà faites pour cet objet [2].

Cependant les événements détournèrent de cette affaire l'activité de

---

1. L. 509, fol. 53.
2. L. 501, fol. 166 v°-167.

l'Administration. On y revint sous le Consulat : le 13 messidor an IX, fut ordonnée la reprise des travaux.

LES CONSULS DE LA RÉPUBLIQUE, sur le rapport du ministre de l'Intérieur, le Conseil d'État entendu,

ARRÊTENT :

ARTICLE PREMIER. — Il sera pris des mesures pour continuer de planter en bois les dunes des côtes de la Gascogne, en commençant par celles de La Teste, d'après les plans présentés par le citoyen Brémontier, ingénieur en chef, et le préfet du département de la Gironde.

ART. 2. — Il sera établi, à cet effet, une commission composée de l'ingénieur en chef du Département, qui la présidera, d'un administrateur forestier et de trois membres pris dans la Société des sciences, arts et belles-lettres de Bordeaux, etc.

La décision ne fait pas l'objet d'une loi, mais d'un simple arrêté; elle se réduit à des mesures administratives pour la reprise des ensemencements. A coup sûr, la condition légale des dunes n'en fut pas modifiée.

Il n'en est pas moins vrai que l'État se disposait à mettre successivement la main sur les dunes du Sud-Ouest [1]. Que cache donc l'arrêté du 13 messidor et que se passait-il? Ceci : que des agents, emportés par leur zèle professionnel, supposaient résolue au profit de l'État et conformément à leurs vues la question de la propriété des dunes, comptant sans doute sur les règlements de police et sur le prestige du pouvoir central pour prévenir les réclamations. Mais trop de droits étaient méconnus et trop d'intérêts étaient lésés : on s'avisa que, décidément, on était allé trop vite en besogne. La Commission des dunes, qui était constituée à Bordeaux, chercha un moyen pour « allier au droit sacré de la propriété des principes qui protègent la conservation des travaux..... et qui, en même temps, s'opposent à ce qu'un esprit de résistance mal entendu arrête l'effet des intentions bienfaisantes du Gouvernement ».

Il paraît, dit la Commission, que les dunes n'appartiennent au Gouvernement que comme lais et relais de la mer ou par l'abandon que *sont censés en avoir fait les propriétaires*, qui ont cessé d'en payer les contributions, toute espèce de produit territorial ayant cessé par l'envahissement des sables. Il est nécessaire cependant que la législation décide quelque chose à cet égard... On conçoit que si, après que le Gouvernement a fait les frais de

1. Cf. un arrêté préfectoral du 22 nivôse an X, visant l'arrêté des Consuls du 13 messidor an IX et prescrivant d'établir des ateliers (J. Bert, *op. cit.*, p. 243).

l'ensemencement, ils venaient à revendiquer la propriété du sol, le Gouvernement perdrait le fruit de ses avances [1].

Il faut croire qu'il n'était pas si facile de concilier « le droit sacré de la propriété » et l'intérêt des travaux de fixation ; car la Commission, comme corollaire de ses réflexions et de ses débats, proposa un texte de loi qui débutait par cette déclaration extraordinaire :

ARTICLE PREMIER. — La propriété des dunes et terrains ensablés bordant la mer est soumise à des règles particulières.

Très particulières, en effet, comme on peut s'en assurer en lisant l'article 7, plus spécialement relatif à notre sujet :

ART. 7. — Les mêmes règles seront observées à l'égard des communaux, lorsque les communes justifieront qu'elles en sont propriétaires ; alors, la Commission des dunes les fera ensemencer, et lorsque les semis seront défensables la pâture sera permise aux habitants en se conformant aux règles à établir ; mais les communes n'auront aucun droit au produit des résines et autres récoltes [2].

C'était purement et simplement l'expropriation sans indemnité. Le Gouvernement ne pouvait pas suivre la Commission dans cette voie ; aussi Napoléon fit-il préparer un décret conçu dans un tout autre esprit et qu'il signa le 14 décembre 1810 ; d'expropriation le décret ne parle aucunement ; bien au contraire, il réserve les droits des tiers, de tous les tiers, communes ou particuliers. Je cite de ce décret quelques articles :

ARTICLE PREMIER. — Dans les départements maritimes, il sera pris des mesures pour l'ensemencement, la plantation et la culture des végétaux reconnus les plus favorables à la fixation des dunes.

ART. 5. — Dans le cas où les dunes seraient la propriété de particuliers ou de communes, les plans devront être publiés et affichés dans les formes prescrites par la loi du 8 mars 1810, et si lesdits particuliers ou communes se trouvaient hors d'état d'exécuter les travaux commandés ou s'y refusaient, l'Administration publique pourra être autorisée à pourvoir à la plantation à ses frais ; alors elle conservera la jouissance des dunes et recueillera les fruits des coupes qui pourront y être faites, jusqu'à l'entier recouvrement des dépenses qu'elle aura été dans le cas de faire et des intérêts, après quoi lesdites dunes retourneront aux propriétaires, à charge d'entretenir convenablement les plantations.

ART. 6. — A l'avenir, aucune coupe de plants d'oyats, roseaux de sable, épines maritimes, pins, sapins, mélèzes et autres plantes aréneuses conser-

1. J. Bert, *op. cit.*, p. 270.
2. J. Bert, *op. cit.*, p. 272.

vatrices des dunes ne pourra être faite que d'après une autorisation spéciale du directeur général des Ponts et Chaussées et sur l'avis des Préfets.

Art. 8. — N'entendons en rien innover, par le présent décret, à ce qui se pratique pour les plantations qui s'exécutent sur les dunes du département des Landes et du département de la Gironde.

L'article 5 réserve, on l'a vu, les droits des tiers, particuliers ou communes. L'administration des Domaines soutient que ce décret n'est pas applicable au Sud-Ouest, et elle prétend le prouver à l'aide de l'article 8. Je vais rechercher si cette doctrine est fondée.

Mais vraiment c'est déjà trop que la question se pose. Réserver les droits de propriété des tiers, ce n'est pas une prescription nouvelle, c'est le rappel d'une loi naturelle qui s'impose avec tant de force que, si le législateur avait omis de l'énoncer, le devoir s'imposerait à l'Administration de réparer cet oubli. Il est inouï, en vérité, que l'on refuse aux propriétaires des dunes landaises et girondines le bénéfice d'un axiome universellement admis.

D'autre part, couper la France en deux parties, l'une où l'État respecterait les droits des tiers, l'autre où il les sacrifierait, c'est là une conception tellement éloignée de toute maxime et de toute tradition qu'elle est invraisemblable. Pour l'expliquer, il faudrait que la législation locale l'eût amenée. Or, les lois domaniales étaient dans nos pays ce qu'elles étaient dans le reste de la France. L'édit de 1710, le décret de 1790 ont été faits pour la France entière, et le Domaine lui-même, pour prouver contre les communes de la Gascogne, recourt à un arrêt du Conseil de 1621 qui concerne la Saintonge. Il est inadmissible que, du coup, par un simple décret, deux départements aient été mis hors la loi et l'équité.

Supposons que Napoléon ait entendu ne pas étendre aux Landes et à la Gironde le régime institué par le décret du 14 décembre 1810 : aurait-il exprimé cette idée incidemment, sous la forme de l'article 8? Ne l'aurait-il pas rendue par une phrase plus claire? Que l'on mette le texte de l'article sous les yeux d'un homme qui n'est pas au courant de la difficulté et qu'on lui demande d'interpréter ces mots : « N'entendons en rien innover à ce qui se pratique pour les plantations sur les dunes de la Gironde » ; on peut affirmer qu'il n'en donnera pas la même interprétation que les Domaines. Évidemment il s'agit de pratiques administratives ou techniques, et non pas d'un principe juridique.

Nous avons, d'ailleurs, des documents qui ne laissent aucun doute sur la portée véritable du décret de 1810 et spécialement de l'article 8.

L'objet du décret est exposé dans un rapport du Ministre de l'Intérieur[1]. Or, avant de rien décider, l'Empereur avait chargé d'une enquête, non pas un jurisconsulte, mais un ingénieur, le colonel de génie Lacoste. Celui-ci, après s'être enquis des procédés adoptés pour les semis dans les Landes et la Gironde, fut d'avis de n'y rien changer : de là est sorti l'article 8, dont la Commission locale des dunes se déclara extrêmement flattée[2].

Au surplus, les faits et textes qui suivirent démontrent amplement que le décret était applicable et fut appliqué aux deux départements. Il a été rendu toute une série de décrets autorisant, en conformité de celui du 14 décembre 1810, l'Administration à faire des ensemencements.

Le 13 octobre 1847, Louis-Philippe signa une ordonnance de ce genre concernant Lacanau et Le Porge : il vise les diverses formalités prescrites par le décret du 14 décembre 1810, levée de plans, enquête ordonnée par la loi du 8 mars 1810, etc. :

...Vu l'arrêté des Consuls du 13 messidor an IX; le décret impérial du 14 décembre 1810;

Notre Conseil d'État entendu,

Nous avons ordonné et ordonnons ce qui suit :

Article premier. — Conformément aux plans approuvés par la décision ministérielle du 13 mars 1843, notre ministre des Travaux publics est autorisé à occuper, pour en effectuer l'ensemencement et la fixation, les dunes situées dans les communes de Lacanau et Du Porge (Gironde), même dans les parties qui n'appartiendraient pas à l'État.

Art. 2. — Les droits consacrés par l'article 5 du décret ci-dessus visé, du 14 décembre 1810, sont réservés en faveur de la commune de Lacanau et des sieurs Hameau, Lalesque, comte de Blacas, Wissocq, Cazaux et compagnie, et tous autres ayants droit qui peuvent se présenter. Etc.

Or, le décret de 1810 n'ayant pas encore paru au *Bulletin des lois*, on l'imprima en 1847, immédiatement à la suite de l'ordonnance dont il vient d'être donné un extrait, avec cette note :

Ce décret, cité dans l'ordonnance précédente, n'avait point été inséré au *Bulletin des lois*.

Il ne faudrait pas croire que la rédaction de l'ordonnance sur Le Porge et Lacanau soit l'effet d'une surprise. En 1846, la commune de Soulac désirait ouvrir un chemin; le directeur général des Forêts s'y opposa, parce que «l'État ne possède la forêt de Soulac qu'à titre

1. J. Bert, *op. cit.*, p. 274.
2. Lettre au Préfet, du 1ᵉʳ avril 1811.

précaire, puisque le droit de revendication a été réservé aux propriétaires des terrains sur lesquels elle a été créée » [1].

En 1857, l'exposé des motifs d'un projet de loi sur l'assainissement des landes fait valoir que « ce projet... ne sera qu'une application nouvelle et fructueuse des travaux de Brémontier et du décret du 14 décembre 1810 ».

Les partisans de la domanialité ne seraient pas éloignés d'affirmer que ces divers textes sont trop récents : en 1846, 1847, 1857, on avait oublié la vraie portée du décret de 1810. Cette explication serait bien faible ; elle est, de plus, matériellement inexacte. Dès le début, le décret de 1810 fut si bien applicable à la Gironde que, trois et quatre mois après, le préfet de ce département prit deux arrêtés pour en assurer l'exécution.

Arrêté du 9 mars 1811 :

« Vu le décret impérial de Sa Majesté du 14 décembre dernier, qui ordonne l'ensemencement, la plantation et la conservation des végétaux les plus favorables à la fixation des dunes et qu'à l'avenir aucune coupe de ces végétaux n'aura lieu sans une autorisation spéciale de M. le directeur général des Ponts et Chaussées ;

Considérant qu'il est urgent d'assurer l'exécution de ces dispositions bienfaisantes, qui tendent à conserver des plantations si essentielles à la fixation des sables :

Arrête :

ARTICLE PREMIER. — A l'avenir aucune coupe de plants d'oyats, roseaux de sables, épines maritimes, pins, sapins, mélèzes et autres plantes semences (sic) conservatrices des dunes ne pourra être faite que sous l'autorisation spéciale de M. le directeur général des Ponts et Chaussées.

ART. 2. — Tout propriétaire en jouissance de plantations de cette nature qui voudra en faire faire la coupe sera tenu de nous en faire sa demande par l'intermédiaire du Sous-préfet, qui nous la transmettra avec son avis.

ART. 3. — Les propriétaires des possessions contrevenant aux présentes dispositions seront traduits à la diligence de MM. les Maires devant les tribunaux compétents pour être punis conformément aux lois et règlements.

ART. 4. — Le présent arrêté sera transmis à M. l'Ingénieur en chef et à M. le sous-préfet de Lesparre, qui sont invités à en assurer l'exécution, chacun en ce qui le concerne.

Fait à, etc.   GARY.

L'arrêté du 5 avril 1811 précise le sens de l'article 8 du décret du 14 décembre 1810 ; il établit qu'il s'agit, dans cet article 8, de procédés techniques :

Vu notre arrêté du 9 mars dernier, qui prohibe, conformément aux

[1]. Mémoire contre Soulac, p. 8.

dispositions du décret impérial du 14 décembre, la coupe des végétaux les plus favorables à la conservation des dunes;

Vu l'article 8 du décret précité, ensemble la lettre de M. le président de la Commission des dunes de ce département, du 28 du mois dernier;

Concidérant que par le décret précité S. M. a déclaré qu'elle n'entendoit rien innover à ce qui se pratique pour la plantation des dunes du golfe de Gascogne;

Considérant qu'en prohibant par l'article 1er de notre arrêté précité la coupe des végétaux employés par la Commission pour couvrir et fixer les semis, quelques propriétaires, saisissant mal le sens de cette disposition, pourraient s'opposer à la coupe de ces végétaux lorsque la Commission en aurait besoin pour fixer les dunes;

Arrête:

Article premier. — Les dispositions de notre arrêté du 9 mars dernier, pour l'article 1 et 2, ne sont applicables qu'aux propriétaires ou détenteurs de végétaux conservateurs des dunes.

Art. 2. — Expédition du présent arrêté sera adressée, etc.

Pour le Préfet en tournée:
Le Conseiller de préfecture,
Barthe.

Entre temps, le directeur général des Ponts et Chaussées avait adressé directement le décret à la Commission des dunes, dont le président écrivait au Préfet sous la date du 1er avril 1811:

J'ai reçu de M. le directeur général des Ponts et Chaussées la communication officielle du décret impérial du 14 décembre dernier.

Pour tout dire, les partisans du Domaine connaissent au moins les deux arrêtés préfectoraux: ils ne s'y arrêtent point parce que le Préfet les aurait pris par erreur, le décret de 1810 n'ayant pas été promulgué. Malentendu en 1811, oubli en 1833 et années suivantes, l'attitude de l'Exécutif dans cette affaire rappellerait ces personnages du Palais-Royal qui se meuvent, ahuris, dans un continuel quiproquo: ce n'est plus du droit, c'est de la comédie bouffe.

Cette hypothèse irrévérencieuse et anarchique fût-elle admise[1], c'est là un point secondaire. Que le décret soit inapplicable en 1811, qu'il ait été mal interprété en 1833, il importe assez peu, attendu que nous ne le retenons pas comme décret, mais comme indication de l'état d'esprit dans lequel l'Administration a occupé les dunes.

1. Tout cela est d'ailleurs inadmissible: d'abord, l'État, de qui émanent les lois, n'a pas besoin qu'elles soient promulguées, pour les connaître; ensuite et surtout, la Cour de Cassation a déclaré, le 7 mai 1835, qu'on ne pouvait pas exciper de ce défaut de promulgation en forme, attendu que le décret de 1810 était connu suffisamment et exécuté par les intéressés.

On prétend que l'État a occupé *animo domini* et que sa possession a entraîné la prescription. Or, au sujet de ces dunes de Gascogne, la Commission des dunes de la Gironde, le préfet du même département, le directeur général des Forêts, les chefs de l'État dans leurs ordonnances, tout le monde vise le décret de 1810 et réserve les droits des communes ; avant de procéder aux ensemencements, l'État invite les communes à les faire elles-mêmes[1]. Est-ce à tort, est-ce à raison ? Encore un coup, nous n'avons pas à nous en inquiéter. Ce qui est essentiel et ce qui est incontestable, c'est que la prise de possession par l'État a été effectuée à titre précaire, qu'il n'y a pas prescription et que les communes conservent la faculté d'exercer leurs revendications[2].

CONCLUSION

En résumé, la question est avant tout d'ordre historique. Par les droits d'usage, elle tient aux plus anciennes civilisations établies sur notre sol ; j'ignore si elle a quelque chose de commun avec les Romains, mais la féodalité, la royauté absolue, la Révolution, nos administrations modernes y ont successivement apporté leur contingent de difficultés. Que l'on ajoute les modifications dues à des empiétements, à des expédients, à mille autres circonstances ; le caprice des accidents géologiques ; la diversité de l'âge des dunes, très anciennes sur un point, presque récentes sur un autre : quand les données d'un problème présentent une complexité aussi redoutable, comment veut-on faire tenir la solution dans un axiome juridique ?

Vainement on tente de poser des principes et d'en déduire les conséquences : les réalités objectives sont trop ondoyantes pour rester dans ce cadre.

La règle de la domanialité des rivages subit tant d'exceptions que cette domanialité est, au fond, l'exception : on ne retient que la règle.

---

1. Voici, à titre d'exemple, un extrait du décret du 5 mai 1858 concernant Hourtins : « Vu la délibération du Conseil municipal de la commune de Hourtins, prise en exécution de l'article 5 du décret du 14 décembre 1810, et constatant que les dunes en question ne peuvent être ensemencées par la commune, qui ne possède pas les ressources nécessaires à cette fin. »

2. Sur ma demande, mon confrère M. Teulet, archiviste des Landes, a bien voulu me fournir sur l'application du décret de 1810 aux dunes de ce département, des renseignements très intéressants. En 1854, un arrêté préfectoral vise, de façon expresse, le décret de 1810. C'est, semble-t-il, plus récemment que les Domaines ont imaginé d'exclure les Landes et la Gironde du droit commun fixé par le décret précité. — Je tiens à remercier ici M. Teulet pour sa communication très instructive.

Sur certains points, la dune a recouvert une partie du rivage : on soutient que la dune la plus voisine de la mer occupe nécessairement une portion du domaine maritime. Des dunes étaient instables, d'autres avaient cessé de l'être, d'autres encore étaient en voie de fixation : on émet au sujet des dunes cet aphorisme que « leur caractère *essentiel*... était la mobilité », et on en parle comme de sables absolument arides et dénudés. Les populations exercent des droits d'usage de beaucoup antérieurs à notre organisation et à nos lois : on ne voit là qu'une tolérance de l'Administration. Le Conseil du Roi accorde, dans des conditions très spéciales, une concession de dunes à M. de Ruat, qui en était déjà propriétaire : on supprime circonstances et précédents, et on allègue que « le Roi concédait les dunes ».

Les lois elles-mêmes, les lois positives sont en opposition avec le droit pur ; aussi les juristes ont-ils été amenés à proposer de certaines d'entre elles, comme de l'édit de 1710 et du décret de 1810, des interprétations inexactes, qu'un commentateur attentif ne peut pas accepter.

Enfin, un fait domine toute cette querelle : c'est que, sur divers points, des dunes appartiennent à d'autres qu'à l'État. L'État lui-même en a acheté, notamment pour y établir des postes de Douanes.

A la vérité, on veut que ce soient là les résultats de situations spéciales. Mais quand on édifie un système sur des règles absolues, il est difficile d'admettre des exceptions ; si les dunes sont des lais de mer et si les lais de mer appartiennent à l'État, d'où vient que l'État n'a pas toutes les dunes? Non, il n'y a pas de situations spéciales : il y a des communes qui ont fait valoir leurs droits et d'autres qui ne les ont pas fait valoir. Si l'on fait abstraction des sentences et des transactions que les premières ont obtenues, la situation est la même pour la plupart d'entre elles : la preuve en est qu'à ces communes qui ont eu gain de cause, on opposait jadis les mêmes théories que l'on oppose actuellement aux communes qui élèvent des revendications.

Cette question des dunes de Gascogne est grosse de conflits. La faute en est, pour une part, aux familles qui ont égaré leurs titres, aux municipalités qui, avec leur habituelle incurie, ont laissé s'anéantir leurs archives. La responsabilité revient aussi à l'État, qui, au lieu de régler d'abord la question de propriété, a immédiatement confié l'affaire, pour exécution, au service des Ponts et Chaussées.

Absorbé par le côté technique de l'opération, les agents ont perdu de vue et les règles du droit et les conseils de la prudence. Avant d'ensemencer les dunes, il aurait fallu prévenir les contestations futures ou s'assurer le moyen de les régler en connaissance de cause. La valeur vénale de ces monticules était alors minime et on aurait pu à peu de frais désintéresser les propriétaires; on aurait pu, tout au moins, dresser un cadastre du littoral, où fussent enregistrés ces droits que l'État prenait l'engagement de réserver.

Pour n'avoir pas suivi cette marche rationnelle, on a laissé la porte ouverte à une foule de procès, où le Domaine, supérieurement armé, risque d'avoir parfois raison contre la raison et contre le droit.

La sauveté de Sainte-Croix.

Il n'est pas besoin de réfléchir longtemps pour se rendre compte que les sauvetés devaient parfois donner lieu à d'étranges abus. Le droit d'asile est une excellente institution dans une société livrée à la violence et au désordre; dans un État régulièrement organisé, il a surtout pour effet d'arrêter le cours de la justice.

C'est de quoi on peut s'assurer en parcourant un joli petit registre de notaire de 1456-1457, perdu dans le fonds de Sainte-Croix de Bordeaux. Il est souvent question d'étrangers dans ce registre. Peut-être était-ce une spécialité du tabellion inconnu qui l'a formé : Jean de Thévenin, dit Petit-Jean, valet de chambre du maire Jean Bureau, y figure, ainsi qu'un certain nombre d'hommes d'armes.

Un marchand de Montpellier, Maurric de Prossida, mis aux arrêts par les juges du château de l'Ombrière, avait jugé à propos de prendre du champ. Il demanda aux moines de l'abbaye « sauvetat et franquessa acostumada », ce qui lui fut accordé.

Voici un octroi analogue, dans un cas un peu plus dramatique : un archer qui a joué de la dague contre un homme de la compagnie du sénéchal de Guienne vient solliciter le bénéfice de l'asile; on lui fait déposer sa dague et on l'accueille. A remarquer, parmi les témoins, deux archers de la compagnie de Colas Guineuff, lesquels assistent leur ami dans l'embarras :

Datum in dicto monasterio, iiii aprilis, anno quo supra.

Cum Pierre Le Roy, archey de la companhia de Moss^r Dorbal, requerit sauvetat, etc., a Moss. Johan de La Sala, monge et pitansey deu medis monestey, cum loctenent deu vicari, etc., per i coup de daga que ave donat a ung home de la companhie de Mos^r le sen^{al} de Guienne, etc. Et aquimedis rendo la daga aud. pitansey, et lod. pitansey lo autreyet la franquessa acostumada, etc.

Testes : Andriu Giraud, Bernart Deu Taudin, Johan Martin *alias* lo Duc, clercz, Andriu Grangeneu et Johan Davis, francz archiers de la companhia de Colas Guineuff.

Évidemment, cela est quelque peu anarchique, et on ne saurait proposer un tel fait à l'admiration des philosophes. Mais cet archer fuyant éperdu après son mauvais coup, et, accompagné de deux camarades, remettant aux moines de Sainte-Croix sa dague ensanglantée, il y a là, pour la suite de *la Rixe*, une jolie mise en scène, digne de tenter un Meissonier bordelais.

ÉGLISE SAN MIGUEL DE LINO, PRÈS D'OVIEDO.
ARCHIVOLTE A LA TRIBUNE.

BATTANT DE PORTE D'UN TOMBEAU PALESTINIEN.
(D'après Heuzey, C. R. Acad. Inscr., 1905, p. 344.)

STÈLE DU MUSÉE DE LEÓN.
(Corpus, n° 5700.)

Stèles espagnoles [1]

M. Jullian a reçu la lettre suivante :

Mon cher Ami,

Votre note sur les stèles espagnoles est des plus ingénieuses, et j'ai pris à la lire un très vif intérêt. Me permettez-vous d'ajouter quelques remarques, non plus sur le symbolisme de ces pierres, mais sur les origines de leur ornementation ?

Les stèles dont il s'agit paraissent former trois groupes : l'un du côté de León, le second dans la région de Burgos, le troisième dans les Pyrénées, vers la vallée de l'Arboust. Mon ami M. Puig y Cadafalch, architecte à Barcelone et député aux Cortès, a étudié récemment ces diverses familles de stèles dans son beau volume sur l'Architecture romane en Catalogne [2] : son sujet l'a conduit à s'occuper surtout des stèles pyrénéennes, qui diffèrent profondément des autres ; je retiens principalement, ci-après, les stèles léonaises et burgalaises.

Ces stèles sont arrondies du haut ; la partie supérieure du champ présente un motif principal, une sorte de rosace, entourée d'un cercle plus ou moins large, plus ou moins riche. Ce motif peut être une étoile à six rais curvilignes, une hélice, une marguerite, etc. Il est accompagné d'ornements secondaires : feuilles stylisées, dessins géométriques, croissant(?) monté sur un pied et accompagné de deux feuilles de lierre, équerres(?) dont les extrémités libres sont découpées d'une échancrure rectangulaire, etc. La décoration de certaines stèles est entièrement à méplats, à facettes. Enfin, des stèles léonaises et pyrénéennes offrent un arc en fer-à-cheval, qui souvent encadre l'inscription.

Parmi les motifs de cette décoration, il est présumable qu'il en est d'indigènes : Bofarull a jadis publié une stèle sur laquelle un croissant figure à côté d'une inscription ibérique [3].

Quant aux autres motifs, ne faut-il pas en chercher la provenance en Orient ?

1. Cf. la *Revue des Études anciennes*, année 1910, , p. 89.
2. *Arquitectura románica á Catalunya*, t. I, in-4°, Barcelone, 1909.
3. M. Puig a reproduit ce dessin dans le vol. précité, p. 243.

M. Puig examine et il rejette la théorie bien connue qui fait de l'étoile à six pointes, de l'hélice et de la rosace des caractéristiques essentielles de l'art byzantin. « Ce sont, » dit-il, « des motifs trop simples pour que les différents peuples n'aient pas pu les tirer de ce fonds d'idées qui est commun à l'humanité [1]. » Rien n'est plus vrai, et à la question, telle qu'elle est énoncée par quelques orientalistes [2], il est difficile de faire une autre réponse. Seulement, on peut croire que le problème doit être mieux posé, d'une façon plus concrète et qui serre de plus près l'objectivité des faits. L'erreur de Courajod, par exemple, est d'avoir attribué à chacune des analogies une valeur trop

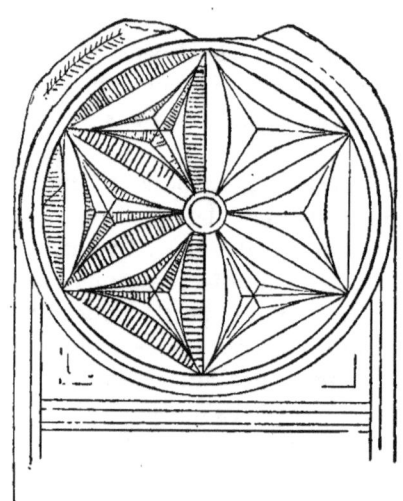

PARTIE SUPÉRIEURE D'UNE STÈLE
DU MUSÉE DE LEÓN.
(*Corpus*, n° 2680.)

absolue et d'avoir pensé que partout où il existe une hélice ou une étoile à six rais, une marguerite ou une gravure obtenue par des gouttières en V, ce fait est dû à une influence effective de l'Orient [3].

L'étoile à six rais curvilignes n'appartient en propre à aucune école, non plus que la marguerite stylisée, non plus que la gravure à facettes ni, peut-être, l'hélice. Mais ces éléments peuvent être caractéristiques par la façon dont ils sont traités ou par leur groupement.

Prenons, par exemple, l'étoile à six rais curvilignes : dans sa forme élémentaire, c'est le motif le plus banal, le plus répandu qui se puisse imaginer ; mais à León comme à Burgos, cette étoile se complique d'accessoires qui lui donnent une physionomie spéciale ; or, elle se retrouve, exactement pareille, sur des objets que l'on donne comme orientaux, telle la petite châsse de Poitiers [4], ou sur des ossuaires juifs [5]. Dom Leclercq [6], rencontrant une sculpture pareille sur un coffret de l'Afrique du Nord, a rattaché cet objet à l'art judaïque. On ne voit pas pourquoi un pareil raisonnement ne serait pas légitime quand il s'agit de nos stèles d'Espagne.

1. *Op. cit.*, p. 249.
2. Voir Courajod, *Leçons professées à l'École du Louvre*, t. I, pp. 122-123.
3. *Op. cit.*, p. 310 et *passim*.
4. *Op. cit.*, p. 324.
5. Dom Leclercq, *Manuel d'archéologie chrétienne*, t. I, p. 527.
6. *Op. cit.*, p. 528.

De même, l'hélice à rais nombreux et pressés, taillés à facettes, semble être d'origine orientale : l'art byzantin l'a adoptée ; elle se voit sur des édifices syriens[1], sur des tombeaux phrygiens[2], dans des mosaïques ravennates[3] et sur toute une série de bas-reliefs recueillis par Cattaneo[4] dans l'Italie byzantinisée.

La marguerite stylisée orne des ossuaires juifs gardés au Louvre. Sur certains bas-reliefs qui portent la trace d'influence byzantine[5], l'hélice et la marguerite stylisée sont posées aux côtés d'une croix, où ils paraissent représenter le soleil et la lune.

Entre les stèles de León et de Burgos et les monuments orientaux, l'analogie réside moins dans les schémas des motifs que dans les détails de l'exécution et dans l'association de ces ornements. L'affinité est véritablement frappante si on rapproche des stèles en question la porte d'un tombeau palestinien signalée naguère par M. Heuzey à l'Académie des Inscriptions[6]. Hélice, étoile à six rais combinée avec les dessins géométriques dont sont meublés les secteurs entre les rais, étoile à quatre rais rectilignes, marguerite : la grammaire décorative et le faire sec et froid sont communs aux deux arts, si éloignés dans leur domaine, si étroitement unis, peut-être, dans leurs origines.

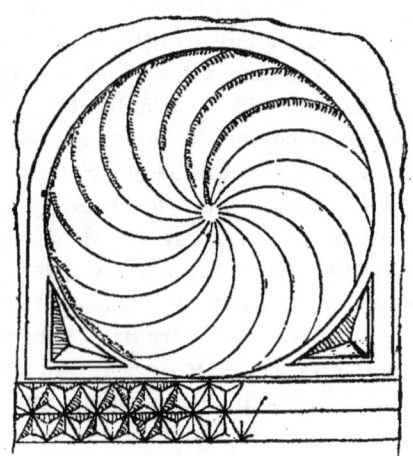

PARTIE SUPÉRIEURE D'UNE STÈLE
DU MUSÉE DE LEÓN.
(Corpus, n° 2687.)

Reste le fer-à-cheval. Vous pensez, mon cher ami, que l'arcade en fer-à-cheval est l'expression d'une idée anthropomorphique, et je me garderai bien de vous contredire ; mais il est possible que l'on ait converti en un symbole ce qui était à l'origine un pur ornement. La marguerite et l'hélice n'avaient, je pense, chez les Orientaux qu'une valeur décorative ; les Italiens en ont fait la figure du soleil et de la lune ; vous constatez que les ornemanistes espagnols se sont emparés de ces dessins pour représenter l'étoile du matin et l'étoile du soir ;

---

1. De Vogüé, *La Syrie centrale*, passim.
2. Ramsay, *Studies in the History and Art of the Eastern Province of the Roman Empire*, fig. 8, fig. 22 A.
3. Rohault de Fleury, *La Messe*, t. I, pl. II et III.
4. *L'Architecture en Italie du VIe au XIe siècle*, pp. 119, 160, 161, 162, 196, 199, 202, etc.
5. Cattaneo, *op. cit.*, p. 192.
6. *Comptes rendus de l'année 1905*, pp. 344 et suiv. — Voir la planche ci-jointe.

plus tard, ces motifs traînent dans l'art asturien[1], où ils sont revenus à leur rôle primitif. De même, on a pu voir un schéma du corps humain dans une forme qui était primitivement une combinaison d'architecture. Il serait intéressant, à ce sujet, de classer chronologiquement les arcs outrepassés des stèles espagnoles ; peut-être trouverait-on que les plus anciens sont montés sur des colonnettes[2] et constituent un encadrement, comme dans cette stèle du Musée de Madrid dont l'inscription est publiée dans le *Corpus*, sous le n° 2675.

Le symbolisme des stèles n'empêche donc pas que les dessins qui les décorent et en particulier l'arc en fer-à-cheval procèdent de l'Orient. Est-ce de ces lointaines contrées que le tracé dont il s'agit a été porté en Espagne ? Peut-être en trouverait-on des exemples dans la Péninsule dès les temps préhistoriques[3], et pour rattacher en ceci l'Occident à l'Orient, il ne suffirait pas de démontrer que l'arc outrepassé était très anciennement connu en Asie, soit pour le tracé des baies ou des plans d'exèdres[4], soit pour l'ornementation des stèles funéraires[5]. Mais ici encore, il faut prendre dans leur ensemble et tels qu'ils se présentent les divers éléments de solution ; il ne faut pas isoler une analogie de toutes celles qui l'accompagnent ; il faut, en un mot, se rappeler que cette même famille de stèles, où sont les arcs en fer-à-cheval, présente également toute une série d'autres formes dont l'origine orientale a été ci-dessus démontrée. Cette considération permet de formuler, dans le sens de la provenance asiatique, une conclusion devant laquelle M. Gomez Moreno a reculé[6].

En résumé, je suis porté à chercher sur le littoral méditerranéen de l'Asie la source de l'ornementation étrange qui se voit sur les stèles de León, de Burgos et de la haute vallée de la Garonne. Peut-être une autre explication se produira-t-elle un jour ; pour le moment, celle-ci est l'hypothèse qui paraît le mieux donner la raison des faits et des analogies ci-dessus constatés.

---

1. Voir la planche ci-jointe.

2. Quelquefois aussi, la forme outrepassée résulte de ce que le sculpteur a emboîté un corps dans l'arc qui l'encadre ; la ligne ressaute vers l'extérieur au niveau des épaules, comme dans cette stèle pyrénéenne que viennent de publier M. Puig (*op. cit.*, p. 245) et M. Espérandieu (*Bas-reliefs de la Gaule*, t. II, p. 25, n° 882).

3. Cartailhac, *Ages préhistoriques de l'Espagne et du Portugal*, p. 120, fig. 122.

4. Strzygowski, *Kleinasien*, fig. 9, 13, 22, 48, 49, etc. — Cf. le même, *Der Dom zu Aachen*, p. 40.

5. Ramsay, *op. cit.*, *passim*. — Choisy avait mentionné cette particularité des stèles phrygiennes dans *L'Art de bâtir chez les Byzantins*, p. 166, note.

6. *Excursión à través del arco de herradura*, extrait de la *Cultura española*, p. 28.

Barbezieux et Saint-Seurin de Bordeaux.

————

L'année dernière, à l'occasion du 400ᵉ anniversaire d'Élie Vinet, mon confrère, M. de la Martinière, a montré quels rapports rattachent les origines de Barbezieux à notre église Saint-Seurin. Devant les érudits assemblés en l'honneur de l'admirable savant que fut Vinet, il a prononcé une conférence[1] des plus attachantes, dont l'objet est « d'établir que l'archevêque et l'église Saint-Seurin furent les fondateurs du château et de la paroisse Saint-Séverin de Barbezieux ».

Or, quelques mois plus tard, les hasards d'un voyage de vacances m'ayant conduit à Barbezieux, je fus très frappé de la disposition d'ensemble du parti architectural de l'église paroissiale de cette ville et de l'analogie qu'elle présente avec Saint-Seurin de Bordeaux.

Rappelons, d'abord, que la collégiale Saint-Seurin de Bordeaux a une nef sans fenêtres ni triforium, couverte d'ogives sur plan carré; ces voûtes sont contrebutées par des berceaux transversaux pareils à des formerets, lesquels abritent des bas-côtés étroits. C'est manifestement la transposition en style gothique du type des églises à coupoles ou plutôt la réalisation gothique d'un compromis entre les églises à coupoles et les églises poitevines à bas-côtés médiocrement larges : celles-ci ont fourni le plan, celles-là ont inspiré la formule générale du voûtement. Il convient d'ajouter que les églises analogues à Saint-Seurin sont rares : je n'en connais pas une autre dans la Gironde, et peut-être n'y en a-t-il pas dans le Sud-Ouest, en dehors de Mimizan[2].

Or, l'idée se retrouve à Barbezieux. L'église de Barbezieux a souffert d'un ou plusieurs désastres : partie des piles sont cylindriques; d'autres ont perdu leur couronnement; les voûtes, compliquées et bizarres, sont du xixᵉ siècle, paraît-il; je le crois sans peine. Il reste d'un édifice du xiiᵉ siècle des portions considérables, notamment la tête des bas-côtés et un certain nombre de piliers.

---

1. Publiée dans la *Revue historique de Bordeaux*, nᵒ de juillet-août 1909, pp. 221-227.
2. M. Enlart a signalé une disposition pareille dans le transept de l'église de Lapaïs, île de Chypre (*L'Art gothique et la Renaissance en Chypre*, t. I, p. 48).

Dans ces piliers anciens, un détail appelle l'attention : les colonnes sont groupées de pareille façon sur les quatre faces; mais les tailloirs des colonnes d'angle sont posés différemment, ainsi que je l'ai indiqué sur le plan : du côté de la nef, ces tailloirs sont placés de

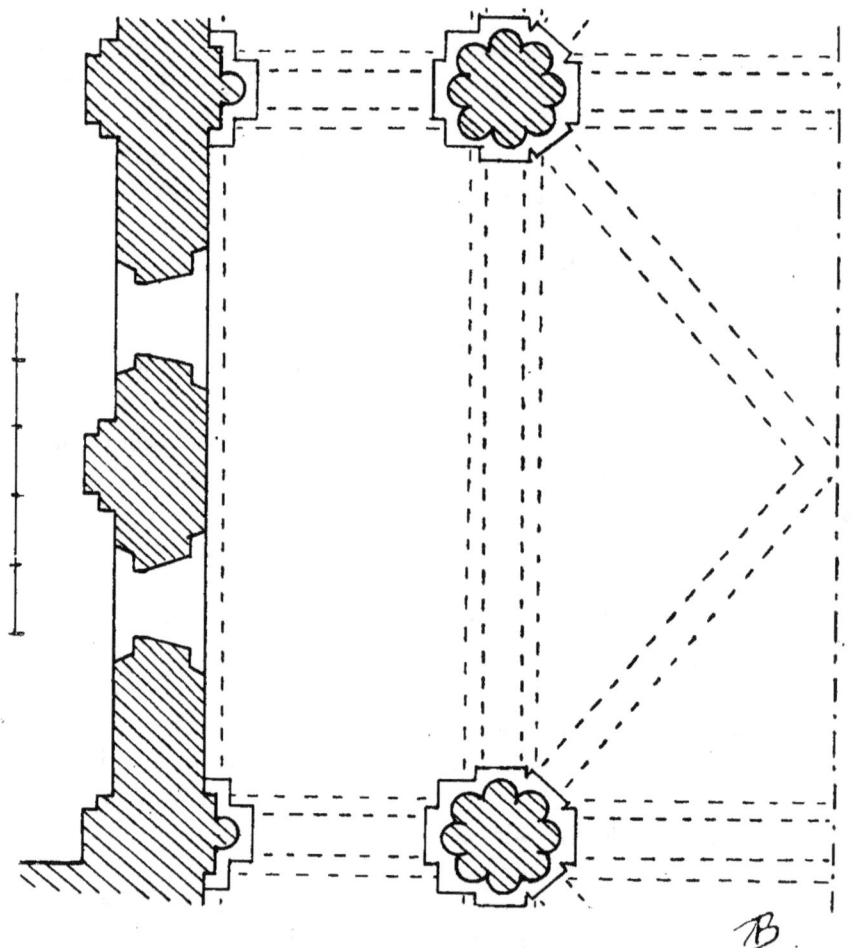

Église paroissiale de Barbezieux. Plan de moitié d'une travée.

biais, à 45 degrés; du côté des collatéraux, ils sont parallèles à l'axe de l'église. Les premiers supposent des nervures diagonales; les seconds, des nervures transversales.

Quel était le rôle de ces nervures transversales, c'est ce que montrent les deux qui subsistent à l'est, une sur chaque bas-côté : elles étaient placées à la retombée de berceaux perpendiculaires à l'axe de la nef. Aussi bien, on peut arriver à cette conclusion *a priori*, toute autre combinaison étant impossible. De plus, si on se risque au-dessus des voûtes actuelles, on aperçoit, au moins du côté nord, adhérant au parement intérieur du mur de flanc, les restes d'un ou de plusieurs formerets qui marquaient la rencontre des berceaux transversaux dont il s'agit avec ce mur.

En un mot, la nef de Barbezieux était voûtée d'ogives; les collatéraux étaient couverts de voûtes en berceau transversales, pénétrées aux naissances par des arcs tournés au-dessus de ces collatéraux[1]. C'est le parti de notre église Saint-Seurin.

Il est, semble-t-il, intéressant de constater pareille analogie : c'est un rapport de plus entre Saint-Seurin de Bordeaux et Barbezieux; c'est une confirmation par l'archéologie de la thèse que M. de la Martinière a soutenue à l'aide d'arguments d'ordre historique.

---

1. L'église de Barbezieux avait, dans les murs de bas-côtés, deux rangées de baies superposées : il y aurait lieu de rechercher si les berceaux transversaux passaient au-dessus, au-dessous ou au niveau des baies supérieures, qui sont peut-être le résultat d'un remaniement.

L'obligation à la résidence et la questalité.

Au cours d'études très intéressantes sur la condition des populations rurales au Moyen-Age, deux érudits d'Angoulême, M. Touzaud et mon confrère, M. de la Martinière[1], ont commenté des textes relatifs à Saint-Magne de Belin.

L'une des questions que ces messieurs ont soulevées concerne le rapport qui existe entre la questalité et l'obligation de *tenir feu vif* dans l'*estalge*[2] : le tenancier astreint à la résidence était-il nécessairement, *ipso facto*, un serf questal? Je ne le pense pas.

De nos jours, si le métayer ou le fermier s'engagent à vivre dans la ferme, ils ne sont pas serfs pour cela. Il n'en était pas autrement jadis : cette clause du contrat censuel ne modifiait pas la condition personnelle du tenancier.

Voici, par exemple, un bail à cens de 1472, comme il y en eut tant pour repeupler le Bordelais dévasté par la guerre de Cent Ans: l'abbé de La Sauve donne à cens à un nommé Arnaud Portey un manse abandonné sis dans la paroisse de Saint-Pey-de-Castets; ledit Portey s'engage à y construire dans les cinq ans une maison « de tres traps », de trois poutres, c'est-à-dire, je pense, de trois fermes. « Et là il doit tenir feu vif et faire résidence personnelle, continuellement, de nuit et de jour. » Or, le preneur était le curé de la paroisse[3], et il est inadmissible que ce bail eût pour effet de le transformer en serf questal.

Au surplus, l'acte précise quelquefois que le tenancier pourra se décharger sur un tiers de cette obligation de la résidence. Ainsi, en 1479, l'abbaye de La Sauve acensait un manse situé dans la paroisse de La Sauve à un individu domicilié dans le diocèse de Poitiers; celui-ci promit de construire une maison dans les biens qui lui étaient concédés « et d'y tenir ou faire tenir, par lui-même ou par un autre, feu vif et résidence continuelle, de nuit et de jour, défricher, labourer, cultiver », etc.[4]. En 1478, un nommé Lucas Loryn, de Macqueville, en Saintonge, bénéficia pareillement de la concession d'un manse abandonné dans la paroisse de Cursan : il

1. *L'Affranchissement des serfs et les origines de la petite propriété*, par DANIEL TOUZAUD. Extrait du *Bulletin de la Société archéologique et historique de la Charente*, Angoulême, 1908. — *Les Chartes de franchise de Saint-Aulaye et de Chalais*, par J. DE LA MARTINIÈRE. Extrait de la *Revue de Saintonge et d'Aunis*, La Rochelle, 1909.
2. *Estalge*, terme gascon dérivé de *statica* et de *stare* et qui désigne les maisons, urbaines ou rurales, notamment les *manses*.
3. H 85, fol. 6. — Le texte porte « vicari », que je traduis par vicaire perpétuel.
4. H 87, fol. 17 v°.

devait y construire une maison, y tenir ou faire tenir feu vif et résidence personnelle[1], etc. « Et, ajoute l'acte, si ledit tenancier ne vient pas demeurer sur le domaine et ne remplit pas les engagements sus énoncés, le seigneur foncier pourra reprendre le domaine. »

Notons, en passant, qu'il était presque superflu d'insérer cette clause dans le bail à cens : elle était de droit; le seigneur foncier exerçait la commise si le contrat n'était pas observé, de même que le tenancier avait la faculté de déguerpir s'il jugeait que le contrat lui était onéreux.

A la vérité, on n'a pas toujours compris les choses ainsi : des juristes du xviie siècle ont interprété différemment l'obligation de *tenir feu vif*[2]. Mais on sait que rien n'est périlleux comme de demander aux hommes de loi de ce temps l'explication des coutumes féodales, auxquelles ils ne comprenaient goutte.

Dans le cas présent, un fait qui ne leur échappait point, d'ailleurs, complètement, a peut-être contribué à les induire en erreur; c'est que, depuis le xiiie siècle, il s'était produit, dans les idées admises sur la propriété des censives, une évolution analogue à celle qui s'accomplit sous nos yeux, touchant les droits du propriétaire ou du patron : le moment n'est pas éloigné peut-être où la machine appartiendra à l'ouvrier, où la forêt appartiendra au résinier. De même, tandis qu'au xiiie siècle le véritable propriétaire de la censive était le seigneur foncier, au xviie siècle c'est le tenancier, sauf certains avantages reconnus au bailleur. Au xiiie siècle, si le bail était résilié, le preneur rendait au bailleur le bien de ce dernier; au xviie siècle, si le contrat prenait fin, le bailleur se saisissait de l'immeuble qui était censé appartenir au preneur; celui-ci, pour employer l'expression de M. Touzaud, recouvrait sa liberté « en perdant son bien ». Dans le premier cas, la commise était la solution équitable d'un conflit de droit privé; dans le second, elle constituait une pénalité, qui supposait une faute, un manquement à une obligation personnelle.

Il ne faut donc pas voir les institutions du Moyen-Age par les yeux des hommes de l'Ancien régime. Si on étudie le bail à cens directement, d'après les chartes anciennes, il paraît difficile de trouver dans la clause astreignant à la résidence autre chose qu'une disposition de droit courant destinée à assurer la surveillance et la culture assidue des manses.

---

1. H 91, fol 53 v°.
2. Il s'agit de décisions judiciaires que MM. de la Martinière et Touzaud connaissent et qui sont longuement analysées par Bernard Anthomne, dans son *Commentaire sur les coustumes de Bourdeaux*, édit. de 1666, pp. 553 et ss. — Cette question doit être reprise incessamment par M. l'abbé Gaillard.

Les églises à chevet tréflé
et les églises quadrilobées
en Gironde et dans le Sud-Ouest

Dans le dernier fascicule du *Bulletin monumental*[1], M. Adrien Blanchet a étudié l'origine des églises à chevet tréflé et M. Lefèvre-Pontalis a donné, à la suite de ce travail, « une liste des soixante-douze monuments religieux, à plan tréflé ou quadrilobé, qui existent ou qui ont existé en France, en Algérie et en Tunisie ».

Il n'eût pas été superflu d'abord de spécifier qu'il s'agit d'églises anciennes, antérieures à une date que l'on aurait déterminée, ensuite de définir les plans tréflés et quadrilobés. Sous ces deux noms, l'auteur groupe des édifices très dissemblables : Planès[2], où trois absides s'ouvrent sur un triangle mal dessiné, est bien différent de tous ces chevets où les absides occupent trois côtés d'un carré et laissent le quatrième libre ; à Sainte-Croix de Montmajour, les quatre absides se rencontrent aux naissances, tandis qu'à Germigny elles laissent entre elles des portions importantes de murs droits.

On ne comprend pas bien, non plus, quelles lignes M. Lefèvre-Pontalis retient pour ranger ou non un monument parmi ceux dont il s'occupe : si ce sont les lignes du plan intérieur, il ne faut pas écarter les églises où des absidioles sont prises dans l'épaisseur des murs ; si ce sont les lignes extérieures, il faut éliminer le baptistère de Vénasque.

C'était une entreprise irréalisable de dresser une liste des monuments en trèfle ou en quatre-feuilles « qui ont existé » dans nos pays ; nous n'avons aucun moyen de nous renseigner sur quantité d'édifices qui ont disparu et qui pouvaient affecter l'un ou l'autre de ces plans. Quant aux monuments ainsi faits et qui « existent »

---

1. 1909, pp. 450 et ss.
2. A propos de cette église, je ferai observer une fois encore que les dessins donnés par Viollet-le-Duc et empruntés par lui aux *Annales archéologiques* sont abominablement faux. L'étude qu'il faut citer sur Planès est celle que M. le docteur Sabarthez a publiée, avec dessins, dans le *Bulletin de la Société agricole des Pyrénées-Orientales*, t. XXXVI, 1895.

présentement, il n'est pas d'archéologue, si bien informé qu'il soit, qui les connaisse tous [1].

La liste publiée par M. Lefèvre-Pontalis est une contribution utile; ce n'est pas un catalogue définitif.

Les Landes n'y figurent pas : elles ont cependant, dans la banlieue de Mont-de-Marsan, une église à chevet tréflé, l'église Saint-Pierre.

A la Gironde, l'auteur consacre une brève mention :

« Gironde. — Églises de Fossès et de Saint-Macaire (4). »

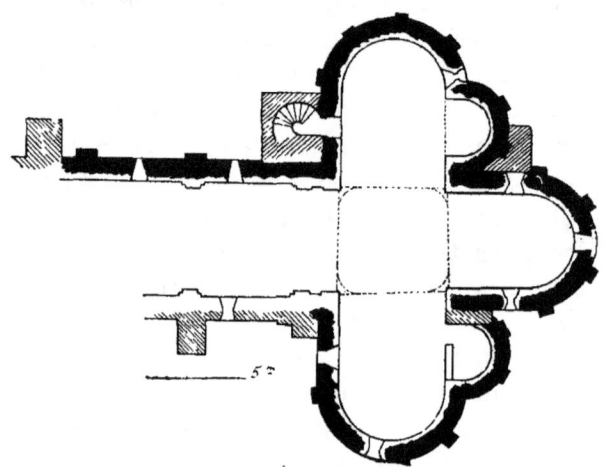

Église de Saint-Étienne-de-Lisse (Gironde).

Les hachures indiquent des constructions de l'époque gothique.
L'intérieur de l'édifice a été remanié.

Et en note :

« (4) Drouyn (Léo) : *Notes archéologiques*, 1866, p. 12. — *L'église de Saint-Macaire* dans le *Bulletin monumental*, t. XXVI, 1860, p. 744. »

Ces indications bibliographiques auraient gagné à être plus complètes : le *Bulletin monumental* n'est pas la seule publication qui ait donné le plan de l'église de Saint-Macaire; la *Guienne militaire* de Leo Drouyn, le *Compte rendu des travaux de la Commission des monuments historiques de la Gironde*, pour l'année 1851-1852,

1. Il eût été facile cependant d'éviter certaines lacunes. M. Lefèvre-Pontalis renvoie au livre de M. Gsell sur *les Monuments antiques de l'Algérie*, t. II, pp. 158 et 257 : à la page 257 on ne trouve rien de semblable; mais à la page 152 il est fait mention d'une chapelle tréflée de Kherbet-bou-Addoufen, qui aurait pu trouver place dans la nomenclature de mon confrère.

la *Monographie de la cathédrale de Noyon* de Vitet renferment également ce dessin.

Cette lacune n'est d'ailleurs pas grave. Voici qui est un peu plus sérieux. A propos de Fossés, il aurait été bon de préciser que le chevet a été remanié : le plan tréflé est une reconstitution très vraisemblable, mais c'est une reconstitution, et il eût fallu le dire.

Enfin, la Gironde possède une autre église dont le chevet décrit un trilobe : c'est l'église de Saint-Étienne-de-Lisse, dont le plan, un peu rapide, a été imprimé dans les Actes de la *Société archéologique de Bordeaux*, t. II, p. 129, avec une description due à M. Émilien Piganeau. C'est un édifice d'une ampleur remarquable, qui mérite d'être connu.

Une dernière critique a trait au « baptistère de Saint-Léonard » (Haute-Vienne) que M. Lefèvre-Pontalis énumère parmi les monuments à plan quadrilobé. En réalité, les murs décrivent un cercle sur lequel ressortent quatre petites absidioles [1], qui ne sont pas tangentes, il s'en faut bien. De plus, les fouilles n'ont pas découvert de piscine baptismale. Enfin, à la date où fut élevée cette construction, on ne faisait plus de baptistères en France, ainsi que M. Aubert en fait la remarque [2] dans le même fascicule du *Bulletin monumental*, deux pages plus loin.

Je désire, en terminant, appeler l'attention sur une erreur que M. Lefèvre-Pontalis n'a pas prise à son compte, mais qu'il a suggérée à M. A. Blanchet. A propos des plans quadrilobés, ce dernier a écrit :

« M. Lefèvre-Pontalis m'a signalé un passage de la vie de saint Maur où il est question d'une chapelle bâtie vers le milieu du VIe siècle à l'abbaye de Glanfeuil, en Anjou, « in modum turris » quadrifidæ » [3]. Le texte est bien connu et l'interprétation n'est pas nouvelle [4] ; elle n'en est pas moins inadmissible.

Quadrifidus signifie proprement *fendu en quatre*. Forcellini donne comme exemple : « *Quadrifidas... sudes*, » des perches ou des pieux fendus en quatre. Au Moyen-Age le sens de *quadrifidus* fut plus vague ; ce mot signifia plutôt *divisé en quatre*. Le *Glossaire* de Ducange, édition Didot, assimile *orbis quadrifidus* et *orbis quadratus*, le monde divisé en quatre parties.

Or, le P. de La Croix, au cours de ses fouilles à Glanfeuil, a

1. Voir un plan, une coupe et une description par M. Lucien Roy dans les *Comptes rendus de l'Académie des Inscriptions*, 1910, pp. 29-31.
2. M. Aubert ne cite pas la chapelle de Saint-Léonard ; il parle de la fin du Xe siècle. Saint-Léonard doit être postérieur au Xe siècle.
3. *Bulletin monumental*, 1909, p. 459.
4. Voir, par exemple, Quicherat, *Mélanges, Moyen-Age*, p. 420.

trouvé une construction ronde, dont le pourtour était divisé en quatre parties par autant de contreforts, et il a conclu que c'était là cette chapelle dont il est fait mention dans la chronique recueillie par les Bollandistes [1].

Quoi qu'il en soit, rien n'autorise à traduire *quadrifidus* par *quadrilobé*.

1. *Fouilles archéologiques de l'abbaye de Saint-Maur de Glanfeuil, entreprises en 1898-1899 d'après des textes anciens.* In-4°, Paris, Picard, 1899, p. 18.

Deux ouvrages récents
sur l'architecture médiévale.

Parmi les ouvrages adressés au concours Martorell de 1907, deux
intéressaient tout particulièrement l'architecture médiévale : une
Historia de la arquitectura cristiana española en la edad media, de
M. V. Lampérez y Romea[1], et *L'Arquitectura romànica d Catalunya*,
de MM. J. Puig y Cadafalch, A. de Falguera y Sivilla et J. Goday
y Casals[2]. De chacun de ces deux ouvrages le tome I a paru naguère[3].

L'un et l'autre sont dus à des hommes du métier : M. Lampérez est
architecte des Monuments historiques d'Espagne; quant à M. Puig,
son œuvre de constructeur est considérable et quiconque a visité la
Barcelone moderne a eu l'occasion d'apprécier l'éclectisme délicat de
cet artiste. Tous deux sont, en outre, connus de longue date pour des
essais archéologiques de mérite. Si j'ajoute que leurs volumes sont
enrichis d'une très copieuse illustration, on comprendra sans plus
tarder que l'intérêt en est considérable. L'un des deux livres est plus
synthétique, mais il ne saurait être qu'une contribution incomplète et
provisoire, — le premier mot de l'auteur est pour nous en avertir
loyalement; — l'autre, plus analytique, plus fouillé, conduit plus près
de la formule définitive l'archéologie de l'une des provinces les plus
actives et les plus attachantes de la vieille Espagne. Ils jettent un jour
nouveau sur cette histoire monumentale de la Péninsule que nous
connaissions très peu et très mal.

Après la bibliographie, M. Lampérez nous indique sommairement
son plan, ainsi que les sources de l'architecture religieuse espagnole
et ses caractères; il nous montre comment l'Espagne, destinée par sa
position à recevoir des influences multiples, n'est jamais parvenue à
constituer un art parfaitement original.

Le plan du livre embrasse trois grandes périodes : en premier lieu,
le début, Ier-IVe siècles; en second lieu, le haut Moyen Age, V^e-XIe siècles;

---

1. T. I, grand in-4°, Madrid, 1908.
2. T. I, in-4°, Barcelone, 1909.
3. Le second volume de l'ouvrage de M. Lampérez a paru il y a quelques mois.

en troisième lieu, le bas Moyen Age, xiᵉ-xviᵉ siècles. La Renaissance, xviᵉ-xixᵉ siècles, fait l'objet d'un appendice. Le haut Moyen-Age se subdivise : d'abord, le style visigothique ; ensuite, deux styles contemporains : style mozarabe, là où l'art indigène s'est fondu avec l'art musulman, et style asturien, là où l'art local a gardé son indépendance. De même, le bas Moyen Age comprend à l'origine le style roman, puis simultanément le style « ogival » et le style mudejar (xiiᵉ-xviᵉ siècles).

L'exposé de ce plan est suivi d'une étude sur les maîtres de l'œuvre et sur les ouvriers. Viennent alors une dissertation, un peu trop longue par endroits, sur les signes lapidaires, un chapitre sur l'organisation et la marche des travaux, un autre sur les proportions et les méthodes de tracé.

Car M. Lampérez cherche des combinaisons géométriques dans les grandes lignes des plans et des élévations. C'est intéressant, mais bien périlleux, parce qu'on est tenté de modifier un peu les proportions pour les amener à des rapports simples. Par exemple, M. Lampérez n'a-t-il pas légèrement changé le plan de Santa-Cristina-de-Lena? Ce qui est certain, c'est que ce même plan est de nouveau reproduit plus loin, p. 3o1, et entre les deux il semble qu'il existe de légères différences. A la vérité, on peut supposer que dans l'exécution, le constructeur de Santa-Cristina a quelque peu déformé son projet; mais qui ne voit quel danger présentent de pareilles hypothèses? Quoi que l'on pense de la justesse théorique du principe, l'application en doit être faite avec une extrême circonspection.

Après de brefs et sensés aperçus touchant le symbolisme et deux pages sur les déformations perspectives, l'auteur clôt la partie théorique de son travail et il passe à l'examen de quelques édifices des premiers siècles, sur lesquels nous glisserons pour aborder la période visigothique.

A l'origine de l'architecture visigothique M. Lampérez place trois influences : visigothe, romaine et byzantine, lesquelles se sont combinées suivant deux types, type latin et type byzantin. L'un des éléments les plus intéressants de l'architecture visigothique est l'arc en fer-à-cheval, dont l'auteur reprend, après M. Goméz-Moreno, l'étude analytique. On ne saurait trop recommander la lecture des ces pages à certains archéologues français, qui parlent à tort et à travers de l'arc en fer-à-cheval : ils verront là quelle différence profonde sépare de l'arc outrepassé de nos pays — déformation accidentelle parfois — l'arc en fer-à-cheval franchement tracé, avec ses proportions, avec les particularités de son appareil.

L'arc en fer-à-cheval est usité notamment pour le tracé des absides ou, plus exactement, pour le plan intérieur des chevets; car l'abside proprement dite, dont le mur est conduit en demi-cercle, est une

exception; le chevet carré est plus fréquent et il peut être évidé inté-
rieurement en forme d'abside.

La série des monographies d'édifices présumés visigothiques est
suivie d'un appendice qui offre pour nous un extrême intérêt : c'est
un commentaire des analogies qui existent entre le *Cristo de la Luz*, de
Tolède, et notre église de Germigny-les-Prés.

Ce rapprochement ne saurait avoir une grande valeur objective.
Suivant l'observation de l'auteur[1], il y aurait imprudence à fonder une
théorie sur le cas si problématique du *Cristo de la Luz*. L'édifice a été
largement remanié, et nul ne peut dire quel en était à l'origine le parti
d'ensemble. Il s'agit donc plutôt d'hypothèses ingénieusement écha-
faudées sur d'autres hypothèses. La conclusion est que Théodulfe, qui
serait espagnol, aurait construit à Germigny une église visigothique.

Il faut avouer que le sort de cette église de Germigny est singulier :
M. Rivoira y voit l'œuvre de constructeurs italiens ; M. Strzygowski
prétend qu'elle procède vraisemblablement de l'Arménie ; M. Lampérez
la rattache à l'Espagne. Tous les trois[2] perdent de vue cette chronique
du xᵉ siècle suivant laquelle Germigny a été élevé à l'imitation d'Aix-
la-Chapelle. C'est pour la solution du problème une donnée importante. Je m'empresse d'ajouter qu'elle n'est peut-être pas décisive : il
reste possible que le thème d'Aix-la-Chapelle ait été repris par un
étranger. Pourquoi pas un Espagnol? Cette dissertation de M. Lampérez, pourvu qu'on ne s'abuse pas sur la solidité des conclusions,
mérite donc d'être connue en France.

L'étude de l'architecture mozarabe est pour les érudits d'en deça des
Pyrénées une nouveauté. Nos contrées n'ont rien de pareil à ces
édifices. Je dis : ces édifices, et non pas : ce style. Il est, en effet, permis
de se demander s'il y a un style mozarabe, nettement caractérisé. Dans
ces très curieuses descriptions, je cherche en vain des éléments communs au groupe et le différenciant des autres groupes : l'appareil est
« très variable »[3] ; les contreforts, rares à la vérité, existent à titre
d'exception ; les supports peuvent être des colonnes, ou des piles pris-
matiques, ou des piliers composés de colonnes adossées à un noyau de
section rectangulaire ou même de section cruciforme ; les chapiteaux
appartiennent à des types très divers ; les voûtes sont en berceau,
d'arêtes (sur plans carrés, rectangulaires ou en fer-à-cheval), en coupole
(sur plans polygonaux, courbes ou carrés) ; M. Lampérez cite même des
coupoles nervées. Le plan ne témoigne pas d'une moindre indécision :
basilical, rayonnant, à une nef ou à trois, à chevet plat ou abside

---

1. P. 123, note 2.
2. Ces archéologues donnent les dessins de Germigny *dans son état actuel,* tel que
l'a fait une restauration néfaste, au lieu de reproduire les dessins publiés par Boué
dans le *Bulletin Monumental.*
3. P. 199.

courbe, à transept ou sans transept. Bref, on ne saisit pas les caractères spécifiques du groupe; il manque totalement d'unité, abstraction faite du tracé des arcs, lesquels sont ordinairement en fer-à-cheval. Il y a là matière à de sérieuses réflexions.

Au nombre des églises mozarabes dont M. Lampérez a écrit la monographie, San-Millan de la Cogolla de Suso, province de Logroño, appelle une observation. *San Millan* c'est *sanctus Emilianus,* et on sait que tel est le nom ancien du patron de notre Saint-Émilion girondin. Or, à San-Millan comme à Saint-Émilion, l'architecture rupestre tient une place; dans les deux localités on montre la grotte où *sanctus Emilianus* a vécu. S'il n'y a là qu'une rencontre fortuite, elle est bien singulière.

L'architecture asturienne n'est pas exclusivement propre aux Asturies : on appelle ainsi cette partie de l'architecture espagnole réputée pré-romane qui a échappé aux influences mahométanes. L'homogénéité ne fait pas moins défaut à l'architecture asturienne qu'à l'architecture mozarabe : soit dans le résumé synthétique, soit dans les descriptions que M. Lampérez lui consacre, je ne parviens pas à saisir le trait essentiel par quoi l'art asturien est caractérisé.

Nous arrivons à l'architecture romane et d'abord aux causes d'où elle est sortie : parmi ces causes signalons, p. 333, « le développement du *mudejarisme*»; pp. 334 et suivantes, les influences religieuses, économiques et sociales. M. Lampérez a résumé là un ensemble de faits importants. Il faut lire aussi l'énumération des caractères généraux du style roman espagnol (p. 345-347), spécialement les passages où M. Lampérez travaille à faire le départ entre l'élément local et l'élément importé. Quant au chapitre où l'architecture romane est décomposée en ses divers éléments, supports, arcs, etc., on ne voit pas ce qu'il faut y recommander de façon particulière : tout y est de premier ordre[1]. Je signalerai toutefois ce qui concerne : l'origine hispano-mauresque probable des arcs polylobés français (p. 365); les fausses nervures de l'abside de San-Cugat del Vallés (p. 369), qui sont une analogie de plus entre les églises catalanes et l'école provençale; les coupoles et spécialement les coupoles sur pendentifs. M. Lampérez[2] cite au total en Espagne neuf exemples de coupoles sur pendentifs; encore l'une de ces voûtes est-elle en briques et deux sont fort douteuses.

Certaines combinaisons, comme les coupoles côtelées, sont-elles

---

1. Il me sera permis de faire observer que, p. 364, M. Lampérez a mal rendu ma pensée au sujet des arcs outrepassés. Je n'ai pas dit que ces arcs étaient *toujours* le résultat d'une déformation; j'ai même soutenu expressément l'opinion contraire. J'ai remarqué seulement, et cela est incontestable, que cette forme peut provenir d'un travail des maçonneries.

2. P. 377.

dues à une influence arabe? M. Lampérez le pense. Ce qui prend aux yeux d'un archéologue français le caractère de l'évidence, c'est l'origine purement française de certaines églises à coupoles de l'Espagne : Notre-Dame *del Valle*, de Rodilla, et San-Martin Sarroca, qui avait été précédemment publié par M. Puig y Cadafalch, représentent un type d'église qui est courant en Libournais.

Les éléments de la décoration sont ramenés à quelques sources principales (p. 411-412) et les produits de la statuaire classés sous trois écoles (p. 415-418) : école archaïque, procédant « des ivoires de la décadence byzantine » ; école romane pure, qui a plus de mouvement et d'habileté que la précédente ; école de Compostelle, au sujet de laquelle il serait intéressant de mettre en regard l'opinion de M. Lampérez et celle de M. Berteaux [1].

M. Lampérez a eu l'excellente idée de grouper en deux grandes planches les dessins schématiques des principaux types d'églises, en plan et en coupe transversale. Une autre planche montre, en même temps qu'une carte de l'Espagne romane divisée en écoles, les types d'églises de ces diverses écoles. Rien n'est plus commode ni plus instructif que ces tableaux synoptiques : on y peut saisir d'un coup d'œil l'influence exercée par nos écoles françaises et l'aire de chacune d'elles en Espagne.

Les monographies d'édifices romans sont classées par école : architecture de Castille et de Léon, de Salamanque, de Galice, d'Andalousie, de Navarre, de Haute-Catalogne, de Basse-Catalogne, d'Aragon, architecture monastique et, à part, construction en briques. L'étude des églises romanes en briques est neuve, en même temps que très curieuse.

Tels monuments décrits dans ce volume seraient rattachés par un archéologue français à l'architecture gothique, parce qu'ils sont couverts de voûtes sur croisées d'ogives. Sans doute ils appartiennent par quelque côté à l'architecture romane [2]. De plus, et cette raison est autrement grave, c'est, pour une partie de ces édifices, une question de savoir dans quelle mesure la voûte nervée dérive de la construction mauresque. On voit, dans des salles capitulaires de Salamanque, des voûtes où les ogives sont couplées suivant un mode usité dans l'architecture musulmane. Nous avons même en France, dans les Basses-Pyrénées, deux exemples au moins de cette disposition.

Cette intervention de l'art musulman est l'une des difficultés de l'archéologie espagnole. A Saint-Isidore de León, les arcs tournés à l'entrée des bras du transept sont polylobés : ce tracé est-il, comme

1. *Histoire de l'art*, de M. André Michel, t. II, p. 25.
2. Il paraîtrait préférable cependant de rattacher au gothique le pilier composé de la figure 198, qui porte quatre ogives ; mais l'auteur s'en explique dans le volume suivant.

on l'a dit, d'importation limousine? M. Lampérez pense que ces arcs sont imités de certains arcs arabes, et il se peut que l'hypothèse soit juste[1].

On se rend compte du très grand nombre de problèmes soulevés par le savant archéologue sur bien des questions que nous ne soupçonnons guère de ce côté des Pyrénées. L'illustration de son beau volume, qui comprend 590 gravures, est, à elle seule, presque une révélation.

M. Lampérez, répétons-le, n'a pas entendu faire un livre définitif : « L'histoire de l'architecture chrétienne espagnole, dit-il en tête de son prologue, ne peut pas être écrite encore : les archives ecclésiastiques sont presque toutes fermées et inexplorées ;... on manque de monographies régionales qui préparent la voie aux travaux d'ensemble. » L'éminent archéologue ne s'est pas contenté, d'ailleurs, de dresser le bilan de l'archéologie monumentale de son pays ; il a apporté une somme de notions personnelles d'un prix inestimable. Cette œuvre très méritoire et très utile, il reste à la compléter, à la parfaire. C'est pourquoi j'appelle de tous mes vœux des monographies où les édifices les plus considérables ou les plus intéressants seraient étudiés par des archéologues historiens. Pénétrer dans les archives des cathédrales, compulser les chartes, dépouiller les chroniques, et ensuite analyser les constructions, scruter les monuments et les documents : c'est le programme de demain.

L'ouvrage de M. J. Puig y Cadafalch et de ses collaborateurs promet de n'être pas moins attachant que celui dont je viens de rendre compte ; je m'y étendrai moins cependant, parce que ce premier volume, consacré aux origines, traite surtout de l'architecture antique, pour laquelle il ne m'en coûte pas de reconnaître mon incompétence.

Le prologue retrace rapidement l'histoire de l'archéologie catalane et indique de façon sommaire les sources bibliographiques du livre. Dans l'énumération des principaux volumes on sera quelque peu surpris de voir figurer les *Monumenta Germaniæ* et non tels volumes français qui sont pour un archéologue catalan des auxiliaires autrement précieux, comme l'*Histoire de Languedoc*.

M. Puig rappelle les théories de Choisy et de Courajod sur les écoles régionales de l'architecture romaine. Pour nous permettre de mieux comprendre le style local qui florissait sous les Romains dans le territoire de la Catalogne actuelle, il fait passer sous nos yeux les œuvres laissées sur le sol catalan par les civilisations pré-romaines : nous voyons défiler les murailles cyclopéennes, les remparts de

---

1. Par contre, le dessin particulier de certains arcs polylobés de Santiago est auvergnat. Toute l'église appartenant à l'école d'Auvergne, il est rationnel de rattacher les détails à cette même école, quand leurs formes s'y prêtent.

Tarragone avec les marques de leurs blocs. Quant à l'architecture romaine elle-même, « elle ne fut en Catalogne qu'un art officiel : l'art de fonctionnaires étrangers, de colonisateurs et d'émigrants » ; il n'eut jamais droit de cité dans le pays. M. Puig décrit ce qui reste ou ce qu'on sait des temples romains de Catalogne : il donne des reconstitutions du temple de Barcelone, du temple d'Auguste à Tarragone et une restauration du temple de Vich. Viennent ensuite les monuments funéraires, qui appartiennent à deux types : monuments en forme de temple réduit, monuments en forme de tours ; les sarcophages, dont quelques-uns sont fort beaux ; les monuments commémoratifs ; les théâtres, les amphithéâtres, les cirques, les thermes, les maisons d'habitation, les aqueducs et les ponts, les villes et leurs enceintes. Les chapitres suivants passent en revue les matériaux et les diverses manières de les combiner, les styles architectoniques et les mosaïques.

Le tableau de *L'Art romain rustique* est autrement attrayant : il s'agit des manifestations d'un art indigène, dont les motifs sont étrangers à l'art romain officiel. Sont notamment dans ce cas certaines urnes cinéraires de la vallée de l'Arboust.

En résumé, l'architecture romaine en Catalogne n'a pas « la personnalité d'un art national » ; elle n'a point pénétré dans l'intérieur ; de plus, la future Catalogne garde, entre la Narbonnaise et la Bétique, une rusticité relative. Dès l'antiquité, le pays réalisait ces conditions particulières qui devaient favoriser l'éclosion d'une école romane distincte à la fois des écoles du Languedoc, de la Provence et du Midi de l'Espagne.

Au début de ses recherches sur l'architecture barbare, M. Puig en détermine les causes sociales et politiques et il s'efforce d'en analyser les éléments : barbare, — M. Puig n'insiste-t-il pas un peu trop sur le rôle des Goths? — romain, oriental. Les fouilles toutes récentes d'Ampurias lui ont fourni la matière d'une étude originale sur la *cella memoriae* de cette ville, sur son cimetière et sur les modes d'inhumation qui y étaient en honneur.

Les sarcophages chrétiens de Girone sont bien connus ; d'autres sont des morceaux de prix. Ils appartiennent au type romain, abstraction faite des sarcophages d'Elne, qui se rattachent, par leurs formes générales et par le style de leur ornementation, au groupe du Sud-Ouest de la France. M. Puig me permettra d'appeler son attention sur une note où j'ai décrit jadis les fragments d'un cercueil de la même famille découvert à Perpignan[1]. Il serait utile qu'un géologue déterminât la provenance du marbre dans lequel sont taillés ces sarcophages : cela aiderait à tracer la limite des écoles d'art décoratif pendant l'époque barbare.

1. *Société scientifique, agricole et littéraire des Pyrénées-Orientales*, t. XXIX, p. 208-213.

Les premières églises connues en Catalogne et dans la région sont de plans variés. La plus intéressante paraît être la basilique d'Elche, dont l'abside est enveloppée d'un chevet rectangulaire et flanquée d'une salle annexe, trésor ou sacristie, comme dans certaines églises d'Orient. A Xativa, il faut noter les clôtures des fenêtres en pierre découpée.

Le chapitre sur « les églises visigothiques d'après les documents » est d'ordre historique plus qu'archéologique; mais les chapitres qui traitent des églises de Tarrassa sont faits sur des monuments encore existants. Ce plateau de Tarrassa est pour l'archéologue un lieu rêvé : trois églises se touchent presque, très vieilles et très intéressantes. M. Puig, qui les avait étudiées précédemment, qui en avait fouillé le sol, était plus qualifié que personne pour en parler.

Le chevet des trois édifices appelle surtout l'attention : dans l'ancienne cathédrale Saint-Pierre il est tréflé; dans le baptistère, il est polygonal à l'extérieur, en fer-à-cheval à l'intérieur; dans l'église Sainte-Marie, il dessine un carré en dehors, un fer-à-cheval en dedans. Le chevet tréflé accuse-t-il réellement une influence byzantine? N'existe-t-il pas en Occident des salles de thermes[1], à Rome des oratoires primitifs construits sur ce plan? Le chevet du baptistère, — polygonal à l'extérieur, courbe à l'intérieur, — paraît plus oriental. Le troisième, — carré à l'extérieur, en fer-à-cheval à l'intérieur, — est le plus original, le plus local, celui qui eut le plus de succès dans la contrée hispanique et ailleurs; car je me demande s'il n'y a pas autre chose qu'une analogie fortuite entre les églises espagnoles de ce plan et les baptistères de Venasque ou de Poitiers.

Dans l'ensemble, le baptistère est des trois monuments le plus précieux, le plus complet, le plus authentiquement ancien. M. Puig lui a donc consacré un chapitre spécial; il l'a étudié en plan, en élévation, dans son état primitif, dans ses réfections, en quoi il a eu grandement raison. Peut-être même eût-il pu ajouter certains détails : dans les voûtes d'arêtes du bas-côté qui enveloppe l'aire centrale, j'ai noté des sections en arc brisé. Il n'eût pas été superflu d'en dire un mot.

Les chapiteaux du baptistère de Tarrassa ont amené M. Puig à écrire une dissertation sur les chapiteaux visigothiques, dont certains sont des pièces de choix. Le chapiteau de Saint-Paul de Barcelone qui est représenté figure 389 et qui a été détruit, je crois, dans les derniers troubles, ressemble aux chapiteaux civils catalans du

---

1. Voir dans le dernier fascicule du *Bulletin monumental* un article de M. Adrien Blanchet sur ce sujet. — Je fais, d'ailleurs, des réserves sur la démonstration de M. Blanchet : avant de conclure que l'architecture religieuse a emprunté ce plan à certains thermes, il faudrait rapprocher les dates de ces thermes et des plus anciennes églises à chevet tréflé.

xv⁴ siècle. Le chapiteau de la figure 398 est un témoin éloquent de
l'influence byzantine dans la province.

M. Puig a groupé les églises catalanes où a été employé l'arc en
fer-à-cheval : elles sont de types et d'époques très divers. Il est des
cas où cet arc résulte d'une déformation ; j'ai supposé jadis que tel
était peut-être le cas de la voûte à l'église d'Hix, et il semble bien que
ce soit la vérité. Ailleurs, ce tracé est voulu, et alors les arcs méritent
un examen minutieux : tantôt ils sont grossiers, comme cet arc de
Marquet qui est reproduit figure 436, et tantôt l'appareil a des compli-
cations qui retiennent l'attention, comme à Boada, figure 441.

Quelques-uns de ces monuments avec arc en fer-à-cheval ont une
particularité notable : les parements extérieurs des murs formant
culée s'élargissent vers la base. Ce fruit, que j'avais remarqué dans
des églises des Pyrénées-Orientales, est bien visible dans la photographie que M. Puig donne de l'église de Pedret, fig. 427. Il n'est,
d'ailleurs, pas exclusif à la Catalogne : on peut l'observer dans la
partie ancienne d'une chapelle de Pons (Charente-Inférieure). Il est
permis de se demander s'il ne constitue pas un artifice systématique
— et très rationnel — adopté par les constructeurs de ce temps
reculé.

En ce qui concerne le tracé en fer-à-cheval, les conclusions de
M. Puig sont que « l'arc outrepassé de la décoration ibérique rurale
se perpétue en Catalogne dans les plans visigoths, dans les églises
pré-romanes et dans quelques œuvres de pleine période romane »[1].

Sur les églises des viii⁰ et ix⁰ siècles, M. Puig en est à peu près
réduit à ce que nous apprennent les documents : les édifices ont
disparu, plus complètement même, semble-t-il, que ne le pense
l'auteur. Car j'ai bien de la peine à croire que la petite église Saint-
Michel de La Séo d'Urgel soit la même qui fut consacrée en 839 pour
servir de cathédrale et sous le vocable de Notre-Dame. Du moins, je
l'ai vue à diverses reprises, sans y rien remarquer qui permette de
conclure à une origine aussi ancienne, et j'attends avec curiosité les
preuves que M. Puig ne peut pas manquer de nous donner dans son
prochain volume.

En somme, l'art catalan pré-roman est très pauvre. « Quand fut
morte l'administration des Romains, quand eurent disparu les restes
d'organisation politique des Visigoths, il y eut comme un retour à la
barbarie primitive, comme un arrêt dans la marche de la civilisation,
comme une régression vers les thèmes ibériques, vers les formules de
construction ibérique, et le souvenir que les documents ont conservé
des celles primitives et des oratoires des forêts, c'est qu'ils étaient faits
comme les murs des cités ibériques, comme les fortifications des

1. P. 394.

premiers villages fortifiés : c'étaient des œuvres d'argile et de pierre. Une civilisation très puissante est morte, et l'on voit renaître les vieilles choses de la terre catalane[1]. »

J'ai tenu à citer ce passage : on y voit que M. Puig est un penseur. Le philosophe, chez lui, complète le technicien et ne l'exclut pas. D'un bout à l'autre du livre, l'écrivain garde les avantages de l'homme du métier; il reste un constructeur sagace, qui sait quelle part doit être faite dans l'archéologie aux considérations d'ordre pratique. Enfin, son volume n'a pas moins de 470 gravures, qui reproduisent nn grand nombre de dessins originaux.

L'archéologie catalane n'était pas inconnue : un excellent Manuel lui avait été déjà consacré par M. Gudiol, le très distingué conservateur du Musée de Vich; on peut dire que l'ouvrage de M. Puig et de ses collaborateurs renouvelle le sujet. Leur travail est digne des auteurs, digne de l'*Institut d'estudis catalans*, qui l'édite superbement, digne de cette terre catalane dont on ne saurait jamais trop étudier l'histoire et le génie.

1. P. 419.

Portails d'Églises girondines [1].

Mesdames,
Messieurs,

Dans le rite des conférences publiques, il est un usage dont j'ai toujours admiré la sagesse. Il consiste en ceci que le président, dès le début de la séance, a la précaution d'adresser à l'orateur des éloges qu'il n'est pas sûr de pouvoir lui décerner à la fin. Notre président vient de sacrifier à cette coutume de la façon la plus aimable, et je l'en remercie, il sait combien cordialement. Mais à vous, qui êtes venus pour m'entendre, je dois la vérité. Or, la vérité est que je ne comprends pas encore comment il se fait que je sois ce soir à cette place, derrière le verre d'eau du conférencier, pour vous parler de nos vieilles églises, alors que je sais mon impuissance à traduire les idées, les sentiments, les enthousiasmes que ce sujet vous inspire.

Deux considérations me serviront de circonstances atténuantes. D'abord, mes collègues de la Société archéologique avaient témoigné le désir que je prisse la parole ce soir, et ce désir, je ne pouvais pas ne pas y déférer. Ensuite, je ne m'abuse pas sur le rôle qui m'est dévolu : lorsque nous montrons la lanterne magique, le *Chat botté*, le *Petit Poucet*, *Cendrillon*, le mérite du spectacle va surtout au conteur qui a imaginé et, pour employer un vieux mot, qui a *trouvé* ces belles histoires. De même, les véritables auteurs de notre entretien sont les artistes d'autrefois : ils ont trouvé, ils ont ciselé dans le calcaire de nos carrières girondines les admirables poèmes de pierre qui vont défiler sous vos yeux. Moi, je me borne à montrer la lanterne magique.

Permettez-moi de vous présenter brièvement ces artistes. Après quoi, ils se chargeront eux-mêmes de vous exposer par leurs œuvres où ils prennent leurs motifs, comment ils les traitent, comment ils les agencent enfin pour composer une porte ou une façade.

1. Conférence faite à l'Athénée. le 8 février 1912, sous les auspices de la Société archéologique de Bordeaux,

Je viens de parler d'artistes et je ne m'en dédis pas, car ces hommes ont produit des œuvres d'art souvent remarquables. Encore faut-il nous expliquer. La distinction, courante aujourd'hui, entre l'artiste et l'ouvrier n'était pas admise dans les chantiers du Moyen-Age : l'architecte était un ouvrier habile. L'architecte de la tour Saint-Michel, Jean Lebas, n'était sûrement pas un vulgaire gâcheur de mortier; son engagement, signé le 29 août 1464, le qualifie « maçon, maître après Dieu des ouvrages de pierre du chantier »; c'était un appareilleur, un tailleur de pierre, et son contrat l'obligeait à travailler de ses mains, à donner le trait.

En 1510-1511, le chapitre de Saint-André voulait refaire dans la cathédrale les voûtes ouest, les plus rapprochées de la Mairie, et construire des arcs-boutants pour les contenir. Il engagea un architecte, Imbert Boachon. Boachon est connu, grâce à une étude que lui a consacrée un érudit avignonnais, M. l'abbé Requin. Il entreprit, en 1524, d'élever en Avignon le tombeau de maître Perrinet Parpaille, docteur en chacun droit. A voir ce tombeau, vous constaterez que Boachon tirait de la pierre, non pas seulement des blocs d'appareil ou des moulures, mais encore des statues, et fort belles.

Voilà donc un fait acquis : tailleur de pierre, tailleur d'images ou sculpteur, architecte, ces divers états se rapprochaient, se mêlaient, et parfois ne faisaient qu'un. A l'époque romane surtout, l'ordonnance et la décoration des portails étaient confiées, non pas à un monsieur sorti d'une école, mais à un artisan que ses précédents travaux avaient tiré hors de pair.

Cet aperçu sur la formation des ouvriers vous rendra indulgents aux imperfections de l'œuvre et vous permettra de comprendre la verve, le rude bon sens dont cette œuvre témoigne souvent. Ce n'est pas un art raffiné et trop souvent conventionnel : il porte l'empreinte du peuple, d'où il sort, parfois violent et grossier, toujours robuste et sain.

Naturellement, ces artistes ne tiraient pas toutes leurs formules de leur propre cerveau. Ils s'inspiraient, pour l'ornementation des portes, des œuvres existantes et des idées qui avaient cours.

Le plus simple était de réemployer les sculptures antiques, lorsque par hasard on en avait sous la main. C'est ce que l'on a fait dans la porte de Tauriac, où se trouvent un ou deux chapiteaux gallo-romains.

Le cas est rare. Lorsqu'ils étaient livrés à eux-mêmes, nos ornemanistes puisaient à des sources d'inspiration très diverses. L'école préromane, celle qui règne entre la fin de l'art romain et l'an 1000 à peu près, avait fait un grand emploi des entrelacs. Les romans conservèrent une prédilection pour ce genre d'ornement, qui permet d'obtenir à peu de frais des oppositions marquées de lumière et d'ombre. Les tresses, les passementeries entrelacées suivant maintes combinaisons figurent dans des chapiteaux romans de Tauriac voisins du chapiteau antique sur lequel je viens d'attirer votre attention.

La décoration géométrique prédomine mieux encore dans la porte de Cardan : des dents-de-scie, des losanges, des bâtons brisés en relèvent les voussures. L'emploi trop exclusif de cette décoration a un avantage : la facilité d'exécution, — et un inconvénient : la sécheresse. C'est de quoi on se rend vivement compte quand on étudie les églises normandes, dont les architectes étaient des ingénieurs remarquables et de piètres artistes.

Ce sont également des entrelacs, des dents-de-loup ou festons et d'autres motifs très simples qui forment le fond de l'ornementation de la porte de Pujols-sur-Ciron, un peu délabrée peut-être, mais si touchante dans la sincérité avec laquelle elle avoue son âge. Que Dieu la garde des accidents, des injures des enfants et des restaurations des architectes !

Dans la porte d'Arsac, la prédominance du décor géométrique s'affirme avec une énergie sauvage. Ces voussoirs ornés de simples trous qui sont disposés symétriquement sont tout ce que l'on peut imaginer de plus primitif. Et cette impression s'accroît de la maladresse avec laquelle l'archivolte extérieure est conduite.

Cette porte d'Arsac, de style inusité, nous donne cependant un spécimen de l'un des ornements les plus répandus dans nos portails bordelais : je fais allusion à la file de pointes-de-diamant qui décore cette archivolte extérieure dont je vous parlais il n'y a qu'un instant. Quelquefois — du côté de Lussac et de Castillon notamment — quelquefois les voussures de la porte·sont nues; mais à l'extrados de la plus grande voussure est un cordon de pointes-de-diamant. Ainsi en est-il à Gardegan et dans la porte, que vous verrez tout à l'heure, de Sainte-Colombe.

Les pointes-de-diamant se rencontrent sur le portail de Cérons avec divers ornements, dont l'un me paraît particulièrement intéressant : ce sont peut-être des feuillages stylisés, des brins dont l'extrémité dessine une fleur-de-lys. Ce dessin est fréquent dans les édifices romans de la Gironde. On le trouve sur des chapiteaux de La Sauve. On le trouve également sur des débris d'une ancienne abbaye de Blaye qui proviennent, au moins en partie, d'un portail : c'est un claveau d'archivolte, une de ces pierres qui ressortent sur le nu du mur, de façon à obtenir un ornement en relief; c'est un bloc couvert d'entrelacs, qui était destiné à être placé entre les corbeaux d'une corniche, peut-être au-dessus d'une porte.

Le décor végétal tient une place importante dans l'ornementation romane. Mais toujours il est simplifié, stylisé. Les feuilles sont creusées d'une gouttière à facettes; la facture est sèche, à vives arêtes, qui accrochent la lumière. Quelques-unes sont très belles : dans la porte de Saint-Émilion, par exemple, dans celle d'Izon, surtout dans la porte de Blasimon, que nous verrons dans quelques minutes. C'est, d'ailleurs, l'exception : nos sculpteurs girondins n'ont généralement tiré qu'un assez pauvre parti des feuilles; ils ont été plus heureux avec les tiges, qu'ils ont disposées en des enroulements gracieux.

Arrêtons-nous un instant à la porte de Marcillac : nous y retrouvons l'archivolte d'extrados en pointes-de-diamant, qui nous est déjà familière. Dans la voussure du plus petit rayon est un joli spécimen de ces enroulements, de ces rinceaux que je viens de vous signaler.

Cette belle porte de Marcillac, qui est malheureusement mutilée et incomplète, se recommande par d'autres détails, surtout par la frise, qui est délicieuse, — j'irais jusqu'à dire admirable, si je ne craignais de n'être pas suivi. Ce qui est certain, c'est que cette frise, très riche, est habilement composée. Dans le motif central, les deux griffons affrontés sont de jolies lignes. Il est vrai qu'ils sont empruntés à un art qui n'est pas le nôtre, qui est très éloigné du nôtre, un art oriental.

Vous n'êtes pas sans savoir que les archéologues sont divisés en ce qui concerne les origines de notre art du Moyen-Age. Certains voudraient qu'il soit sorti tout entier des très anciennes civilisations orientales. D'autres, qui sont de la vieille école, répondent par une négation intransigeante. D'autres, enfin, pensent que les rapprochements rendus possibles par les voyages et la photographie nous apportent bien des révélations et nous réservent bien des surprises : ils étudient chaque cas, chaque espèce, sans parti pris, en dehors de toute généralisation, de tout préjugé. Pour ma part, je crois jusqu'à présent que dans l'art de bâtir du Moyen-Age il faut à ce point de vue faire deux parts : construction et décoration. Pour la construction, la preuve des influences orientales est encore à faire, même en ce qui concerne nos églises à coupoles; pour la décoration, il est acquis que les objets mobiliers apportés du Levant par les pèlerinages et par le commerce ont fourni à nos ornemanistes des modèles qui ont été souvent reproduits. Les motifs étaient stylisés, faciles à copier, ils meublaient bien un fond. On peut dire qu'ils s'imposaient. Dans un magnifique ouvrage paru ces jours derniers, M. de Lasteyrie a recueilli cette observation que des tailleurs d'image romans ont bien pu imiter à Bayeux des magots chinois.

En Gironde, plusieurs sculptures portent, bien visibles, des influences, non pas de l'Extrême-Orient, mais de l'Orient. A Marcillac, sur la tête du claveau inférieur de la seconde voussure, se cache un quadrupède accroupi, vu de profil, avec une tête étrange vue de face. Vient-il de Perse ou d'Assyrie? Je ne puis pas préciser; mais il a vu le jour dans ces contrées. Vous avez contemplé ses ancêtres dans les salles orientales du Louvre.

Saint-Macaire, Illats, Saint-Martin-de-Sescas, etc., ont des lions qui portent sur la cuisse une croix. C'est une très ancienne pratique de l'art oriental de graver un signe sur la cuisse des quadrupèdes.

L'une des productions de l'art roman les plus étonnantes à cet égard est un chapiteau qui vague dans le jardin du presbytère de Bommes : deux oiseaux boivent dans une coupe. Le sujet est oriental; la façon dont il est traité l'est bien davantage.

Mais il est un motif plus caractéristique encore, que vous devez avoir vu et auquel vous n'avez pas accordé peut-être toute l'attention qu'il mérite. Il encadre la porte de Sainte-Croix. Un oiseau est monté sur un félin qu'il becquète. Ce groupe est répété indéfiniment sur la voussure et sur les pieds-droits. On le dirait détaché d'un ivoire ou d'un tissu d'origine musulmane, comme ceux que M. Marquet de Vasselot signalait naguère dans l'*Histoire de l'Art* de M. André Michel.

Nos sculpteurs ont pris quelquefois ailleurs leurs maîtres et leurs

PORTE DE L'ÉGLISE
SAINTE-CROIX DE BORDEAUX
(Extrait de *Les Vieilles Églises de la Gironde*, p. 13.)

modèles : ils se sont inspirés des œuvres gallo-romaines, qui devaient être plus nombreuses que de nos jours. Dans l'église d'Avensan était représentée une femme faisant un geste tel que Balguerie l'a décrit en latin : c'était la copie d'une statuette antique pareille à celle qui a été trouvée rue de Grassi et que M. Collignon a publiée dans le bulletin de notre Société.

Dans deux ou trois portails, j'ai vu figuré un homme assis, retirant de l'un de ses pieds une épine. Ces effigies reproduisent le *Tireur d'épine*, si répandu dans l'antiquité.

Parfois aussi, les imagiers romans ont laissé la bride sur le cou à leur imagination : c'étaient alors des scènes de plaisir et de fêtes, des chasses où les chiens s'allongent sur les tailloirs et sur les archivoltes, des bateleurs dansant sur les mains, comme celui qui est à Blaignac, sous des stries rappelant les vanneries et qu'on dirait préhistoriques, à côté d'un linteau très joliment décoré.

Mais l'imagination de ces rudes artistes les emportait plus loin et franchissait volontiers les limites de la décence.

Vous avez lu dans Anatole France certain épisode où ce perpétuel ironiste, qui s'est moqué de tout et de tous, se moque de l'archéologie et des archéologues : il s'agit d'une sculpture polissonne que les collègues de M. Mazure à la Société d'Agriculture et d'Archéologie montrent aux visiteurs « en saisissant le moment où les dames sont inattentives ». Nos églises romanes de la Gironde abondent en représentations plus crues encore, franchement grossières et que je ne montrerais pas même à des archéologues, même à des capitaines de cuirassiers.

Mieux vaut étudier une source d'inspiration plus relevée et où nos pères ont, d'ailleurs, puisé plus abondamment : l'iconographie religieuse.

Cette iconographie s'alimente peut-être moins dans les Livres saints, dans l'Ancien et le Nouveau Testament, que dans toute cette littérature pieuse, mystique, éclose à côté de l'Évangile. Ce que nous y voyons, ce n'est pas la trame austère du texte sacré, ce sont les fleurs aimables brodées sur cette trame par l'imagination.

A Lalande-de-Cubzac, un tympan bien connu traduit un passage de l'Apocalypse. Le Fils de l'homme tient sept étoiles; un glaive sort de sa bouche; dans un angle est saint Jean, à côté des sept églises, figurées par des coupoles. Cette scène est entourée d'une efflorescence émouvante de décoration barbare : entrelacs, monstres, personnages mystérieux. L'ensemble est déconcertant : l'auteur était beaucoup moins habile qu'Ingres ou Bouguereau ; mais quand, dans le silence de la campagne du Cubzagais, on est seul à seul, tête à tête avec cette œuvre étrange et puissante, on éprouve une impression réelle, un peu de cette épouvante qui se dégage du texte de l'Apocalypse.

La vision de saint Jean a fourni aux sculpteurs de nos portails romans un autre motif : ce sont les vingt-quatre vieillards qui entourent le souverain Juge. Une file de vingt-quatre petits personnages, voilà un thème facile pour la décoration d'une voussure. On les voit, à Vertheuil, associés à un autre sujet dont la signification m'échappe, mais d'un joli sentiment artistique. Sainte-Croix, Castelvieil, d'autres portails encore présentent la série, pas toujours numériquement exacte, des vingt-quatre vieillards.

Un chapiteau de la porte de Saint-Martial, dans le canton de Saint-Macaire, figure une personne divine reconnaissable à son nimbe timbré d'une croix ; cette personne divine émerge d'une cuve près de laquelle se tiennent, si j'ai bien vu, deux femmes ; un ange apparaît dans le haut. C'est une scène racontée dans l'Évangile apocryphe *De la Nativité de Marie et de l'Enfance du Sauveur*. Quand Jésus naquit, Joseph amena deux femmes, Zélémi et Salomé, qui baignèrent le nouveau-né. Or, Salomé ayant perdu l'usage d'un bras, un jeune homme d'une grande beauté survint, qui lui conseilla de toucher l'Enfant ; elle le fit et fut guérie.

Vous savez que certaines églises de l'Ouest ont sur la façade un cavalier : c'est Constantin triomphant. Il y avait un pareil cavalier à Sainte-Croix de Bordeaux, avant que le cardinal Donnet et l'architecte Abadie fussent passés par là. Il reste en Gironde un Constantin, sur la façade de Tauriac : c'est une effigie bien modeste, bien délabrée ; ce chevalier n'a été défendu contre les injures du temps ni par son armure ni par sa lance à gonfanon, cette lance chevaleresque qui a fait comparer une armée à une forêt de frênes dont les arbres auraient des fleurs d'acier. Telle qu'elle est, cette pauvre effigie est, sur notre sol girondin, le seul spécimen subsistant d'une donnée iconographique intéressante.

L'usage de faire de ces cavaliers nous vient du Nord, je veux dire de la Saintonge : les Saintongeais sont pour nous — comme les gens de Tarascon pour ceux d'Arles — des hommes du Nord. C'est de la même contrée que nous est arrivée l'idée des Vertus et des Vices, qui se trouvent dans les deux plus beaux portails romans de la Gironde : Castelvieil et Blasimon.

Un poète chrétien du IVe siècle, Prudence, a raconté en vers la *Psychomachie*, le combat qui se livre dans notre âme : les Vertus sont de jeunes Vierges; chacune d'elles engage la lutte contre le Vice opposé et le défait en combat singulier : la Foi terrasse l'Idolâtrie, la Pudeur renverse et tue la Débauche, etc. La *Psychomachie* de Prudence a servi à illustrer un assez grand nombre de portails en Poitou et en Saintonge : Parthenay, Melle, Civray, Aulnay, etc. C'est plutôt à Parthenay que ressemble Blasimon : les Vertus foulent aux pieds les Vices sous la forme de monstres. On admire à peine moins les tiges perlées, les fleurs côtelées, toute cette végétation somptueuse qui accompagne le sujet principal.

Nous allons maintenant envisager un autre aspect du problème, nous enquérir de la valeur technique de cette décoration.

Messieurs, il vaut mieux le dire tout de suite et simplement : la statuaire est au-dessous du médiocre dans les portails romans. Les tailleurs d'image avaient une tendance déplorable à augmenter les proportions des diverses parties du corps, suivant la difficulté qu'ils éprouvaient à les traiter : le buste est aisé à faire, aussi est-il petit; mais les têtes et les bras... Ah ! les bras ! Sur le portail de Courpiac, un personnage — peut-être Tobie — porte un poisson et un autre — sans doute Samson — est à cheval sur un lion. Il est fort heureux qu'ils lèvent tous les deux le bras, l'un pour retenir son poisson, l'autre pour ouvrir la gueule de son lion : sans cette circonstance, leurs mains traîneraient à terre, parce que les bras sont plus longs que les corps.

Vous avez peut-être vu la porte de Cérons, et, dans cette porte, des bêtes extraordinaires : on dirait des larves, des vers dont la tête ressemble vaguement à une tête de cheval. Et, en effet, ce sont des chevaux. Ne vous récriez pas : ils ont des pattes; seulement, ces pattes sont sur l'autre face des claveaux : le corps sur la tête de l'arc, les pattes sur l'intrados.

Dans la splendide porte de Haux — qui n'est pas classée par les Monuments historiques — des hommes sont représentés suivant le même procédé : le haut du corps est sur la face verticale, les jambes sont sur l'autre face et forment avec le corps un angle de 90°. Il y a pire.

Il me souvient d'une discussion que j'eus un jour avec Leo Drouyn sur l'âge de la porte de Gabarnac : je datais la construction d'après la forme des écus, des boucliers que portaient certains guerriers représentés sur un chapiteau; à quoi Drouyn répondait que je faisais erreur : ces prétendus guerriers étaient des oiseaux, et ces prétendus boucliers, des ailes. Évidemment, cela était vague : nos impressionnistes et pointillistes les plus talentueux ne font pas plus flou.

Il faut arriver jusqu'à la période gothique pour trouver de belles statues, comme celles de la porte Royale de Saint-André, dont Viollet-le-Duc a écrit en 1847, dans un rapport conservé aux Monuments historiques : « Cette ancienne porte de la cathédrale de Bordeaux est un des monuments de sculpture les plus remarquables que nous ayons en France. Toutes les statues qui la décoraient sont de véritables chefs-d'œuvre comme on n'en trouve qu'à la cathédrale de Chartres ou à Notre-Dame de Paris. »

L'artiste roman est plus heureux avec la sculpture purement décorative. Sans doute, ici encore, l'imagier gothique est nettement supérieur : il domine mieux la matière, la modèle et l'assouplit à son gré. Le roman cherche ses effets non pas dans la vigueur ou la sûreté du modelé, mais dans la multiplicité des facettes et des lignes : là où le gothique profilera de belles moulures, le roman sème des dessins courants, de petits sujets répétés maintes fois. Cependant, certaines sculptures romanes, vraisemblablement attardées, sont très bien comprises.

Il existe près du flanc Sud de l'église de Blasimon une baie qui s'ouvrait peut-être sur la salle capitulaire et dont les chapiteaux, malheureusement mutilés, se composent d'une corbeille dont les angles supérieurs laissent échapper un paquet de folioles; le bas de la corbeille est plissé : on dirait un corselet de toile enfermant un buste. Il est difficile d'imaginer une entente plus parfaite des moyens, un art plus sobre et plus sûr.

Mais, je répète le mot, ces chapiteaux sont d'un roman attardé. La génération qui les a produits avait bénéficié des progrès réalisés par le style gothique. Dans l'ensemble, l'ornementation sculpturale romane est, dans nos pays, pauvrement exécutée.

Et malgré cette gaucherie du ciseau, l'abondance des détails, la grandeur farouche de l'idée produisent souvent une impression profonde.

Il nous reste à passer en revue les différentes parties du portail et à rechercher comment la décoration de chacune d'elles est comprise.

Les arcs de la porte sont souvent en plein cintre, même à une époque assez avancée. C'est le cas à Magrigne, que le style des chapiteaux à crochets ne permet guère de faire remonter au delà de 1200. Vous remarquerez, dans cette jolie porte d'une église d'Hospitaliers, un mélange de caractères bien romans et de caractères non moins gothiques : sont gothiques l'importance de la mouluration, la sculpture des chapiteaux, le style bien naturel des feuilles posées sur le chanfrein de l'imposte.

Queynac, près de Galgon, est également une ancienne église des

ÉGLISE DE QUEYNAC

(Extrait de *Les Vieilles Églises de la Gironde*, p. 258.)

chevaliers de l'Hôpital Saint-Jean-de-Jérusalem. Elle est d'une mélancolie prenante, cette ruine superbe, qui appartenait jadis à un ordre militaire puissant et qui, aujourd'hui, est envahie par les vignes. Ce sanctuaire, couronné d'une fortification, a retenti du chant des cantiques, peut-être des clameurs des hommes d'armes : on n'y entend plus que l'appel du laboureur poussant son attelage le long des « règes » verdoyantes.

Queynac est un exemple de porte polylobée, découpée de lobes, de festons concaves. Il en est quelques autres en Gironde, notamment dans les églises de Lalande-de-Pomerol et de Villemartin, qui étaient également aux mains des Hospitaliers.

Plus ordinairement, les arcs sont tracés en demi-cercle, mais ils sont couverts de sculptures. *Couverts* n'est pas excessif. Vous en jugerez par le détail de la porte de Saint-Martin-de-Sescas. En regardant avec attention, vous remarquerez que chaque voussure est formée de deux rouleaux et chacun des rouleaux a son décor spécial. Comme toutes ces lignes d'ornements sont nettement distinctes, il n'y a pas de confusion et l'ensemble, bien que d'une richesse exubérante, ne manque pas de fermeté.

La voussure externe a une file de bonshommes superposés. C'est une règle presque constante, que les ornemanistes de notre contrée ont rejeté vers la périphérie des voussures la représentation humaine.

Un autre exemple de cette règle se peut observer dans la porte de Petit-Palais. Mais ici la répartition des sculptures est toute différente : les voussures en sont presque dépourvues. Les menus ornements, dents-de-scie, dents-de-loup, abondent. Deux ou trois chapiteaux appartiennent à des types assez répandus : cette grosse tête, qui semble avaler la colonne, ces masses de pierre qui forment des feuillages d'un dessin particulier, enfin cette corbeille à facettes, comme la Société en a vu, l'été dernier, à Notre-Dame de Langon.

La porte de Faleyras est l'une des plus jolies de la Gironde. L'artiste qui l'a faite était un délicat : il a traité ses motifs avec tant de finesse et de discrétion qu'à moins d'une bonne lumière frisante qui les mette en valeur ils échappent à l'objectif.

Castelvieil est d'un art plus franc et plus naïf. Le relief est plus fort ; les motifs s'affirment davantage. Sur l'une des voussures, une file de personnages semblables paraissent tirer une corde. Sur une autre, les Vertus et les Vices. Sur la dernière, un calendrier, où sont représentées les occupations de chaque mois : janvier, les plaisirs de la table ; mars, la taille de la vigne ; septembre, les vendanges ; novembre, la mort du cochon, etc.

A quelle date doit-on attribuer cette page décorative ? Si l'on en juge par l'armement des Vertus, surtout par la forme de leurs boucliers, si l'on tient compte de la coiffure à mentonnière des Saintes Femmes au Tombeau, la porte de Castelvieil ne doit pas être éloignée du règne de saint Louis ni des débuts du XIIIe siècle.

Drouyn pensait que c'est la plus belle porte romane du département. L'appréciation est exacte si on fait de Blasimon une œuvre gothique.

Romane par le choix des ornements, gothique par l'ampleur et la maîtrise de l'exécution, Blasimon doit être postérieure de peu à Castelvieil. Les pentures, les ferrures de la porte ont été publiées dans le *Dictionnaire d'architecture* de Viollet-le-Duc. Blasimon est, avant notre Saint-André, la porte la plus splendide du Bordelais et du Bazadais. Ces statues sont trop étirées, trop immatérielles. Elles sont un rêve, mais un rêve d'artiste. Un architecte des Monuments historiques me disait naguère que le moulage de cette porte devrait être au Trocadéro. Un tel hommage n'a rien d'excessif.

La plupart des portes que nous avons passées en revue n'ont pas de tympan, cette dalle ornée qui s'insère dans l'arc. Vous vous rappelez cependant qu'il y a un tympan à Lalande-de-Cubzac. Il en reste un, provenant d'une porte démolie, à Lugon : le Christ y est assis dans sa gloire, au milieu des animaux qui symbolisent les Évangélistes : l'Aigle, saint Jean ; le Lion, saint Marc ; le Veau, saint Luc ; l'Homme ailé, saint Mathieu.

Il n'est pas toujours facile de répartir les sculptures sur le tympan, de façon à garnir les angles : l'artiste qui a fait la jolie porte Sud à la collégiale d'Uzeste a mis là, près du couronnement de la Vierge, deux anges adorateurs à genoux ; les ailes sont mi-éployées et suivent la courbe de l'arc.

A Sainte-Radegonde, on a donné au problème une autre solution et plus naïve : on a fait les personnages plus ou moins longs suivant la place qu'ils occupent : très grands au milieu, très petits sur les côtés.

Le tympan, ai-je dit, est une dalle : il est rationnel qu'elle soit soutenue par une poutre en pierre ou linteau, et il en est ainsi quelquefois dans nos pays, souvent ailleurs. Le linteau de Coubeyrac porte des cercles qui se coupent : c'est un dessin fort archaïque ; mais ces entrelacs sont unis et non pas creusés en gouttière ; ils ne doivent pas être très anciens, — du XIIᵉ siècle peut-être.

Quant aux pieds-droits des portes, ils n'ont généralement pas d'ornementation — sauf les colonnes avec leurs chapiteaux. — Je noterai en passant qu'ils offraient assez souvent un bénitier aux fidèles qui entraient dans l'église. Il existait un bénitier dans cette jolie porte de Montussan, qui sollicitait par ailleurs l'attention des archéologues : les colonnettes des jambages étaient exceptionnellement courtes, l'arc était en plein cintre et les chapiteaux accusaient la période gothique. Tout cela n'empêche pas que cette curieuse porte a été sottement démolie il y a quelques années. Et voilà, une fois de plus, un type original d'architecture disparu pour toujours...

La porte n'est pas percée uniment dans le mur; elle est accompagnée, en général, d'un ensemble, d'un dispositif assez compliqué.

L'encadrement de nos portes, du moins des portes riches, suppose un mur épais. Pour ne pas donner cette surépaisseur à toute la façade, on pratiquait la porte dans un avant-corps. L'avant-corps de Cubnezais est encadré par des colonnes engagées et surmonté d'une corniche sur corbeaux : entre les corbeaux peuvent être des dalles ornementées; les corbeaux eux-mêmes sont sculptés. C'est là que nos artistes plaçaient leurs personnages les plus décolletés.

A Ruch, où ces personnages sont particulièrement inconvenants, on dit, pour les excuser peut-être, qu'ils figurent les péchés capitaux. Je veux bien; mais il n'est pas permis, même à des péchés capitaux, d'être à ce point indécents.

Quoi qu'il en soit, l'avant-corps, les colonnes, la corniche, tout cela forme un édicule et comme une petite façade dans la grande.

Il est de ces avant-corps, à Doulezon, à Cornemps, à Saint-Georges-de-Montagne et ailleurs, qui sont couronnés d'un fronton. D'autre part, à Saint-Étienne-de-Lisse, les fausses portes ne sont pas dans l'avant-corps; elles sont reléguées sur le mur en retrait. Dans deux églises girondines, qui se ressemblaient étroitement, Loupiac et Labrède, on a combiné ces deux dispositions en une façade originale. Par malheur, l'une et l'autre ont été livrées à des architectes entreprenants. Viollet-le-Duc avait admiré, à Loupiac, la parfaite conservation des sculptures; cela n'a pas empêché Abadie de refaire la porte à neuf presque en entier. Quant à Labrède... mieux vaut ne pas en parler.

Les maîtres d'œuvre ne pouvaient pas manquer de recourir aux arcatures aveugles, aux arcs simulés, pour décorer les portails. A Sainte-Croix, deux arcs sont montés de chaque côté au-dessus de la fausse porte, et nous savons par une planche du *Monasticon* qu'une disposition identique avait été adoptée à La Sauve. Aillas et la façade ruinée de Lurzine, près de Saint-Laurent-d'Arce, ont des arcs du même genre, mais sans fausse porte. Plus souvent, ces arcatures se développent horizontalement au-dessus de la porte, de façon à tenir la largeur de la façade.

L'arcature de Galgon est exceptionnellement riche : chapiteaux sculptés, cordon de moulures très travaillées à la hauteur des tailloirs, archivoltes et pieds-droits couverts de motifs variés, etc. Il n'est pas jusqu'à la moulure d'appui qui ne soit traitée avec

raffinement, en échiquier sur les compartiments creux duquel ressortent des besants minuscules.

L'arcature de Sainte-Colombe, moins luxueuse, est mieux comprise
et de lignes moins recherchées; ce n'est plus de l'orfèvrerie trans-
posée sur la pierre, mais de l'architecture large et ferme. On y
remarque des supports, dans lesquels les chapiteaux cubiques affleu-
rent le plan antérieur du pied-droit; Ruprich-Robert a publié au
moins une arcature anglaise, qui est exactement sur ce thème.

Nous venons d'étudier les portes d'architecture soignée. D'autres,
plus archaïques, sont néanmoins dignes d'intérêt : Marimbaut est
un type de ces façades simples jusqu'à la pauvreté, mais fortes et
énergiques. Deux contreforts montés contre la façade et le clocher-
arcade les assurent contre les efforts du vent d'est. La porte est
percée sans apprêt entre ces contreforts. C'est bien peu de chose.
Les Monuments historiques ont cependant classé cette façade et
ils ont bien fait.

A Cudos et à Saint-Ferme, les deux contreforts sont réunis par
un arc percé d'un mâchicoulis, par où on pouvait accabler les
assaillants. Car la porte était le point faible de l'église et il était
nécessaire d'en défendre l'accès. Un constructeur a donné à cette difficulté une solution originale dans la façade de Mourens : sur l'avant-
corps de la porte il a monté trois murs qui font comme une tour
très plate accolée à la façade; en haut est une ligne de mâchicoulis.

La fortification peut consister aussi en archères pratiquées près
de la porte, comme dans l'église de La Tresne, en échauguettes
juchées sur des contreforts voisins, etc.

Ou bien le porche était converti en une barbacane, c'est-à-dire
en un ouvrage avancé couvrant la porte.

Les porches étaient nombreux jadis. Ils protégeaient contre les
intempéries les sculptures des portails; ils servaient d'abri aux
fidèles et, à ce dernier titre, ils tenaient une place importante dans
la vieille France rurale. Lorsqu'on pénètre pendant la semaine sous
ces porches vermoulus et délabrés, perdus entre les deux solitudes
d'une église vide et d'un cimetière désert, on prend plaisir à recons-
tituer les scènes qui ont empli ces modestes constructions d'ani-
mation et de vie.

C'étaient des lieux de réunion. Dans quelques paroisses, la Fabrique louait à des marchands les emplacements du porche, ou bien
les officiers des confréries y vendaient aux enchères les offrandes
en nature faites à ces confréries. Les chemins étaient mauvais et

les paroissiens étaient dévots : les familles qui habitaient les quartiers éloignés venaient à l'église pour les offices du matin et la quittaient après les offices du soir. Entre messe et vêpres, on prenait le repas sous le porche. Après quoi, les groupes se formaient ; les gens de sens rassis parlaient de leurs intérêts communs : des récoltes, de la levée des redevances, du procès engagé contre le seigneur pour l'usage des padouens, de la dernière victoire remportée par l'armée du roi ; les jeunes gens parlaient... d'autre chose. Bien des idylles se sont ébauchées là ; là est née cette solidarité, municipale et nationale, qui est le ciment de notre édifice social.

Dans la campagne, le porche est l'endroit où, si nous savions prêter l'oreille, nous percevrions le plus distinctement les rumeurs et les leçons qui montent vers nous du passé.

PORTE ET ÉGLISE DE MASSEILLES
(Extrait de *Les Vieilles Églises de la Gironde*, p. 212.)

Il me resterait à vous parler des portails gothiques. Mais l'heure s'avance. Je serai bref.

Parmi ces portails, certains n'ont de girondin que la place où ils ont été édifiés : leur style appartient à d'autres provinces. Il en est d'ailleurs d'exquis.

On peut bien appliquer cette épithète à la porte de l'église souterraine de Saint-Émilion : la somptuosité des voussures fait valoir la note simple du tympan, où la majesté sobre des draperies fait songer à l'antique.

Vous vous demanderez peut-être d'où vïent la végétation exubérante que vous montre la projection. Un ancien président de la Société française d'Archéologie, Palustre, me disait un jour que c'était le signe auquel on connaissait les monuments classés, et il exprimait le regret que, pour équilibrer le budget, on ne mît pas en adjudication la coupe des foins et des arbres qui poussent sur les monuments historiques. Palustre exagérait. Avait-il tout à fait tort? Je ne saurais le dire. Si vous désirez avoir sur ce point une opinion personnelle, vous pourrez aller faire un tour du côté de notre église Sainte-Croix.

Dans cette revue rapide des portails girondins, je ne puis pas en omettre un auquel il ne manque, pour être plus connu, que d'être plus loin : en Italie, sur les bords du Rhin ou dans telle autre contrée à la mode. Mais cette merveille — c'en est une — est près de nous, à Bazas.

C'est le portail le plus imposant de la Gironde. Veuillez noter que l'iconographie en est attachante, que la sculpture en est belle : Lacour en a dessiné des fragments à une époque où on était délibérément hostile à l'art gothique.

D'autres portails, de style plus local, ont pour nous plus d'intérêt. Fontet, dont la photographie m'a été communiquée le plus aimablement du monde par un de mes collègues de la Société archéologique, M. Dubreuilh, Fontet rappelle, vers 1600, la façade fortifiée de Saint-Ferme. De l'appareil défensif il ne reste, à Fontet, comme dans certains châteaux Renaissance, qu'une silhouette pittoresque. C'est de la fortification d'opéra.

Saint-Macaire et la porte méridionale de Saint-Seurin forment un groupe à part : on y trouve deux arcs superposés; l'arc inférieur, qui est trilobé, est un linteau de deux pièces, que Viollet-le-Duc a fort ingénieusement expliqué. Les arcades aveugles disposées à gauche rappellent les arcades qui, à Sainte-Croix ou à Lurzine, sont au niveau de la partie supérieure de la porte.

A Sainte-Eulalie de Bordeaux, les arcades, placées plus bas, rappellent plutôt les portes feintes de l'époque romane. Vous n'ignorez pas que cette porte du bas-côté de Sainte-Eulalie a été réédifiée naguère; mais ce sont les mêmes matériaux. C'est la porte du xiiie siècle, qui a un peu changé de place.

Comme à Sainte-Eulalie, la porte nord de l'église haute de Saint-Émilion, avec ses enfoncements latéraux, dérive des façades décorées de fausses portes. Ce portail était, à l'origine, de silhouette plus mouvementée : la porte était surmontée d'un gâble, et chacune des niches hautes avait pareillement un gâble, c'est-à-dire un petit fronton.

La composition architecturale est assez réussie; la statuaire a de la valeur. Cette porte, qui n'est pas assez connue, mériterait de prendre place parmi les curiosités qui attirent les touristes dans cette ville délicieuse.

A Berson, la réminiscence des portails romans est plus frappante : les fausses portes sont devenues des guérites qui semblent attendre un factionnaire. Vous êtes sûrement frappés de la différence qui sépare cette porte des portes romanes. Dans la porte gothique dont la projection est sous vos yeux, le rapport est plus étroit entre l'arc et les pieds-droits. C'est l'une des notes de nos portails gothiques, dont nous avons un spécimen typique à Lucmau : les arcs ont exactement le même profil que les jambages, ils continuent ces jambages; entre ceux-ci et ceux-là, un simple évasement, qui tient lieu de chapiteau. C'est propret, correct, mais froid, et cela ne nous fait pas oublier les vieilles portes romanes, où la verve des imagiers a semé parfois des extravagances, mais qui offrent tant de détails imprévus et attrayants.

La porte de Saint-Michel-Lapujade est conçue comme celle de Lucmau. C'est une porte gothique et on la daterait volontiers, *a priori*, du XIVe ou du XVe siècle. Or, en 1640, le curé de Saint-Michel-Lapujade traita avec Mathelin Guyet, maçon à La Réole, pour « desmoulir tout icelluy pignon de murailhe de la présent esglise qui est du cousté du Couchant, pour icelluy rebattir et y faire un portail au milieu du pignon ». Voilà les règles archéologiques en défaut.

Le portail de Saint-Laurent (Médoc) peut être attribué avec une quasi certitude au XIVe siècle ou à la fin du XIIIe, notamment parce que le clocher avec lequel il fait corps a des voûtes caractéristiques de cette époque : la porte est de style gothique pur, et aussi l'arcature, plus légère que les arcatures romanes, avec des trilobes et des quadrilobes dans les écoinçons.

Mais la porte de Saint-Palais-Lalande est à peu près contemporaine de la précédente : la date est donnée par le style des feuillages du portail. Et cependant, ce détail excepté, la façade est romane : romane la porte, avec ses colonnes trapues et ses arcs vigoureux, romane l'arcature en plein cintre relevée d'une archivolte de pointes-de-diamant.

Nous avons en Gironde un anachronisme de ce genre autrement extraordinaire. C'est l'église de Francs. Le choix des sujets de quelques corbeaux, le faire de tous décèlent une origine peu reculée; mais dans l'ordonnance de la façade, de cette porte flanquée de fausses baies élevées, de cette arcature formant un premier étage, vous reconnaissez la formule de nos façades romanes. Eh bien! l'église de Francs a été construite à neuf, sur un autre emplacement que l'ancienne, en 1605.

Il y a longtemps déjà, à la première séance de notre Société à laquelle j'assistai, je lus sur ce curieux édifice une note que j'offris à Courajod. Courajod fut ravi; c'était un convaincu et il entendait que l'on partageât ses enthousiasmes. A quelque temps de là, il faisait partie d'un jury pour un concours d'architectes des Monuments historiques. Il demanda à un candidat ce qu'il pensait du cas de l'église de Francs. Francs... le candidat eut beau chercher, il dut avouer que ce nom ne lui rappelait rien. Sur quoi cet excellent Courajod songea à l'éliminer. La morale de cette histoire, que je tiens de Courajod lui-même, est que Francs est moins célèbre qu'il ne mériterait de l'être.

Messieurs, j'ai fini.

Non pas certes qu'il n'y ait beaucoup à dire encore; mais cet entretien, déjà long, serait interminable si vous aviez à voir défiler sur l'écran tous ceux de nos portails girondins qui méritent les honneurs d'une projection. On ne compte pas chez nous les portes qui sont à peine moins belles que celles dont je vous ai entretenus. Je cite au hasard Saint-Christophe-des-Bardes, Illats, Villemartin, Izon, Listrac-de-Durèze, Coirac, Cessac, Saint-Hilaire-de-la-Noaille, Puisseguin, Nérigean, Lugasson, Jugazan, Gours, Saint-Genès-de-Lombaud, Moulis, Pellegrue, Villegouge... et tant d'autres.

Ajoutez que nous pourrions suivre le portail girondin à l'étranger. Il faut bien nous dire, en effet, que les artistes français des époques reculées dont nous nous occupons ne se sont pas bornés à couvrir de leurs chefs-d'œuvre le sol natal; ils en ont enrichi encore les nations voisines et toute la chrétienté.

En Espagne, l'art de bâtir a beaucoup tiré de la France et spécialement, quoi qu'on en dise, de l'école architecturale à laquelle se rattache la nôtre. Ce fait, M. Lampérez l'a consigné dans son magistral ouvrage, et moi-même je l'ai observé à Salamanque et sur différents points, par exemple au portail Sud de la cathédrale de Zamora.

Cette porte flanquée de fausses portes et surmontée d'une arcature, c'est l'idée de nos façades de Saintonge ou du Bordelais. Assurément, l'imitation n'est pas servile : c'est moins une copie qu'une interprétation. L'artiste était-il de chez nous? Je ne sais; mais si l'origine de l'architecte est douteuse, l'origine de la formule architecturale ne l'est pas. Par une voie ou par une autre, les influences françaises sont arrivées jusqu'ici. Dans cette façade, un œil averti voit luire une étincelle du génie français.

Je contemplais cette porte par une radieuse journée d'octobre et je me laissais aller aux réflexions que je viens de formuler quand, en face, je vis s'ouvrir une fenêtre du palais épiscopal et apparaître deux silhouettes, dont une violette. C'était l'évêque de Zamora qui faisait à un visiteur les honneurs du transept de sa cathédrale.

On est chauvin quand on a franchi la frontière, et je fus ému au spectacle de ce prélat espagnol qui rendait hommage — inconsciemment peut-être — à l'architecture française du Moyen Age.

Un moment après, pendant qu'un fringant attelage de mules emportait l'ami de Monseigneur dans un bruit de grelots et dans un nuage de poussière, je regagnai, pensif, la *fonda*. Et, vous l'avouerai-je? ma poitrine battait un peu plus fort tandis que je songeais à cette race semeuse d'idéal qui, dès l'époque lointaine où on élevait les cathédrales romanes et gothiques, répandait dans le monde des germes d'art et de beauté.

Un ménage modèle.

On a publié jadis [1] le dessin du tombeau et le texte de l'épitaphe de Pierre Sauvage, seigneur d'Armajan, lequel tombeau est dans l'église de Preignac :

...A VESCU AVEC SA TRÈS CHASTE ESPOUSE JEANE DELOSSANS DEBAT 32 ANS 4 MOIS 22 JOURS ET DÉCÉDA LE 22 DÉCE[M]BRE 1572.

Nous connaissons par ailleurs le nom de la femme de Pierre Sauvage; un acte de Galliot, notaire, en date du 11 avril 1575, signale « Jehanne de Los, vefve dud. feu s^r de Sauvaige ».

Il faut donc rectifier l'épitaphe comme suit : « A vescu avec sa très chaste espouse Jeane Delos, sans débat, 32 ans 4 mois 22 jours. »

Cette formule n'est-elle pas renouvelée de l'antiquité ? Dans son livre sur *le Forum romain* [2], M. Thédenat signale la sépulture consacrée par un centurion à sa très douce épouse, avec laquelle il avait vécu sept ans quatre mois et dix jours *sine querella*, sans une dispute. Sur quoi le savant oratorien ajoute : « Que les jeunes mariés qui viennent, si nombreux, faire à Rome leur premier voyage, s'inspirent de cet exemple. »

Vivre sept ans *sine querella*, c'est bien; mais passer trente-deux ans *sans débat*, c'est mieux encore.

Les jeunes couples en quête d'un but de pèlerinage pourraient venir méditer devant le tombeau de Pierre Sauvage, en cette délicieuse plaine de Preignac, où la nature, facile et douce, invite à la joie et à l'apaisement.

---

1. Dans le Bulletin de la *Société archéologique de Bordeaux*, t. V, pp. 29 et suiv. J'ai donné plus récemment une phototypie du tombeau et le texte de l'inscription dans l'*Album d'objets d'art existant dans les églises de la Gironde*, pl. 67 et p. 39.

2. *Op. cit.*, 3ᵉ édit., p. 305.

Sculpture Mérovingienne.

La pierre que la présente note a pour objet de faire connaître sert de linteau de cheminée dans la maison d'habitation de M. Boisvert, avocat, maire de Beaupuy (Lot-et-Garonne). On garde le souvenir qu'elle provient d'une maison située dans la plaine, au pied du coteau si justement appelé Beaupuy.

D'après les renseignements qui m'ont été fournis, le bloc a été extrait de carrières sises à quelques kilomètres de là, dans la commune de Fossés (Gironde). Il mesure 2ᵐ 07 sur 0ᵐ 48. Il ne m'a pas été possible de vérifier s'il avait été raccourci à ses extrémités, et j'ignore quelle a pu en être primitivement la destination. Peut-être est-ce un fragment de frise.

L'image ci-jointe dispense d'une description ¹. Le dessin opulent des rinceaux témoigne encore d'une inspiration antique. Le vase qui est dans le premier enroulement à gauche reproduit un type romain conservé pendant les temps barbares. Le câble, la fleur à cinq pétales, les feuilles de lierre appartiennent à un art de la basse époque. On en peut dire autant de la façon dont les sculptures sont traitées : ces grappes plates, ces feuilles sans modelé sur lesquelles une côte est vigoureusement marquée, évoquent le souvenir de certains sarcophages aquitains du vɪᵉ siècle ².

1. La photographie a légèrement déformé la pierre, qui est, en réalité, aussi haute à droite qu'à gauche.
2. Voir dans *les Sarcophages chrétiens de la Gaule*, de Le Blant, les raisins (sarcophage du Sud-Ouest transporté à Soissons, p. 16 et pl. IV), le vase (sarcophage de Vienne, pp. 23-24 et pl. VI, sarcophage de Charenton-du-Cher, pp. 55-58 et pl. XV, sarcophage de Poitiers, p. 85 et pl. XX, sarcophage de Bordeaux, p. 88 et pl. XXXIII), les feuilles (sarcophage de Sainte-Quiterie d'Aire, pl. XXVI, sarcophage d'Aniane (?), p. 119 et pl. XXXII, sarcophage de Bordeaux, p. 88 et pl. XXXIII, sarcophage de Narbonne, p. 134 et pl. XLVI).

En somme, la très curieuse pierre de Beaupuy paraît devoir être datée des vi⁰-vii⁰ siècles.

L'époque pré-romane a laissé en France, en outre des sarcophages dont il vient d'être question, un certain nombre de chapiteaux, des panneaux de chancel, quelques autres débris presque toujours couverts d'entrelacs barbares. Bien rares sont les morceaux d'ornementation mérovingienne aussi importants et où les motifs gallo-romains soient aussi reconnaissables. C'est dire l'intérêt que présente le bas-relief de Beaupuy.

Le nom du Palais Galien.

On sait que l'amphithéâtre de Bordeaux, connu aujourd'hui sous le nom de *Palais Gallien*, s'est aussi appelé *Palais Galienne* : « Palatium Galliani quod vocant seu Galienæ » [1]. Vinet, à qui j'emprunte ces quelques mots, et d'autres érudits constatèrent que ce monument était, dans de très vieux titres, dénommé *Arènes* : « On l'appelle aussi *Arenes*... et a tel nom en de vieus instrumens latins de l'église de Sainct-Seuerin [2]. » Delurbe, qui écrivait en 1619, précise que cette dernière appellation se lit dans les textes « de plus de cinq cens ans » [3]. De ces divers faits, on concluait que le *Palais Gallien* était un amphithéâtre construit par l'empereur Gallien.

M. Bédier ne pense pas que l'on puisse faire honneur de l'édifice à Gallien : « Ce n'est qu'une légende érudite, imaginée par les historiens de Bordeaux au xvi° siècle [4]. »

Il n'est pas inutile, pour élucider le problème, de reproduire les mentions du *Palais Gallien* qui sont éparses dans un certain nombre de pièces. En voici quelques unes, dans l'ordre chronologique :

1073-1085. « Locum... more vetusto quem Arenas nuncupant [5]. »
Premier tiers du xii° siècle (?). « Prope Arenas [6]. »
1124. « Juxta Arenas [7]. »
xii° siècle. « Viam qua graditur ad Arenas [8]. »
xii° siècle. « Apud Arenas [9]. »
xiii° siècle. « Apud Arenas [10]. »
1361. « Arenas [11]. »
1367. « Arenas [12]. »
1367. « Palacium Galiana [13]. »

---

1. Vinet, *In Ausonii Urbes*, 210 G.
2. *L'Antiquité de Bourdeaus*, § 19.
3. *Chronique bourdeloise*, édition 1703, p. 3.
4. *Les légendes épiques*, t. III, p. 170
5. *Cartulaire de Saint-Seurin de Bordeaux*, publié par J.-A. Brutails, p. 15.
6. Même ouvr., p. 49.
7. Même ouvr., p. 57.
8. Même ouvr., p. 87.
9. Même ouvr., p. 115.
10. Liève [de la première moitié du xiii° siècle ?] pour le chapitre métropolitain de Bordeaux, G non coté, fol. 66.
11. G 237, fol. 104.
12. G 239, fol. 75.
13. G 239, fol. 68 v°.

1375. « Palacium Galiane [1]. »

1382. « Lo palays Galiana [2]. »

1382. « Lo palays Galiayna [3]. »

1383. « Pres deu palays Galiana [4]. »

1388. « Pres deu Palays [5]. »

1396. « Palatium Galiane [6]. »

1400. « Palatium Galianum [7]. »

1400. « Palacium Galiane [8]. »

xiv° siècle avancé ou xv°. « Palacium Galliane [9]. »

1414. « Au Palaitz [10]. »

1417. « Dejus lo Palaitz [11]. »

1422. « Pres deu palays Galiana [12]. »

1467. « Pres deu palays Galiena [13]. »

1075. « Dejus lo Palays [14]. »

1509. « Deu palays Gallienne [15]. »

1545. « Aulx murailhes du palais Galliane [16]. »

Je signale, enfin, une dernière mention, de 1669 : « palais Gual-lianne » [17], pour établir que la forme ancienne a duré très longtemps.

De la série qui précède, il ne faudrait pas tirer une déduction trop rigoureuse ; deux appellations ont existé à certaines époques et, d'autre part, les registres pour la levée des redevances étaient copiés l'un sur l'autre et perpétuaient sur le papier les vocables que l'usage avait abandonnés.

Le seul de nos documents qui remonte au xi° siècle constate que l'on disait *les Arènes* « more vetusto ». Est-ce à dire qu'il existait dès lors un autre nom, d'origine plus récente ? Cela n'est guère admissible, puisqu'il qu'il faut arriver jusqu'au xiv° siècle pour rencontrer cette autre dénomination. « More vetusto » semble donc devoir être traduit : depuis longtemps, suivant une coutume déjà vieille.

En somme, l'amphithéâtre de Bordeaux a été appelé *Arenas*, puis

1. G 239, fol. 179 v°.
2. G 452.
3. G 452.
4. G 453.
5. G 453.
6. G 236, fol. 278 v°.
7. G 241, fol. 59 v°.
8. G 241, fol. 7.
9. Obituaire de Saint-André, G 315, fol. 5 v°.
10. G 1156, fol. 7 v°.
11. G 1156, fol. 110 v°.
12. G 463.
13. G 1161, fol. 113 v°.
14. G 1162, fol. 57.
15. G 1162, fol. 121 v°.
16. G 1163, fol. 126 v°.
17. G 1318.

Palatium Galianae ou *Palatium Galiana,* puis encore *Palatium Galianum*[1], ce mot *Galianum* étant, soit un adjectif, soit le nom même du monument et non pas celui d'un personnage. Il ne paraît pas que l'on ait dit *Palatium Galliani,* comme on disait *Palatium Galianae.* Le nom de *Palais Gallien* est tout moderne et n'autorise point l'attribution de cet édifice à l'empereur Gallien. L'appellation *Palais Galienne* apparaît durant ou peu avant le XIVe siècle, du moins dans les documents d'archives ; car il ne faut pas oublier que le chroniqueur Rodrigue de Tolède a, vers 1200, signalé dans notre ville un palais qui devait son nom à une princesse Galienne.

Ce qu'était cette princesse, nous le savons par un récit légendaire inséré dans plusieurs registres municipaux de la région[2]. Longtemps avant Jésus-Christ, Cénebrun, fils de Vespasien, épousa Galienne, fille de Titus[3] ; il fut roi de Bordeaux et construisit les Piliers de Tutelle ; Galienne, sa femme, éleva le palais de Galienne. Ils eurent de nombreux enfants ; leur préféré, Cénebrun, reçut Lesparre. Pour le visiter plus aisément, Galienne ouvrit à travers les épaisses forêts du Médoc une route qui allait de son palais à la mer et où son char d'or roulait agréablement. Les frais de la route furent payés par une belle et habile courtisane qui s'appelait Brunisen.

Cette route qui allait du palais de Galienne à la mer est la route de Soulac, laquelle passait, en effet, au pied de l'Amphithéâtre[4].

On appelait *route Galienne* des voies antiques : sur la voie de Bordeaux à Bazas et dans son parcours à travers le pays de Cernès, l'abbé Baurein a noté[5], au XVIIIe siècle, des tronçons qui s'appelaient *chemin Galien.* Les souvenirs de Galienne jalonnaient les routes romaines de la contrée, que suivaient les pèlerins : Poitiers avait un *palais Galienne,* et au Mas-d'Agenais, près de la voie de Bordeaux à Agen, coule une fontaine dite la *font Galienne*[6]. Certaines voies antiques s'appelaient

1. Dans son livre sur *Bordeaux vers 1450* (p. 421), L. Drouyn cite un document que je n'ai pas retrouvé et qui porte « a parte Palatii Galiani ».
2. Livre des Bouillons et Livre des Coutumes, de Bordeaux ; Livre Velu de Libourne. — La légende a été publiée dans les *Archives municipales de Bordeaux, Livre des Bouillons,* p. 474, et *Livre des Coutumes,* p. 381.
3. La Galienne mentionnée par Rodrigue de Tolède est une autre princesse Galienne, fille de Galafre, roi de Tolède : Charlemagne l'aurait convertie, puis épousée, et lui aurait élevé un palais à Bordeaux. J'ai préféré suivre l'autre légende, parce qu'elle paraît avoir été dans notre province plus populaire et plus vivace. Sur l'une et l'autre Galienne, voyez Bédier, *Les Légendes épiques,* t. III, pp. 169 et ss.
4. Drouyn, *Bordeaux vers 1450,* plan *in fine.* — Sur cette voie et son existence probable dès l'époque romaine, voir C. Jullian, *Inscriptions romaines de Bordeaux,* t. II, p. 233.
5. « Il existoit, dans cette paroisse » — Saint-Michel-de-Rieufret — « une ancienne route qui conduisoit de Bordeaux vers Langon, et qui étoit connue sous la dénomination de *chemin Gallien.* Nous en avons déjà parlé, et nous avons remarqué des vestiges qui en subsistent ailleurs » (*Variétés bordeloises,* t. V, p. 144 ; nouv. éd., t. III, p. 82). — Cf. Jullian, *Inscriptions romaines,* t. II, p. 218.
6. Renseignement fourni par M. l'abbé Dubois, du diocèse d'Agen.

chemin Brunehaut[1]; ainsi s'explique aisément que la légende fasse intervenir dans la construction de la route de Soulac « la belle et rusée courtisane qui avait nom Brunisen ».

" Garitz ".

On trouve très souvent dans les chartes du Bordelais, après l'énoncé du prix, l'épithète *garitz : II liuras garidas, III soulz garitz*. Que signifie cette expression? Un document appartenant au fonds du prieuré de Castillon et daté du 16 mai 1375 aide à le comprendre. Une terre sise à Saint-Magne et qui dépend du prieuré est vendue moyennant « quatre liuras de la moneda corsabla en Bordales, guaridas de vendas et de capsoutz de senhor »; c'est-à-dire que ces quatre livres bordelaises sont garanties contre les prélèvements que le seigneur foncier tenterait d'exercer en paiement de ses droits.

Garir en provençal, *garire* en latin figurent, avec le sens de garantir, dans Raynouard et dans Ducange.

Garitz est la contre-partie de la clause d'éviction, qui assurait à l'acquéreur la possession de la chose vendue. Cette formule assure au vendeur la possession du prix.

---

1. Entre 1155 et 1182, La Sauve acquiert des biens sis à Guillac, près de Branne, confrontant « viam Brunichildis » et « Pirum Longam » (Grand cartulaire de La Sauve, p. 54). — Avec l'amabilité à laquelle il m'a de longue date habitué, M. Boucherie m'a signalé dans le même cartulaire de La Sauve trois autres mentions du chemin de Brunehaut : à Génissac, « viam Brunelt » (p. 286) et à Saint-Nicolas d'*Ardesma*, c'est-à-dire au port de Génissac, « viam Brunechildis » (pp. 181 et 184). C'est, semble-t-il, un chemin transversal dont la direction est Arveyres, Cadarsac, Génissac, Guillac et qui reliait la voie Bordeaux-Périgueux à la voie Aubeterre-La Réole.

Contribution à l'histoire

de la

Rivière de Bordeaux

(Basse Garonne et Gironde)

On a élaboré naguère des projets pour améliorer la navigabilité de la basse Garonne, projets très considérables et dont l'exécution coûtera des sommes énormes. A cette occasion, il a paru opportun de procéder à une enquête sur les modifications survenues dans l'état du fleuve. C'est qu'en effet, suivant les expressions d'un ingénieur des plus distingués, « le jeu des marées met en action, dans la Gironde, une force immense, représentant plus de deux millions de chevaux-vapeur; il nous suffit de pénétrer le secret des lois qui régissent cette force colossale pour qu'au lieu de travailler contre nous, elle travaille avec nous et pour nous »[1].

On m'a invité à orienter dans ce sens mes travaux. Je donne ci-après le résultat des recherches auxquelles je me suis livré. Ce résultat est incomplet; nul plus que moi n'en déplore les lacunes; mais je n'avais pas à faire œuvre d'imagination, et là où manquaient les documents, je n'ai aucunement songé à les suppléer. D'autre part, après avoir lu un certain nombre de mémoires consacrés au régime du fleuve, je crois comprendre que même certains techniciens connaissent mal les forces qui travaillent les estuaires de nos grands cours d'eau. Je me suis donc enfermé délibérément dans mon rôle de déchiffreur d'archives, enregistrant des faits et laissant à d'autres plus avertis le soin d'en tirer les conclusions.

Il a été publié sur le même objet différentes études; celle qui suit se distingue surtout des précédentes, si je ne me trompe, en ce

---

1. Th. Labat, dans les *Actes de l'Académie de Bordeaux*, 1889, p. 275.

qu'on y a mis en œuvre non seulement les cartes [1], mais aussi les textes, qui avaient été jusqu'à présent un peu trop négligés [2].

Le maniement de ces textes est, d'ailleurs, délicat : ils consistent, pour une large part, en pièces de procédure, où la vérité est trop souvent défigurée. Il ne faut donc pas prendre à la lettre toutes les assertions y contenues; mais, si on se donne la peine de les contrôler et de les critiquer, ces documents écrits livrent sur l'histoire du fleuve bien des renseignements qui méritent d'être recueillis.

Avant de terminer cette brève préface, j'ai l'agréable devoir de reconnaître l'aide aimable autant qu'utile qui m'a été prêtée par de plus compétents que moi : M. Counord, ancien conseiller général, et M. Clavel, ingénieur en chef du Service maritime, ont bien voulu lire mon travail et me faire part de diverses observations dont j'ai tiré parti. De son côté, M. Dedieu, sous-ingénieur, m'a rendu le même service et il m'a fourni, en outre de cartes qui sont ci-après reproduites, des indications très précises sur les contenances.

I

L'ŒUVRE DES FORCES NATURELLES.

Ile de Macau. — L'île de Macau est citée au XIe siècle, en ou vers 1027 [3], et au XIIe siècle, en ou vers 1190 [4]; mais elle n'avait

1. Les cartes géologiques de Raulin et de Pigeon signalent simplement que tous les terrains qui nous occupent sont de formation récente. Dans cet ordre d'idées, voir le résultat de sondages à l'île Cazau et à l'île Verte dans Feret, *Statistique de la Gironde*, t. I, p. 17.

2. Parmi les travaux les plus récents et les plus complets, il faut citer la thèse latine de Maurice Dutrait, *De Mutationibus oræ fluvialis et maritimæ in peninsula Medulorum et Garumnæ fluminis ostio*, Bordeaux, 1895; l'*Etuae sur la Garonne et la Gironde*, présentée à l'Académie de Bordeaux, en 1899, par M. L. Dedieu, sous-ingénieur des ponts et chaussées; enfin, l'étude, inédite comme la précédente, sur le Médoc, également envoyée au concours de l'Académie par M. Salinier, étudiant d'agrégation. M. Dedieu s'occupe très peu des époques antérieures au XIXe siècle; Dutrait a travaillé à peu près uniquement sur les cartes; M. Salinier a dû se borner à un petit nombre de textes.

3. 1027 environ. « Cellam Sanctæ-Mariæ de Macau, cum salvitate et cum adjacente insula » (Cartulaire de Sainte-Croix, H 640, fol. 2).

4. 1190 environ. « In villa de Macau et super insula quæ dicitur Machavina... Villam de Macau cum præscripta adjacenti insula » (Même volume, fol. 62 v° et 63). — Masse fait mention sur sa carte d'une île de la Maqueline distincte de l'île de Macau et sise en amont de cette dernière; je ne puis dire s'il y a eu là jadis une île; mais, à coup sûr, il ne faut pas chercher sur ce point, qui est à plus de 4 kilomètres du clocher de Macau, l'île attenante au village, « villam... cum... adjacenti insula ».

à cette époque reculée ni la forme, ni les dimensions, ni même la situation qu'elle a présentement : les actes qui indiquent les confrontations des immeubles sis dans cette île mentionnent pendant longtemps, du côté opposé à Ambès, l'ime de la mer : « De la yma de la mar debert Ambes, de l'un cap, entro a la yma de la mar debert Jalet, de l'autre cap, » dit un document de 1377 [1], et d'autres textes, qui sont de la fin du xve siècle, emploient des expressions analogues [2]. En 1544, des témoins déposèrent que le Tayet et l'île de Macau étaient anciennement « au mytan de la mer ou ryvière »[3]. Certainement, ces lieux étaient plus rapprochés de la rive gauche que de la rive droite : « Ilz ont estè tousjours plus près dud. lieu de Macau que de lad. terre d'Ambès [4] ; » mais, à coup sûr, entre l'île et la terre ferme passait un bras de rivière autrement large que le canal actuel de la Maqueline [5].

A la fin du xvie siècle, ce passage était réduit à n'être qu'un ruisseau. Un cahier des charges pour le récurement porte : « Sera tenu faire lad. Maqueline de dix-huict pieds de large pour le moins au plus estroict et cinq pieds de profond [6]. » Il existait un pont vers l'aval, et on prétendait en 1594 qu'il contribuait à l'ensablement [7].

Un siècle plus tard, le Domaine élevant des prétentions sur l'île de Macau parce que c'était une île, on répondit que l'île de Macau faisait partie de la terre ferme, la Maqueline étant un fossé creusé de main d'homme [8]. C'était une erreur ; le fait qu'on put la commettre

---

1. 23 février 1377, n. s. Bail à fief d'une terre sise dans la grande île de Macau et allant « de la yma de la mar debert Ambes, de l'un cap, entro a la yma de la mar debert Jalet, de l'autre cap » (H 732, fol. 84). — *Gilet* est un lieu dit sis à proximité et au sud-ouest de l'île de Macau.

2. 29 juin 1481. Bail à fief de moitié du *tayet* « qui es pres de la grand yla debert hoctideu (*sic*, pour *sol ixent*?), ayssy cum es entre la grand yla de Maquau et la terre de Gilet, confrontant la yma de la mar d'una part et d'autre, dura et ten en long de la yma de la mar debert mech jour, de l'un cap, » etc. (copie; H 1018). — 1er juillet 1511. Reconnaissance pour une aubarède sise dans l'île de Macau, lieu dit *au Tayet :* « Et dure de la yma mar devert Macault, de l'ung capt, entro a la mar devert Ambes, d'autre capt » (copie; H 1018). — 23 juin 1483. Reconnaissance pour une terre sise « en lo tayet et yla de Maquau », laquelle terre « dura et ten en long de la yma de la mar devert Maquau, de l'ung cap, entro a la yma de la mar dever mech jorn, de l'autra » (copie; H 585).

3. H 583, fol. 43 v°.

4. Même registre, fol. 19 v°-20.

5. Cfr. même registre, *passim.*

6. Juin 1592. H 784, p. 157. — Des cartes de 1650 environ, 1659, 1690 attribuent à ce bras de rivière une largeur supérieure : je donne la préférence au texte, qui est très précis.

7. 1594. H 776, p. 34.

8. 1694 environ (?). H 584

démontre que l'emplacement de l'île par rapport à la rive voisine était à peu près ce qu'il est aujourd'hui. Un plan détaillé qui fut dressé en 1776 [1] permet de constater que les choses n'ont pas subi depuis cette époque de modification sensible : la longueur de l'île était la même qu'actuellement, 5 kilomètres environ.

Si l'on prend à la lettre les dépositions recueillies pendant l'enquête de 1544-1545, l'île de Macau a perdu de sa longueur en amont : elle aurait commencé, en effet, à la hauteur de Sainte-Barbe [2], qui est un lieu dit à plus d'un kilomètre au-dessus de l'extrémité actuelle de l'île. En aval, il y eut allongement après 1456, ainsi que nous le verrons un peu plus bas : l'île s'étendait, en 1545, jusqu'au-dessous de Macau [3]. Les courants attaquaient l'île de ce côté ; c'est ainsi qu'au xviie siècle, un bois de haute futaie fut enlevé au Tayet ; après quoi le fleuve, réparant le mal qu'il avait causé, remit les choses en état [4].

Il n'est pas aisé de se reconnaître dans l'obscurité des pièces d'archives qui concernent ces parages : tantôt elles confondent l'île de Macau avec les îles qui suivent en aval et tantôt elles l'en séparent. La question est compliquée par l'instabilité, par la mobilité de ces îles, et aussi par les interprétations tendancieuses, par les inexactitudes plus ou moins inconscientes qui ont passé dans la rédaction des textes. Certains actes signalent des îles ruinées par l'impétuosité des courants et d'autres îles formées aux dépens des précédentes ; cependant, à travers ces changements les noms persistent, peut-être parce que les propriétaires des îles disparues se récupéraient sur les îles récemment émergées. Les mêmes noms peuvent donc désigner des îles diverses ; inversement, des noms différents s'appliquent à une même île [5].

1. H 1025.
2. « Laquelle ysle, tayet et vaze anciennement se tenoient et confrontoient au-dedans lad. mer, depuys l'endroit Saincte-Barbe ou environ jusques viz-à-vis de la parroisse de Margaulx ou environ » (H 583, fol. 5 vᵒ). — Le Tayet, qui correspondait à la pointe aval de l'île, se déplaçait avec cette pointe elle-même ; aussi distingue-t-on, en 1534, le *Tayet vieil* et le *Grand Tayet* (H 770, fol. 150 et 152).
3. H 583, fol. 38.
4. 1655. Enquête testimoniale : « Le courant des eaux emportèrent les terres, mesme un bois de haute feutée quy estoit au bas du Tayet vers le nort feut emporté et les courans des eaus de la rivière ayant changé, lesd. terres sont esté remizes et icelluy tayet à présant avance autant dans lad. rivière comme il faisoit » (H 1039).
5. Par exemple, l'île de Cazau s'est aussi appelée île Pascal ; l'île du Nord s'est appelée île Poyanne et peut-être île de Lussan ; l'île du Pâté s'est appelée île du Roi, île de Blaye, le Fort ; l'île de Grattequina s'est appelée île de Duras, île de la Jalle, île de Blanquefort.

Île de Cazau. — Dès le xIVe siècle, nous trouvons des mentions d'une petite île de Macau [1], laquelle était au-dessous de la grande [2] : « l'île nouvelle de Macau, au bout de la grande île, vers l'aval » [3]. En 1456, cette petite île était « au bout de la grande île, vers Macau..., entre l'ime de la mer vers la grande île, d'un côté, et l'ime de la mer vers La Bastide, de l'autre côté..., et en longueur entre l'ime de la mer vers Jalet, d'un bout, et l'ime de la mer vers Ambès, de l'autre bout » [4]. Ces confrontations donnent l'idée d'une île plantée obliquement, s'avançant vers le bas dans la rivière, se rapprochant vers le haut de l'île de Macau, laquelle était beaucoup plus courte, puisqu'elle ne masquait pas Gilet. Ce devait être quelque chose comme l'île Cazau, posée plus de travers et plus en amont.

En 1391, l'abbé de Sainte-Croix mit deux paroissiens de Sainte-Colombe de Bordeaux, Jean Pissebernat et Pierre Bajardeu, en possession de tous les *padouens*, de tous les biens non compris dans une appropriation privée, situés sur la mer depuis le Tayet jusqu'à l'*esley* de Meyre et depuis Sainte-Barbe jusqu'à Roque-de-Tau [5]. Sainte-Barbe nous est déjà connue; Roque-de-Tau est une agglomération sur la rive droite de la Gironde; le Tayet correspond à la pointe inférieure de l'île de Macau; l'*esley* de Meyre sert de limite entre Soussans et Arcins. L'acte de 1391 concourt à expliquer le nom de Pissebernard et Bayardeau, que porta par la suite une île dans ces parages.

Les *padouens* dont il s'agit se trouvaient en aval du Tayet, par conséquent en aval de l'île de Macau. Un acte du xVe siècle dont nous n'avons malheureusement qu'une méchante transcription [6] identifie ces lieux dits Pissebernard et Bayardeau : c'était « la partie de l'isle de Macau » comprise au-dessous du Tayet.

Doit-on penser que Pissebernard et Bayardeau étaient, sous une autre dénomination, la petite île de Macau? Cela n'est aucunement

---

1. 2 mars 1377, n. s. Mention de la vente de biens « dins la petita yla de Maquau, per ayssi cum ladeita petita yla es entre la grant yla de Maquau, de l'un costat, et la chanau deu Calhau, de l'autre costat » (H 732, fol. 83 v°).

2. 4 avril 1376. Bail à fief d'un bien sis « en la yla de Maquau petita dejus la grant yla » (H 732, fol. 42).

3. 7 avril 1457. Bail à fief d'une terre « en la yla noera de Maquau, au cap de la grant yla devert dejus » (H 738, fol. 8 v°).

4. 28 décembre 1456. H 589.

5. 6 mai 1391. Copie dans H 1017.

6. 20 janvier 1456, n. s. (?). Il s'agit d'un bail à fief par le vicaire général du cardinal de Foix, abbé de Sainte-Croix, à Raimond Melon et Laurent Peroteau, habitants de Macau, de toute la partie de l'île de Macau, à Pissebernard et Bayardeau, depuis le Tayet jusques à Meyre, d'une part, et de Sainte-Barbe à Roque-de-Tau, d'autre part (H 1017).

certain : il y a place, dans les bouleversements de cette partie du fleuve, pour deux ou plusieurs îles [1]. Il est, du moins, à peu près établi, d'une part que Pissebernard et Bayardeau faisaient corps avec l'île de Macau vers 1480 [2], d'autre part que ces lieux devinrent l'île de Cazau [3].

Pissebernard et Bayardeau, qui étaient, avant 1485, couverts d'aubiers [4], furent, vers 1515, presque emportés, du moins réduits à un banc de sable que le fleuve couvrait à marée haute; lorsque les eaux rongèrent l'île de Macau sur la face qui regardait Ambès, les débris furent peut-être poussés vers Pissebernard et Bayardeau, qui, exhaussés par ces apports, de nouveau se revêtirent de végétation [5].

En 1542, l'abbé de Sainte-Croix visita Pissebernard et Bayardeau, avant de les bailler à fief à Pierre de Cazau, greffier de la maison commune de Bordeaux et greffier de Macau. C'était « certaine quantité de terre luctueuse et tayet incertain par l'impétuosité et fluissement du fleuve de la Gironde » [6].

Vers la fin du XVe siècle, l'île de Macau, le Tayet de lad. île, enfin Pissebernard et Bayardeau formaient presque une île unique [7]. Cette

1. Une sentence du 28 mai 1658 vise « un bail à fief fait à Guillaume de Saint-Gilly par l'abbé de Sainte-Croix, d'une isle entre le Bec d'Ambetz et les vignes du pred de Macau », en date du 10 mars 1486, n. s. (H 1021).

2. 1545. Un témoin de quatre-vingt-huit ans dépose que, durant son jeune âge, « se commença à faire ung petit ruysseau entre lad. ysle [et] tayet et lesd. lieux de Pissebernard et Bayardeau, comme il a veu » (H 583, fol. 29).

3. Laurent Peroteau et Raimond Melon paraissent avoir figuré comme parties intéressées dans l'enquête de 1544-1545. Laurent Peroteau ou Perrocheau avait une aubarède « size au bout du Tayet » (1545; H 583). Il y a là une anomalie que je ne m'explique pas.

4. « Auquel temps de soixante ans avoit esd. lieux de Pissebernard et Bayardeau plusieurs aubiers planctés qui estoient mortz » (Enquête de 1544-1545; H 583, fol. 20 v°-21).

5. 1545. Déposition de Jean Guiraud, âgé de quatre-vingt-huit ans : « Depuys led. temps de sond. jeune caige, lesd. lieux de Pissebernard et Bayardeau, où soulloient estre les aubarèdes de sond. père et d'aultres, ont esté depuys ruynés et mynés par l'impétuosité des eaues, de manyère qu'il n'y paroissoit ny n'y a pareu de longtemps aucune chose de plaine mer, comme il a veu; mays quant il estoit basse mer, les sables y paroissoient tousjours depuys lad. grand ysle [et] tayet jusques viz-à-vis la parroisse de Margaulx, comme il a veu. » L'île de Macau a été diminuée du côté d'Ambès, pendant la jeunesse du déposant. « Dict que depuys trente ans en ça lesd. lieux de Pissebernard et Bayardeau se sont depuys enlevez et augmentés, de manière qu'il y a [à] présant une belle aubarède, comme il a veu » (H 583, fol. 28-30 v°).

6. H 750, fol. 32.

7. « Laquelle ysle, tayet et vaze, aud. temps de soixante ans, se tenoient, touchoient et se confrontoyent ensemble au-dedans lad. mer et ryvière, depuys l'endroit de Saincte-Barbe jusques viz-à-vis de la parroisse de Margaux » (Enquête de 1544-1545; H 583, fol. 19 v°-20).

île était traversée par divers *chanaux :* trois coulaient sur l'île de Macau « et le quart entre lad. ysle [et] Tayet et led. lieu de Pissebernard et Bayardeau » [1]. Les vieillards de 1545 avaient vu s'ouvrir le dernier *esley.* Ces divers bras du fleuve portaient les gabares qui allaient de Bordeaux à Macau [2]. Ils vinrent à se fermer, à l'exception du bras aval : ce dernier, que l'on avait pu franchir à pied sec, se creusa suffisamment pour qu'il fût possible aux plus grands navires du temps de s'y engager à marée haute [3]. C'est par ce *passol* que les bateaux firent désormais le trajet « de la mer d'Ambez au lieu de La Bastide » [4]. Ceux qui se rendaient de Bordeaux à Macau descendaient le long de l'île de Macau, du Tayet et de la « vaze » de Pissebernard et Bayardeau « et quant estoient au bout de lad. vaze appelée Pissebernard, s'en retournoient au port de Macau » [5].

De ce que Pissebernard et Bayardeau furent baillés à fief en 1542, il ne faudrait pas conclure qu'ils formaient dès cette époque une île consistante. En 1545, l'abbé de Sainte-Croix, « amprez avoir vu et occullairement visité la terre lutueuse, vase et sable apellez Pissebernard et Le Bayardeau, environez d'eau, lieux infertilles et ruyneux par l'impétuosité et flots de la mer », consentit à ouvrir une procédure pour modifier les charges de la concession faite trois ans plus tôt. Les experts attestèrent « les lieux dont est question... estre de petite valeur et concister en sables, lieux bas, aquatifs..., et infertille[s] », minés par les eaux, qui les emportaient journellement ; il était nécessaire de protéger lesdits atterrissements « par pérats et aultres munitions » [6] : l'abbé réduisit la redevance annuelle à un écu d'or.

1. Même cahier, fol. 38.
2. « Dans lad. grand ysle ou tayet y avoit deux ou troys ruysseaulx, par où passoient les gabarres quant alloient et venoient de Macau à Bourdeaux, lesquelz se sont depuys fermés, comme il a veu. Aussi puys led. temps se commença à faire ung petit ruysseau entre lad. ysle [et] tayet et lesd. lieux de Pissebernard et Bayardeau » (Même cahier, fol. 28 v°-29).
3. « Ung grand navire y peult passer de plaine mer, comme il a veu et voyt de jour en jour » (Même cahier, fol. 22).
4. 1545. H 1018.
5. H 583, fol. 6 v°. — Avant que les courants eussent ouvert ce passage, « quand les gabarres vouloient aller de Bonrdeaux à Macau, estoient contrainctes de passer au long de lad. ysle, tayet et vaze et s'en aller tout droit au long de lad. ysle et vaze jusques à l'endroit de Vitescalle, et de là s'en retournoient tout court devers la coste de Médoc, droit à La Bastide, comme il a veu ; car n'eussent sceu aller par autre chemin plus court, sy ce n'estoit de plaine mer, durant laquelle plaine mer les gabarriers n'alloient du tout jusques à l'endroit de Vitescalle, ains passoient à l'endroit de Lad. Bastide » (Même cahier, fol. 26 r° et v°).
6. H 1018.

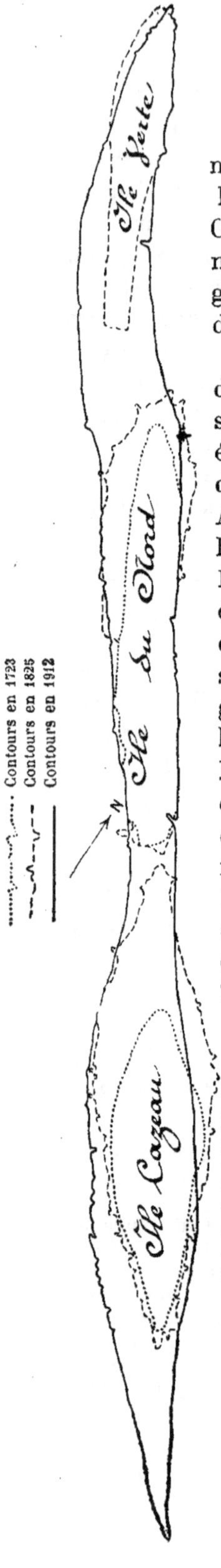

Si nous en croyons certains documents, les *peyrals* n'empêchèrent point qu'en 1568 ou 1569 « l'isle de Pissebernard et Bayardeau, autrement appellée l'isle de Cazaux... c'est faicte en deux isles » ou en trois [1]; mais il ne faut pas perdre de vue qu'il y avait des gens intéressés à considérer certaines îles comme démembrées de certaines autres.

On mesura l'île de Cazau en 1605 : elle avait 3,050 pas de long sur 525 de large, soit à peu près 2,745 mètres sur 470 [2]. Quelque quarante ans après, un religieux écrivait au Supérieur général des Bénédictins que l'île de Cazau avait 2,000 journaux, près de 640 hectares [3]. Au milieu du XVIIIe siècle, un homme qui connaissait bien la rivière, le courtier Lamothe, parlait de plus de 1,500 journaux, environ 480 hectares [4]. Ces évaluations doivent être fortement exagérées : la carte de Masse, que nous savons avoir été levée en 1723, indique une superficie de 110 hectares. L'île s'est, depuis 1723, allongée d'environ 1,200 mètres vers l'aval, 1,400 mètres vers l'amont ; elle a aujourd'hui une longueur de 5,300 mètres. En 1890, la largeur moyenne était de 630 mètres; en 1892, après le *rescindement* qui l'a sensiblement diminuée du côté est, l'île n'a plus de largeur moyenne que 480 mètres. Voici les superficies : en 1752, 175 hectares 39; en 1812, 221 hectares 65; en 1825, 223 hectares 78; en 1842, 259 hectares 40; en 1880, 311 hectares; en 1891, 235 hectares; en 1912, 277 hectares.

1. 1667. « Extraict d'un vieux libre couvert de ..., où sont diuerses quittances données par Monsieur l'abbé de Sainte-Croix au sieur de Cazaux, pour raison de la renthe qu'il luy doibt pour les isles de Cazaux, autrement les terres de Pissebernard et Bajardeau. Receu la susdicte renthe pour l'an mil cinq cens soixante dix, pour raison de l'isle de Pissebernard et Bajardeau, autrement appellée l'isle de Cazaux, laquelle despuis deux ans en ça c'est faicte en deux isles... Receu la susdicte renthe d'un escu d'or sol pour raison de l'isle de Pissebernard et Bajardeau, à présant nommée l'isle de Casaux, appartenante audict Monsieur Pierre de Cazaux, séparée puis trois ans en trois parties », etc. (H 1021).

2. 18 avril 1605. Procès-verbal de visite par un trésorier de France, analysé dans un arrêt du Conseil du 2 mai 1642 (H 582).

3. 21 octobre 1647. H 1020.

4. C 3716.

Iles de Carmeil et du Nord. — Les îles sises au-dessous de l'île de Cazau sont de formation sensiblement plus récente. C'est ce qu'explique un document de 1601 : « Puis quelque temps quelques sables ont esté portés par les vents et impétuositée de lad. rivière du costé de Médoc, à l'endroit et au-devant led. lieu de Macau et despuis led. estey de la Jalle jusques à l'estey de Meyre...; lequel amaz a esté faict et s'est arresté vys à vys de Rocque-de-Tau et à l'opposite d'icelle et plus bas que l'isle que Me Hélies Cazau, fils à feu Me Jehan Cazau, quand vivoit esleu en Guienne, tient et occuppe; lequel amaz est divisé en deuz et fait la forme de deuz isles, qui sont séparées l'une de l'autre et de celle que led. Cazau occuppe et détient, y ayant entre lad. isle que led. Cazau occuppe et les premiers desd. deuz amaz de sable un grand passaige et entre lesd. deuz amaz de sables et nouvelles isles ung autre grand passaige [1]. »

C'est ce qu'on appelait alors les nouvelles îles de Macau. Il s'agissait, suivant un document de l'extrême fin du xvie siècle, de sables plus ou moins mouvants « que les ventz et orages ont là gettés », « en la rivière de Gironde, le long de Macau et plus bas », « lesquels en quelques endroitz font monstre de s'arrester et où yl pourroit à l'advenir estre fait de bonnes isles si l'ong y métoit prompte diligence et qu'il y eust bonne menagerie; au contraire et où l'on laissera lesd. sables en l'estat qu'ilz sont, il est aussy danger qu'ilz s'en retourneront comme ils sont venus » [2]. Ces embryons d'îles étaient apparus vers 1590; en 1602, ils n'avaient « aucune forme de terre ferme » [3].

Les îles dont il s'agit passaient pour être « sorties de la ruine de l'isle de Macau et de l'isle de Casaus » [4]. Le « petit passaige d'eau » qui séparait de l'île de Cazau celle qui suivait immédiatement était sec à marée basse, accessible de haute mer aux bateaux de faible tonnage [5]. L'île dont il vient d'être question et qui était la plus rapprochée de celle de Cazau fut baillée à fief, en 1596, à Jean Dubreuilh [6]. Quant à la seconde, qui était « plus basse que les autres isles » [7], Jean de Malevergne, procureur au Parlement, en obtint la moitié en 1601; l'autre moitié fut retenue par l'abbé, d'autant qu'après une période d'accroissement, le flot, depuis plusieurs années,

1. H 765, fol. 100.
2. H 759, fol. 203 v°.
3. Délibération des Trésoriers de France. C 3873, fol. 51 v°.
4. 29 mai 1610. H 584.
5. xviie siècle. H 1024.
6. H 759, fol. 205 v°.
7. 24 février 1601. H 584.

« la dissippe et destruit grandement » [1]. La partie ainsi réservée fut baillée en fief, dans le courant de l'année 1607, à Pierre Isaudon, notaire [2].

En 1603-1604, Lazaro, seigneur de Poyanne, avait fait donner par le Domaine à M. de Mesme, son beau-père, ces îles nouvelles [3]; M. de Mesme les repassa à son gendre [4]. L'île appartenant à Dubreuilh fut cédée à un conseiller au Parlement, Jean de Calmeil [5]. Quant à l'île de Malevergne et d'Isaudon, la famille de Poyanne s'en défit vers 1663; elle était, en 1667, « possédée par M[r] Me Antoine de Nort, procureur du Roy au bureau des Trésoriers de France » [6]. Ces îles sont dénommées aujourd'hui *île Carmeil* et *île du Nord* [7]. L'île Verte, qui les prolonge vers le bas, n'existait pas à ce moment.

En 1613, le chenal de navigation était à l'est de ce groupe d'îles et ce qui est actuellement l'île du Nord confrontait, « vers le soleil couchant, aux sables et rivière non navigable qui passe vers le costé de Médoq et va passer devant Pauilliaq » [8]. Le bras gauche du fleuve n'était donc pas navigable, moins qu'aujourd'hui peut-être : en 1634, des témoins attestaient avoir « veu souvantes fois passer les pasteurs de lad. isle de Casau à celle de Macau » [9].

J'indique ci-après la superficie globale des îles de Carmeil et du Nord à diverses dates : en 1723, 120 hectares ; en 1752, 187 hect. 94 ; en 1812, 175 hectares 32 ; en 1825, 183 hectares 45 ; en 1842, 180 hectares 23 ; en 1880-1882, 176 hectares ; en 1912, 167 hectares.

Iles des Vaches, etc. — Pendant la première moitié du XVIIe siècle, un travail s'opéra dans ces parages : des îles émergèrent, que l'on se disputa énergiquement. Il semble que l'une de ces îles fût du

1. 16 février et 24 février 1601. H 1020 et H 584.
2. 23 avril 1607. H 765, fol. 104.
3. Les titres sont dans le registre du Bureau des finances de Guienne coté C 3810, fol. 14 v° et suiv. — Cfr. un mémoire par l'abbé d'Ornano, dans la liasse H 1024.
4. L'acte, qui est du 17 février 1604, est visé dans un exposé de 1669 (H 1021).
5. Elle était, en 1669, « jouye par le s[r] de Carmeil, cousin germain dud. s[r] de Nort » (H 1021).
6. H 1021.
7. Les cartographes ne s'entendent pas toujours au sujet du nom de ces îles : Clerville, par exemple, appelle île Poyanne celle que Du Val dénomme île Lussan et île Carmeil celle que Du Val appelle île Poyanne. Un texte de mars 1750 fait mention de « l'isle du Nord... apartenante à M. Poyanne » (C 1954). C'est, en effet, comme il résulte de la suite des cessions exposées plus haut, l'île du Nord ou de Nort qu'il convenait d'appeler île de Poyanne.
8. H 768, fol. 194.
9. H 1020.

côté des îles de Macau et de Cazau, à 300 pas de la première, à 500 à 600 pas de la seconde [1]; ce sont, du moins, les distances indiquées dans un procès-verbal de 1626.

Dès 1616, un nommé Rollet demanda la concession de terres lutueuses, de vases qui commençaient à prendre consistance, depuis le Tayet de Macau jusqu'à la paroisse de Margaux [2]. En 1620, François Fournier et Pierre Lamezas acquirent de l'abbaye Sainte-Croix, à titre de fief, des vases entre le Tayet de Macau sus-nommé et le port d'Issan, les mêmes peut-être que Rollet sollicitait du Roi en 1616 [3].

En 1622, autre bail à fief par Sainte-Croix en faveur de Judic Meynard, veuve d'Isaac Duvergier, conseiller au Parlement, de partie d'une île confrontant « d'ung boult au Tayet, près le peyrat de Maccau », entre les îles de Macau et de Cazau [4]. Denis Cazau affirma que ces atterrissements étaient démembrés de son île et il fit annuler les baux à fief consentis au profit de Fournier et Lamezas et de Judic Meynard [5].

De leur côté, les Domaines, avec l'humeur envahissante qui était la leur, ne pouvaient pas manquer d'intervenir : ils concédèrent des alluvions à des personnages bien en cour [6]; les seigneurs et leurs tenanciers résistèrent : bref, il y eut une merveilleuse floraison de procédure [7].

Il nous en est resté notamment le procès-verbal très intéressant d'une visite des lieux par Léonard d'Essenault, trésorier de France à Bordeaux [8]. Au mois de novembre 1634, Léonard d'Essenault

1. « Procès-verbal du sieur Thibault, trésorier général en Guyenne, du quatorziesme de mars 1626, par lequel appert que l'isle en question estoit sy nouvellement escloze qu'elle n'estet pas encores lors affermye ny deséchée, et qu'elle est distante de l'isle de Macau de trois cens pas et de celle de Casau de cinq et six cens pas » (Arrêt du Conseil, du 25 septembre 1629; H 584).

2. « Plasset présenté à S. M. par le sieur Bernard Rollet pour obtenir le don de certains vazes et terres lutuuzes quy commencent à se former et produire herve dans la rivière de Gironde, confrontant, d'un bout, vis-à-vis le lieu appellé le Tayet de Macau, et cellui de bas, vis-à-vis la paroisse de Margaux en Médoq, du 5ᵉ septembre 1616 » (Arrêt du Conseil du 2 mai 1642; H 584).

3. 13 mai 1620. Bail à fief par l'abbé de vases et sables « qui sont sciz et scittués sur lad. rivière et mer de Garonne et de Gironde, vers le costé de Médoc, prenent leur commancement et pouncte viz-à-vis le port d'Issan vers bas et tirant en hault vers le Tayet de Macau » (H 585).

4. Mentionné dans une délibération du chapitre de Sainte-Croix en date du 8 mars 1623 (H 584).

5. 1623-1627. H 584. — H 769, in fine. — H 779, pp. 154-155.

6. Par exemple, en 1619, le premier président de Gourgues obtint du Roi « l'isle quy se forme entre le port d'Issan et l'isle de Macau » (C 3820, fol. 151 et suiv.).

7. Voir H 779, p. 211; H 793, fol. 253 vº; H 1020.

8. H 1020.

s'embarqua au port de La Bastide près Macau et vit successivement deux îles : en premier lieu l'île des Vaches, en second lieu une autre île qui n'existe plus ; les témoins fournirent sur la formation de ces îles des indications précises : « Sont mémoratifz qu'entre l'isle de Casau et celle de Macaud et le port de Margaux il n'y avoit que des sables joignant lesd. isles de basse mer ». En 1614, les bancs de sable ayant été ravinés sur un point, Cazau fut isolé. Cependant, vers 1617-1618, une petite île de 2 à 3 arpents [1] à marée haute, 12 à 15 arpents à marée basse, apparut entre le port d'Issan et l'île de Macau, à peu près également éloignée de l'un et de l'autre ; elle fut balayée en mars 1623. L'île des Vaches se constitua vers 1619-1620 : c'était, en 1634, une île couverte de prairies et d'aubiers, qui ne mesurait que 120 ou 140 arpents et s'arrêtait, en aval *(sic)*, au port de La Bastide ; cette même île passait, en 1762, pour avoir 1,200 journaux, environ 380 hectares [2]. En 1624-1625, une autre île surgit, à même distance, soit 300 pas, de la côte du Médoc et de l'extrémité aval de l'île de Cazau ; la pointe supérieure de cette île nouvelle se trouvait à la hauteur de l'église de Cantenac et la pointe inférieure devant le port de Margaux, devant la limite de cette paroisse ; cette dernière île, qui portait des osiers et des aubiers, avait 300 à 400 arpents. Le chenal de navigation continuait à être du côté du Bourgès ; mais une passe, la passe de Margaux, à l'extrémité de l'île qui vient d'être décrite, aboutissait entre les îles de Carmeil et du Nord.

Les îles de ces parages sont tellement rapprochées qu'il est difficile de distinguer dans les textes ce qui se rapporte à chacune d'elles : les îles d'Issan et de La Tour-de-Mons sont dessinées par Masse, en 1723 ; l'île de Fumel ou de Vincent en 1752, par Magin ; les îles Fumadelle et Sauterelle en 1812, par Raoul. Un petit îlot, dit îlot de Soussans, avait, en 1842, environ 4 hectares et demi. Voici les superficies d'après Masse, d'après M. Dedieu et d'après le tableau de Pairier : Issan, en 1723, 5 hectares environ ; en 1752, 3 hectares ; en 1812, 20 hectares 10 ; en 1825, 27 hectares 60 ; en 1842, 28 hectares 91 ; en 1880, réunie à la berge.

La Tour-de-Mons : en 1723, 3 hectares environ ; en 1752, 16 hectares ; en 1812, 22 hectares 46 ; en 1825, 29 hectares 52 ; en 1842, 17 hectares 33 ; en 1880, 19 hectares ; en 1912, 19 hectares.

1. Il s'agit d'arpents « de la mesure du Bourdeloix », suivant une délibération des Trésoriers de France du 4 décembre 1619 (C 3820, fol. 152 v°), c'est-à-dire de journaux de 31 ares 93.

2. « L'isle des Vaches, apartenante à M. le président Caseaux, contenant 1200 journeaux en terre ajassante » (Mémoire pour Sainte-Croix contre le curé de Macau, au sujet des novales ; H 580).

Fumel : en 1752, 7 hectares 70 ; en 1812, 33 hectares ; en 1825, 31 hectares 45 ; en 1842, 42 hectares 57 ; en 1880, réunie à la berge.

Fumadelle : en 1812, 28 hectares 05 ; en 1825, 34 hectares 18 ; en 1842, 34 hectares 28 ; en 1880, 36 hectares ; en 1912, réunie à la berge.

Sauterelle : en 1812, 2 hectares ; en 1825, 5 hectares ; en 1842, 6 hectares 30 ; en 1880, réunie à la berge.

Aujourd'hui, il ne subsiste de ce groupe que l'île de La Tour-de-Mons ; les autres sont ou complètement soudées à la rive gauche ou bien près de l'être.

Iles du Bec. — Les documents signalent plus d'une île au Bec d'Ambès. En 1643, concession est faite d'une île « qui commance à se former près du Bec d'Ambès, du costé de la rivière de Dordoigne »[1]. Ce doit être l'île qui est présentement soudée au nord-ouest de la pointe, comme l'île de Macau est soudée à la terre ferme. A cette époque, l'île était séparée de la côte d'Ambès par un bras de rivière de plus de 200 pas (180 mètres) ; elle était sise à 50 pas environ (45 mètres) en amont du Bec, à la hauteur de l'église de Camillac, et elle contenait 40 à 50 arpents[2].

Plus tard, une autre île apparut ; elle était en voie de formation vers 1726[3] ; mais elle avait émergé quelque dix à douze ans auparavant : « Cette isle a continué de s'accroître tous les ans en s'allongeant vers le Bec d'Ambès[4]. » Elle ne mesurait encore, dit une requête aux fins de concession, que 1,500 à 1,800 pieds (490 à 580 mètres) de longueur sur 100 de largeur, « ce qui peut faire trois ou quatre arpens, mesure de Paris »[5]. En réalité, l'île était plus étendue : trois ans après, les Domaines en prirent possession ; elle était en face de Cazau, une pointe placée au confluent des deux rivières, une autre posée en Dordogne entre Ambès et Bourgès ; elle mesurait 1,400 pas (1,250 mètres) de long, 200 pas (180 mètres) de large au milieu. Elle fut, en 1730, adjugée à Joseph Nunez Péreyre, seigneur baron d'Ambès[6]. Péreyre exposait, cette même année, que l'île était large de 300 pieds (97 mètres) en amont contre 10 (3m25) en aval, et haute de 10 à 12 pieds en amont contre 1 à 2 pieds en

---

1. C 2351. — Cfr. 3 février 1644. C 3919, fol. 13. — La carte de Clerville signale l'île du Bec vers 1650.
2. Février 1643. Enquête et avis des Trésoriers de France (C 2351).
3. 30 juillet 1726. C 2351.
4. *Ibidem.*
5. *Ibidem.*
6. *Ibidem.*

aval [1]. Il exagérait peut-être ; la différence était néanmoins sensible [2]. Quant à la superficie, un arpentement fait par experts, en juillet 1731, la fixe à 20 journaux et demi [3], soit environ 6 hectares et demi. En 1750, l'île, déjà réduite de 20 journaux et demi à 6, fut emportée par une *souberne :* le fait est mentionné dans divers documents [4].

Entre temps, une troisième île s'était arrêtée dans la Dordogne, en face de Bourg ; elle mesurait, en 1745, près de 70 arpents de Paris [5], soit 24 hectares. Le dossier ne permet pas de dire ce que cette île est devenue.

La presqu'île d'Ambès s'est allongée en partie par l'accession d'îles que la Dordogne a rejetées et qui se sont agglutinées à la terre ferme. On prétend même qu'à la fin du xve siècle la pointe du Bec s'arrêtait beaucoup en amont, à 1,650 mètres au-dessus de la pointe actuelle : Garcie, dit Ferrande, qui rédigea son *Routier* à cette époque, aurait écrit « que Bourg et Macau sont situés par le travers [6] de la pointe du Bec, le premier vers le nord et le second vers le sud » ; mais ces deux villages sont plus bas l'un que l'autre de deux à trois bons kilomètres et, si la pointe était par le travers de Bourg, elle était fort au-dessus de Macau [7]. Il ne faut donc chercher dans le *Routier* de Ferrande qu'une indication approximative.

Il n'en est pas moins vrai que la presqu'île gagne en longueur : depuis 1723, si l'on s'en rapporte à la carte de Masse, elle a progressé de 550 mètres environ [8], et M. Dedieu note que la pointe « s'est considérablement accrue sous nos yeux ». Au début du xie siècle, la presqu'île devait être moins longue encore que du temps de Masse [9] : l'île de Macau se trouvait apparemment, quand elle s'est formée, près du confluent de la Dordogne et de la Garonne.

1. C 2351.
2. 1729 (?). Note en marge d'un mémoire (C 2351).
3. C 2352.
4. 1750. C 2352. — 1751. *Ibidem.* — 6 janvier et 7 septembre 1751. C 3716.
5. 8 mai 1745. Lettre de Tourny (C 2352).
6. Sur le sens de cette locution, voir le *Glossaire maritime* de Jal.
7. Les cartes de Jean Tarde (1628), Tassin (1631) et Du Val (1659) placent Bourg assez avant dans la Dordogne, par conséquent en amont de la pointe.
8. Pour déterminer la différence, j'ai tiré une ligne allant du clocher de Macau à l'extrémité est de la ville de Bourg, et comparé, pour les deux époques, la distance de la pointe à cette ligne. Pairier a allongé la digue par des jetées en 1856 (Th. Labat, *Actes de l'Académie de Bordeaux*, 1889, p. 222).
9. Un trésorier de France décrit, en 1605, l'île de Cazaux « au milieu de la rivière, un peu plus bas que le Bec d'Ambès et la terre de Macau, vis-à-vis de la maison de La Bastide » (Analysé dans un arrêt du Conseil du 2 mai 1642 ; H 582). De ce texte il résulte que la pointe était sensiblement en amont de La Bastide.

Iles en amont de Cazau. — Les textes signalent l'apparition de deux îles entre l'île de Macau et Bordeaux : Pachan et l'île de la Jalle ou île de Duras.

L'île de Pachan était entre les côtes d'Ambès et de Ludon, à une petite distance de l'embouchure amont de la Maqueline, au droit de la Ménaude, propriété qui appartenait à M. de Lachèse, conseiller au Parlement. C'était en 1605 « ung amas de sable, vaze et gravier », qui découvrait à marée basse seulement et qui avait environ 10 journaux (3 hectares 20), dont trois portaient de la végétation[1]. Pachan fut concédé cette année-là. L'île est marquée sur les cartes du XVIIe siècle et de 1708[2], mais non sur celle de 1723; vers 1750, Lamothe fait figurer sur son plan un banc dans ces parages[3]. A la même époque, Pierre Pontet, plaidant contre les Chartreux, exposait qu'en dépit des digues, Pachan, « aux maréages de mars et pleins de lune, » était submergée, au point « qu'une barque de la contenance de 15 tonneaux pouvoit floter partout ». Peut-être Pachan n'a-t-il jamais pris consistance.

Il en est autrement de l'île de Duras ou île de la Jalle. C'était une île dont l'extrémité supérieure était un peu au-dessous de la Jalle, devant les terres de Blanquefort. Un procès-verbal de visite par le subdélégué, dressé en 1724[4], fournit sur cet atterrissement des indications précises : le jusant rongeait la pointe amont, qui avait depuis peu perdu plus de 10 toises (19m50); la largeur était de 20 à 25 toises (39 mètres à 48m50). Sur 400 à 500 pas (360 à 450 mètres), l'île portait des roseaux; après quoi elle s'abaissait un peu; elle se terminait par un troisième plateau, encore moins élevé. La distance entre l'île et la rive gauche était de 50 à 60 toises (97m50 à 117 mètres); entre l'île et la rive droite, du double environ. C'est de ce dernier côté que passaient les bateaux. L'île fut emportée partiellement; l'ingénieur Magin écrivait en 1753 qu'elle avait diminué de moitié[5]. Nous en possédons un plan, levé après ces érosions; elle était, à ce moment, longue et étroite, environ 590 mètres sur 22[6], ce qui donne une superficie de 1 hectare 3. L'île mesurait, d'après Pairier[7], en 1825, 27 hectares 62; en 1842, 29 hectares 03. Une carte de M. Dedieu donne, pour 1854, environ 34 hectares 30.

1. C 3183, fol. 69 v°.
2. Dutrait, *De Mutationibus*, p. 109.
3. C 3716.
4. C 2351.
5. C 1954.
6. C 3716.
7. *Amélioration des passes*, p. 58. — Le même tableau assigne à l'île, en 1752, une superficie de 2 hectares 40.

L'île de Duras ou de la Jalle s'est aussi appelée plus tard île de Blanquefort ou de Grattequina. M. Dedieu a montré comment, sous

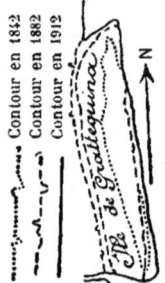

le second Empire, cette île fut réunie à la rive gauche : on construisit une digue entre cette rive et la pointe aval, ensuite une seconde digue entre la même rive et la pointe amont; des atterrissements se sont formés en arrière de ces jetées et l'île fait partie de la terre ferme.

Les nouveaux projets prévoient que l'on placera sur ce point la tête du canal d'accès au port de Bordeaux.

Iles en aval de l'île du Nord. — En aval des îles de Cazau, de Carmeil et du Nord, d'autres îles se sont formées. Ces dernières, plus récentes dans l'ensemble que celles qui ont été étudiées ci-dessus, proviennent de ces bancs que le *Routier* de Ferrande signale déjà vers la fin du xve siècle [1].

C'est ainsi que Masse relève, au bas de l'île du Nord, un « grand banc de sable et vaze qui change souvent de place et de figure »; ce banc a été remplacé par l'île Verte, laquelle est signalée, vers 1792, dans les états de sondage des pilotes [2]. Elle avait de superficie : en 1812, 56 hectares 10; en 1825, 77 hectares 30; en 1842, 100 hectares 12 [3]. L'île Verte fut peu après reliée à l'île du Nord. Elle avait, en 1880, 137 hectares; en 1912, 154 hectares.

L'île de Blaye n'est pas indiquée avant le xviie siècle : Clerville [4] la marque sur sa carte vers 1650 [5]. Le flot la ronge et, à certaines époques, il l'a diminuée rapidement. L'extrémité nord, qui était en 1692 à 400 toises de la tour, n'en était plus en 1726 qu'à 140 toises, si bien que le directeur général des fortifications décida de protéger cette pointe par des empierrements; il entreprit sans succès de convaincre les négociants bordelais qu'ils avaient intérêt à payer partie de ces travaux [6]. La carte de Masse figure les changements apportés à l'île par ces érosions, dont Magin parle dans un de ses

---

1. Duffart, *Bulletin de Géographie historique*, 1904, p. 242.
2. Hautreux, *Actes de l'Académie de Bordeaux*, 1889, p. 142.
3. Pairier, *Amélioration des passes*, p. 58.
4. Dutrait, *De Mutationibus*, p. 112.
5. Voici ce que l'abbé Bellemer a écrit au sujet de cette île : « L'île de Saint-Simon, sur laquelle le Pâté a été construit en 1689, avait commencé à se former vers l'an 1670, et elle était couverte d'eau à toutes les grandes marées; ce qui arrive encore aujourd'hui » (*Histoire de la ville de Blaye*, p. 325).
6. 26 juin 1726. C 1630.

mémoires [1], et qui ont dû continuer longtemps, car l'île a perdu de sa superficie depuis 1723 jusqu'en 1842. Les surfaces sont : en 1723, 21 hectares; en 1752, 16 hectares 10; en 1812, 15 hectares 90; en 1825, 14 hectares; en 1842, 12 hectares 56; en 1880-1912, 13 hectares [2].

L'île d'Argenton, en face de Segonzac, apparaît dans les documents en 1545 [3]. Elle fut, paraît-il, ruinée, « comme il est notoire, à cause de la prinse d'icelle qui feust faicte en l'année 1622, pour repousser les ennemis de Sa Majesté » [4]. Elle existait encore en 1677 et en 1708 [5]; il n'en restait qu'un banc lorsque Masse fit sa carte [6].

L'île de Patiras prit corps durant le premier tiers du XVIIe siècle. C'est « l'isle qui se forme au-devant le bourg de Paulhac », dont il est question en 1628 [7]. Un arrêt du mois d'août de cette année renvoya devant les Trésoriers de France une demande en concession [8]. L'île fut l'objet de diverses sollicitations; l'une lui assignait une contenance de 800 journaux (256 hectares). Il est encore question en 1630 de cette île « qui se forme despuis peu sur un grand sable au-devant du bourg de Pauillac, environ une lieu au-dessous de l'isle d'Argenton ». Elle mesurait, à mer basse, de longueur une lieue et demie, de largeur au milieu un quart de lieue, de superficie 8 à 900 journaux (256 à 287 hectares); elle était si basse que la pleine mer la couvrait aux deux tiers et même, par les fortes marées, en entier; elle gagnait rapidement vers Blaye [9], soit vers l'amont. Suivant une note de 1762, l'île de Patiras partageait le sort des îles de notre fleuve, « qui est de perdre d'un cotté et gagner de l'autre : elle a perdu beaucoup du cotté du N.-O. et gagné du cotté du S.-E. »[10]. Voici la superficie de l'île de Patiras à diverses époques : en 1723, d'après la carte de Masse, 120 hectares; en 1752, d'après Pairier [11],

1. 1752. C 1954.

2. Le chiffre de 1723 est déduit de la carte de Masse; ceux de 1752-1842 sont empruntés à Pairier, *Améliorations des passes*, p. 58; celui de 1880-1912, à M. Dedieu.

3. Dutrait, *De Mutationibus*, carte 21.

4. 1628. Résumé d'une protestation de Mathieu Fayet, trésorier de France soi-disant propriétaire de l'île (C 3825, fol. 22).

5. Dutrait, *De Mutationibus*, pp. 108-109.

6. On lit sur cette carte : « Banc d'Argenton, où il y avoit une isle en 1707, que la mer a détruitte. »

7. C 3905, fol. 97. — Patiras figure cependant sur la carte de Lucas Jantz Waghenaër en 1590-1596 (Dutrait, *De Mutationibus*, carte 22, et *Ports maritimes de la France*, t. VI, p. 565).

8. C 3825, fol. 19 v°.

9. 1630. C 3826, fol. 37 v°, et C 4121.

10. C 2352.

11. *Amélioration des passes*, p. 58.

125 hectares 26 ; en 1812, d'après le même, 223 hectares 76 ; en 1825, d'après le même, 213 hectares 04 ; en 1842, toujours d'après le même, 177 hectares 87 ; en 1880-1882 et en 1912, d'après M. Dedieu, 190 hectares.

Je n'ai pas trouvé mention de l'île Saint-Louis dans les anciens textes. C'est· chose naturelle, puisqu'elle aurait surgi, d'après Pairier, entre 1825 et 1842 [1]. Elle avait à cette dernière date 3 hectares 50 ; elle mesurait, en 1880-1882, 38 hectares et 48 en 1912.

On appelle *fagnards* dans le pays des îles en formation, des îlots vaseux [2]. On donna ce nom, sous l'Ancien Régime, à une île qui s'affermissait en face de la paroisse de Plassac, sous les fenêtres du château de Monconseil. Ce n'était en 1785 qu'un gravier sans solidité, entre le Pâté, au Nord, et « l'isle appelée du Nord appartenante à Mᵐᵉ de Carmeille », au sud [3]. Il mesurait, si l'on s'en rapporte à une lettre de l'Intendant [4], « 90 à 100 journaux du païs, de 840 toises 3 pieds chacun de superficie », 29 à 32 hectares environ.

Le petit Faignard était un atterrissement voisin du précédent et placé dans le chenal que l'on se proposait « de nétoïer et d'aprofondir » [5]. Il n'est pas surprenant que le petit Faignard ait disparu. Le grand Faignard a eu, d'ailleurs, le même sort : ils ne figurent, ni l'un ni l'autre, sur la carte de Belleyme. Peut-être subsiste-t-il un vestige du grand Faignard dans le banc qui est à quelque 250 mètres en amont du Pâté.

Les deux îles qui portent actuellement le nom de grand Faignard et petit Faignard ont une origine moins reculée : elles ont émergé vers 1800, sur des bancs que signalent des cartes, notamment celle de Belleyme. En 1859-1862, on a relié par une digue le grand Faignard ou île Bouchaud et le petit Faignard, aussi appelé île Nouvelle ou île Sans-Pain, et en 1867-1870, par une autre digue, l'île Bouchaud et Patiras. Ces travaux avaient pour but de canaliser les courants,

1. *Ibidem.*
2. Goudineau, *Des Obstructions de la Gironde,* p. 30.
3. C 2357.
4. 16 janvier 1786. C 2357.
5. *Ibidem.*

et de retenir dans le chenal du Médoc les eaux qui se poraient dans le chenal de Saintonge. A l'abri de ces digues, les îles s'accroissent, du moins l'île Bouchaud, qui est au milieu. Voici les superficies successives. Ile Bouchaud : en 1812, 44 hectares 50; en 1825, 69 hectares 13; en 1842, 54 hectares 90; en 1880-1882, 75 hectares; en 1912, 151 hectares. Ile Sans-Pain : en 1812, 49 hectares 17; en 1825, 145 hectares 40; en 1842, 154 hectares 61 [1]; en 1880-1882, 134 hectares; en 1912, 152 hectares.

Enfin, un vasard sis à l'ouest de Bouchaud se transforme peu à peu en une île, longue actuellement de 250 mètres et dont la contenance, en 1912, était de 65 hectares.

II

L'ŒUVRE DE L'HOMME.

Les premiers travaux en rivière. — L'idée d'ouvrages exécutés en rivière dans un intérêt public est toute moderne. Jusqu'au XVIIIe siècle peut-être, les seuls travaux que l'on ait faits dans la basse Garonne et dans la Gironde avaient pour but de protéger des propriétés particulières, de fixer des îles, de provoquer des atterrissements et des accroissements. L'État, qui assurait la navigabilité du Lot afin d'amener les houilles de Cransac jusqu'aux forges du Roi à Rochefort [2], ne s'occupait de la Garonne maritime que pour tirer quelques profits de la concession des îles; les concessionnaires, en vue d'agrandir ces îles, établissaient des jetées et des épis, qui, à certaines époques, ont failli perdre entièrement la rivière. L'esprit étroitement fiscal des Domaines fut néfaste au port de Bordeaux.

Cependant, l'activité de la navigation entre notre ville et la mer présentait une importance qui ne pouvait pas échapper longtemps à l'attention éclairée des Intendants; mais le cours inférieur du

---

1. Pairier, *L'Amélioration des passes*, p. 58.
2. 6 août 1668. « Sa Majesté étant informée que le travail pour rendre la rivierre du Lot praticable depuis Caors jusques à Villeneuve se trouve maintenant achevé, dont le service du Roy commence à recevoir beaucoup d'avantage et la province de Guienne, par le charbon de terre que l'on fait descendre des mines de Cransac et qui s'employe à Rochefort pour les forges de Sa Majesté et la construction de ses vaisseaux et par leur denrées et marchandises qui montent et descendent tous les jours sur lad. rivierre: » le Roi crée des ressources « pour faciliter la navigation des rivierres de Garonne, Dordogne et autres de Guienne » (Arrêt du Conseil, copie; C 3718).

fleuve n'obtint que tardivement leur sollicitude. Les ingénieurs donnèrent leurs premiers soins à la Garonne en amont de Bordeaux et à l'entrée de la rivière. A la vérité, ce dernier objet appelait des améliorations urgentes : un état des vaisseaux et barques naufragés sur les côtes de Royan de 1691 à 1727 atteint le chiffre de 198[1]. Il ne faut donc pas s'étonner si les hydrographes songèrent d'abord à baliser l'embouchure et à en lever des cartes[2]; en 1754 encore, l'ingénieur Magin négligeait, et on s'en plaignit[3], le cours de la rivière entre Bordeaux et Blaye; les ingénieurs professaient même, en 1770, que le jeu naturel du flot et du jusant suffisait pour entretenir la rivière en bon état[4].

Cet optimisme officiel était cruellement démenti par les faits. Depuis longtemps, la situation était mauvaise : en 1656, un pilote qui réclamait son salaire bien que le navire eût talonné à la passe de Montferrand, fit valoir que cet accident était chose courante. « Comme la rivière est extrêmement mauvaize, il ne se peut sy bien faire que la pluspart des bastimens, quoyque conduictz par pilotes, ne touchent et nottamant du dessandant »[5]. Or, le xviiie siècle vit augmenter le tonnage des navires et leur tirant d'eau[6]. Vers 1730, lorsqu'un bâtiment calait plus de 15 pieds, il fallait l'alléger de partie de la cargaison pour franchir les passes. Bien plus, en 1733, la garnison du Pâté devait haler à bras ceux des bateaux dont la calaison excédait 13 pieds[7].

En outre, les bancs se déplaçaient; le relief des fonds se modifiait : telle passe, qui avait 11 pieds d'eau à une époque déterminée, était complètement « rasée » deux ans plus tard[8].

---

1. C 3717.

2. Juillet 1700. Vérification de cartes levées depuis deux ans par Fortin, maître d'hydrographie, et par un capitaine de Royan (C 3716). — 18 décembre 1787. Lettre du Commissaire ordonnateur : « Il n'y a pas d'année que, malgré les précautions prises pour l'entretien des feux et balises, il n'y ait un grand nombre de bâtimens qui se perdent à l'entrée de la rivière de Bordeaux » (C 4358; publié à la suite de l'*Inventaire sommaire des Archives, Gironde, série C*, t. III, p. 255).

3. 23 avril 1754. Lettre de Lamothe à l'Intendant (C 1945).

4. 30 novembre 1770. « Depuis quelques lieues au-dessus de Bordeaux jusqu'à l'embouchure de la Garonne dans la mer, sur environ 20 lieues de longueur, la marée montante et descendante met cette partie de rivière dans le cas de n'avoir pas besoin d'entretien particulier » (Résumé des procès-verbaux de l'inspecteur général de la navigation dressés en octobre et novembre 1770; C 3718).

5. Fonds de l'Amirauté de Guienne; publié dans mon Introduction à l'*Inventaire, série C*, t. III, p. xxxviii, note 10.

6. Même note.

7. Même note.

8. 10 janvier 1765. Communication à la Chambre de commerce du résultat

Or, il faut se rendre compte que les difficultés de ce genre étaient, en un sens, plus graves qu'aujourd'hui : à la force des remous et des courants le navire à voiles ne pouvait opposer que la force du vent; quand le vent faisait défaut ou qu'il était contraire, c'étaient des retards infinis. Une note avertit qu'à la passe de Lagrange, si les vents ne sont pas favorables, on risque « des retardements qui sont de quinze jours »[1], ce qui obligeait parfois à attendre au Verdon, durant plusieurs mois, le retour des vents propices[2].

Ces lenteurs, la nécessité d'alléger les bateaux qui descendaient à Pauillac[3], les accidents, comme le naufrage de ce vaisseau de Hambourg, échoué à la passe Royale, qui était chargé de sucre et d'où l'on pompait du sirop[4], toutes ces pertes obligèrent à chercher un remède. Ce fut, en grande partie, l'œuvre de Lamothe.

Lamothe et Magin. — Lamothe était « courtier royal de profession, navigateur d'inclination et aussy intelligent dans tout ce qui concerne la navigation que zellé pour le bien public »[5]. C'était sûrement un homme intelligent et non moins sûrement un naïf : observateur pénétrant des phénomènes dont notre fleuve souffrait, il était moins heureux quand il s'agissait de comprendre les hommes et de les dominer. Très sûr de lui, d'ailleurs, il était un gascon, dans les moments même où il s'en défendait : « Je puis dire que j'ay tenu le langage d'un romain plus tôt que d'un gascon[6]. » Mais il avait un défaut qui n'appartient pas à la race : il était ombrageux et

des sondages exécutés par les pilotes : « La passe de Barbe d'Esquire, où il restoit il y a deux ans onze pieds d'eau de basse mer, est aujourd'huy totalement rasée » (C 4256). — Cfr. une lettre d'envoi, du 12 octobre 1733, d'un mémoire des pilotes de Blaye (C 3717).

1. 1750 environ. C 3716.
2. En 1752, l'ingénieur Magin écrivait, dans un rapport, au sujet de la passe de Pauillac : « Il seroit à souhaiter que cette passe conservât 10 pieds d'eau de basse mer, pour empêcher tous les retardemens qu'elle occasionne journellement et qui sont d'une conséquence infinie, parce qu'il arrive souvent qu'un vaisseau qui est obligé d'attendre le gros de l'eau ou plus tôt les grandes marées des nouvelles et pleines lunes a manqué le vent favorable pour sortir et qu'il reste souvent plusieurs mois en rade Du Verdon, pour attendre un vent favorable » (C 1954).
3. 15 juillet 1749. « La rivière de Bordeaux jusques à Pauliac se trouvant depuis quelques tems dans l'état le plus fâcheux, par raport au peu d'eau qu'il y a sur les diverses passes, ce qui a donné lieu d'en faire de très sérieux examens et de chercher les moyens pour procurer des promptes expéditions au commerce, d'évitter en outre les risques qu'il y a journellement d'échouer les batiments, quoyque l'on soit obligé de les envoyer en grande partie à Pauliac aux deux tiers chargés » (Mémoire de Lamothe à Tourny; C 1954). — Cfr. un mémoire sans date, C 3716.
4. 16 février 1751. Lettre de Lamothe à Tourny (C 1945).
5. 7 mars 1751. Lettre de Tourny à Rouillé, ministre de la Marine (C 3716).
6. 3 août 1751. Lettre de Lamothe à la Chambre de commerce (C 1945).

inquiet. Partout il voyait des ennemis et il finissait, en effet, par s'en faire partout. A un obscur correspondant qui l'informait des complots ourdis contre lui, Lamothe demandait de lui continuer ses offices, afin, disait-il, « que je me garantisse des gens qui me prennent par derrière »[1].

Appelé à Paris pour y défendre ses idées, il y vit les Ministres; les commis lui écrivirent « à Monsieur de Lamothe »; sa tête tourna un peu. Comme il se heurtait à quelques difficultés, il manda à Tourny que « tout va par compère et commère » et que Montesquieu « ou autres savans » pouvaient bien avoir intrigué[2].

Au fond, ses idées valaient mieux que la façon dont il les soutenait et comme il demandait qu'on chargeât un ingénieur d'examiner ses projets[3], on envoya Magin[4]. Magin et Lamothe, l'ingénieur et l'autodidacte, devaient fatalement se heurter : ils se plaignirent successivement l'un de l'autre à l'Intendant[5], et Lamothe réclama un autre ingénieur[6].

Entre temps, Lamothe portait contre Rostan, commissaire général de la Marine, les accusations les plus graves, racontant à Tourny « comment dans 25 ans M. Rostan a fait avec rien une grosse for-

---

1. 19 juin 1751. C 1945.
2. 21 août 1751. C 1945.
3. 3 août 1751. Lettre de Lamothe à Tourny : « Comme je suis ferré à glace sur tout ce qui conserne mon projet de navigation et que je toucheray toujours le point fixe, qui se réduit à présent à l'envoy d'un ingénieur » (C 1945).
4. 24 août 1751. Lettre du ministre de la Marine à Tourny : « J'ay fait examiner par Mrs Duhamel et Le Camus le projet que le s[r] La Motte, courtier royal, a formé pour remédier aux abus qui se sont introduits le long de la rivière de Bordeaux et il a paru que tous les moyens qu'il propose tendent à en assurer la navigation. Cependant, avant que de prendre un parti définitif sur ce projet, je donne des ordres au s[r] Magin, ingénieur de la Marine, pour qu'il ait à se rendre à Bordeaux aussitost qu'il sera désarmé de la frégate l'*Anémone*, où il est embarqué » (C 1945). — Le 15 septembre, Magin écrivant à Tourny se félicite de faire sous ses ordres l'examen du projet de Lamothe (C 1945). — Le 27 octobre 1752, Tourny recommanda au ministre de la Marine l'ingénieur Magin, qui demandait à être nommé ingénieur en chef à Rochefort : « J'ay trop, M., à me louer de luy pour luy en refuser le témoignage » (C 1945).
5. Dès le mois de septembre et dès le 16 décembre 1752, Lamothe exposa à Tourny ses difficultés avec le « s[r] ingénieur » (C 1945); il se plaignit notamment que Magin ne s'occupât point de la rivière entre Bordeaux et Blaye, contrairement à ce qui avait été résolu (23 avril 1754; C 1945). — 12 juin 1754. Procèsverbal de Magin, attestant que les pilotes de Pauillac lui ont déclaré avoir reçu de Lamothe la défense de lui obéir (C 1945). — D'autre part, Magin prétendait avoir des griefs contre M. de Rostan, commissaire général de la Marine : « Il règne un esprit de méchanceté si singulilier (*sic*) qu'il faut avoir un zèle comme le mien pour continuer à travailler » (8 juin 1755; C 1945).
6. 23 janvier 1753. « Observations importantes sur les conséquences des atterrissements projettés par M. de Tourny » (C 1954).

tune » [1]. Puis il s'appuya sur la Chambre contre l'Intendant [2], qui pouvait sans trop d'injustice écrire : « Son amour-propre blessé l'a armé de tous les traits de la jalousie et de la médisance [3]. » On songea même à user contre lui d'autorité [4] et on finit par être à son égard parfaitement ingrat, par oublier ses services et méconnaître sa valeur [5].

Lamothe avait l'esprit actif et fécond : tour à tour, il inventa une ancre, pour laquelle il demanda le monopole [6] — ce n'est pas la page la plus glorieuse de son histoire; — il leva, conjointement avec un géomètre du nom de Giraud, le plan de divers parages dangereux entre Bordeaux et l'île du Pâté [7]; il collabora au balisage de l'entrée du fleuve. Mais son œuvre principale eut pour objet l'amélioration des passes de la basse Garonne. Lamothe eut le mérite de montrer qu'il fallait se mettre à l'œuvre; il contribua pour une large part à inspirer aux bureaux de l'Intendance des préoccupations salutaires, que l'Administration défendit désormais contre les sollicitations des particuliers [8] et contre les jalouses entreprises de cet insupportable touche-à-tout qu'était le Parlement [9].

1. 15 septembre 1751. C 1945.
2. En 1753 (C 1954).
3. 20 août 1754. Lettre à M. Duhamel de Monceau, inspecteur général de la Marine (C 1945).
4. 23 octobre 1756. Lettre du même au même : « Je suis, Monsieur, du plus grand mécontentement contre le s^r Lamotte, dont vous me parlés d'une façon à me faire entendre que vous n'en êtes pas plus satisfait. Je luy tins, il y a 15 jours ou trois semaines, des discours qui l'auroient dû rendre sage ou du moins plus circonspec; mais il n'y a pas moyen de changer la nature. Je crois qu'il en faudra venir à l'autorité supérieure pour que par tous ses propos et menées il ne dérange pas le bien qu'on veut faire » (C 1945).
5. 20 août 1754. L'Intendant à Duhamel de Monceau : « Je crois que vous aurez été plus importuné qu'édifié des écritures du s^r Lamothe. C'est un homme qui, parce qu'il avoit de bonnes intentions et du zèle, a cru avoir des talens et des connoissances, et en s'y trompant il a entièrement gâté ce qui étoit d'abord louable en luy; il n'a pu souffrir qu'on adhérât point à ses idées, quelque fautives qu'elles pussent être » (C 1945).
6. 17 novembre 1736. C 4393.
7. 15 juillet 1749. Ordonnance de Tourny chargeant Lamothe et Giraud de lever les plans de l'île de la Jalle, de la passe Royale, etc. (C 1954).
8. En 1745, l'Intendant s'oppose à la concession d'une île sur la Dordogne vis-à-vis de Bourg, parce que les concessionnaires font des travaux qui causent des dommages « aux propriétaires des rives voisines » (C 2352). Dix ans plus tard, l'Intendant donne un avis défavorable à une concession analogue, « ces sortes de concessions donnant presque toujours lieu de la part de ceux qui les obtiennent à des entreprises qui nuisent à la navigation » (C 2352).
9. Un arrêt du Conseil, en date du 17 juillet 1782, portait règlement pour la navigation de la Garonne; le Parlement en suspendit l'exécution; le 17 avril 1784, le Conseil cassa l'arrêt du Parlement (C 3718). — Le Parlement n'est pas la seule juridiction contre laquelle l'Intendance eut à se défendre : en 1730, un règlement ayant été fait par les Eaux et Forêts pour assurer la

Projets divers. — Les projets conçus pour faciliter la navigation étaient variés : un armateur demanda que l'on défendît aux constructeurs de laisser tomber dans l'eau les vieilles planches, « ce qui occasionne les accroissements » [1]. La Chambre du commerce de Guienne réclama la nomination d'un agent qui fût chargé, à Pauillac, de jauger le lest, afin d'empêcher qu'on le versât dans le fleuve [2]. Le jet des débris de carrières à Roque-de-Tau appela également l'attention des intéressés [3]. Pour franchir la passe de La Barranquine, Lamothe eut l'idée de fixer deux ancres de toue sur les deux côtés du banc ; les bateaux pourraient y amarrer des haussières et se haler [4]. Un inventeur nommé Héricé proposa une machine opérant « par le jeu de deux pèles de fer jointes ensemble, qui se remplissent et se vuident alternativement en montant et descendant » [5]: c'était une drague. Des Compagnies songèrent même à ouvrir un canal de la Dordogne à la Garonne afin d'éviter les passes d'Ambès [6].

Tous ces expédients étaient inefficaces ou insuffisants. Le véri-

navigation sur les rivières, l'intendant Boucher se plaignit de ce qu'il considérait comme un empiètement sur ses attributions ; il paraît, d'ailleurs, s'être soucié en l'occurence des intérêts de l'Intendance plus que de ceux de la navigation. En 1780-1781, l'Intendant s'éleva vivement contre un arrêt du Conseil ordonnant la vente d'une île à 60 toises du bec d'Ambès : les Domaines avaient donné un avis favorable et l'Intendance n'avait pas été consultée (C supplément).

1. 1750 environ. C 1954.

2. 1731-1732. C 4293, au mot *Lest.*

3. 1750 environ. Rapport de Lamothe à l'Intendant : les carriers de Roque-de-Tau, pour faciliter l'embarquement des pierres, font « des atterrissements de perruches ou terres qui sortent journellement des carrières, lesquels atterrissements avancent considérablement dans la rivière, qui sont sy ellevés et d'une sy grande sirconférance que cela est énorme. Vostre Grandeur ne sauroit s'immaginner les terres que les soubernes ou les vents d'Ouest enlèvent par an. Pour vous en donner une juste idée, un particulier, Monseigneur, a convenu en présance de Mr Lanusse, avoir vu emporter par la force des courrents et des vagues plus de terre que l'isle de Cazeaux ne contient » (C 3716). — Cfr. du même Lamothe un rapport à l'Intendant, en date du 6 janvier 1751 (C 3716), et une lettre du 17 juillet 1751 au ministre de la Marine (copie ; C 1945).

4. 1750 environ. Mémoire des opérations de Letellier, lieutenant de port, Lamothe, Gouffran, sous-lieutenant de port, et deux anciens pilotes (C 3716). — Le 18 mars 1751, le ministre de la Marine autorisa le paiement sur le droit de Cordouan des travaux proposés par Lamothe pour établir deux corps-morts sur le banc de La Barranquine (C 3717).

5. C 3716. — Héricé offrait de tenir en état les ports et les rivières, à condition de prélever un droit 1 sol par livre sur le fret.

6. 1781-1784. C supplément. — Par une lettre du 19 avril 1784, l'Intendant appuya : « Une communication semblable de la Dordogne à la Garomne (*sic*), moins d'une lieue plus bas, existoit encore il y a 50 ou 60 ans, par une sorte de grand fossé qui étoit connu sous le nom de la Maqueline, » etc. La minute est datée de Paris ; c'est une circonstance atténuante. — L'idée d'un canal de la Dordogne à la Garonne fut reprise vers 1824 par le Conseil général des ponts et chaussées (*Les Ports maritimes de la France*, t. VI, p. 582).

table moyen, étant donné surtout que le dragage sans la vapeur ne pouvait pas produire en Gironde des résultats appréciables, était la rectification des rives, afin d'accélérer ou de diriger les courants. En effet, ainsi que l'écrivait Lamothe, « c'est toujours [suivant] la rapidité des courrens et suivant leurs renvoys que les profondeurs s'entretiennent ou que les passes se ferment ». Et encore : « C'est toujours la rapidité des courrens et leurs directions qui fixent les profondeurs et les passes » [1].

Les épis. — Or, la vitesse et la direction des courants peuvent être modifiés par la construction d'épis, de jetées attenant à la rive et perpendiculaires à cette même rive. C'est ce que les Bordelais désignaient souvent sous le nom de *peyrais* [2]. Quand on a établi un de ces épis, le corps de l'épi arrête l'eau et l'oblige à contourner la tête; par conséquent, le volume d'eau qui passe à l'extrémité libre de l'épi est plus considérable; d'où il suit que la vitesse est précipitée et que le pouvoir de creusement, de ravinement est plus considérable. Si donc on dispose une série d'épis, ils entretiendront de ce côté un chenal. Mais au revers de l'épi le courant est amorti et les sables se déposent. Quand ces épis sont rapprochés, les intervalles se comblent par des atterrissements assez rapides. Des épis très allongés peuvent exercer sur la masse de l'eau du fleuve une action suffisante pour détourner le cours [3].

Cela étant, des propriétaires d'îles ou d'immeubles en bordure sur les rives construisaient des épis, afin de provoquer des atterrissements et d'accroître leurs possessions. Il en résultait dans l'économie de la rivière des troubles multiples.

Le premier inconvénient consistait en ce que certains passages, déjà étroits, étaient barrés par les épis, à ce point que l'on ne pouvait plus y manœuvrer : le vent était-il faible, le bateau ne sentait plus le gouvernail et il ne restait qu'à mouiller les ancres. C'était le cas entre l'île de Macau et l'île de Cazau : les *peyrals*, qui y laissaient à peine un passage de 25 brasses, étaient d'autant plus redoutables qu'ils causaient des remous et des tourbillons auxquels les bateaux ne pouvaient pas toujours se soustraire [4].

En second lieu, si les épis activaient le cours de l'eau sur un point, savoir à la tête de la jetée, ils n'en avaient pas moins pour

1. 19 septembre 1751. C 1945.
2. Magin faisait observer que *peyrat* désigne plutôt une cale (Mémoire sur l'état actuel de la rivière; C 1954).
3. Magin a exposé ces principes dans un assez long mémoire vers la fin de 1752 (C 1954 et 3716).
4. Mars 1750, Mémoire de la Chambre de commerce (C 1954).

effet de contrarier le courant : à l'abri de ces grands bras, des bancs se formaient. On attribuait à l'action des *peyrals* les divers bancs qui avaient perdu la passe d'Ambès et qui rendaient à peu près impraticables les passes de Macau et du Garguil[1]. Ainsi, les propriétaires des îles voisines ayant construit divers *peyrals*, la Chambre de commerce estimait que les eaux, ralenties par ces digues, laissaient retomber les sables qu'elles tenaient en suspension[2]. D'où cette loi que moins les courants rencontrent d'obstacle et plus aisément ils détruisent ou dissipent les dépôts de sable qui se sont formés. Et encore que « où les courants de flot et de juzan ont un cours libre et non interrompu, aucun banc ou dépôt de sables ne peuvent s'y former »[3].

Les *peyrals* donnaient lieu à des érosions, et cela, semble-t-il, de deux façons différentes. En premier lieu, le courant pouvait emporter les terrains contre lesquels il était dirigé par les *peyrals* : la destruction de l'île Péreyre, dans la Dordogne, près du Bec, fut imputée à des digues élevées contre la côte d'Ambès[4]. En second lieu, quand une rive est accrue par des atterrissements, il peut se produire un phénomène d'oscillation, de compensation, qui fait que le fleuve empiète en face et gagne de ce côté ce qu'il a perdu de l'autre[5].

Enfin, les *peyrals* détournaient les courants. Il semble bien que la passe d'Ambès fut obstruée, vers le milieu du XVIIe siècle, par l'action combinée de divers *peyrals* : l'un d'eux, en amont et sur la côte est des îles, projetait le flot vers Bourg ; à la tête de ce *peyral*, on mesurait 10 brasses d'eau, mais le passage du Bec, qui était, quelques années avant, accessible aux plus gros vaisseaux, n'avait plus, en 1750, que 4 pieds de profondeur[6]. Dans les mêmes parages,

1. Mars 1750. Mémoire de la Chambre de commerce, *passim* (C 1954).
2. Même mémoire.
3. Même mémoire. — Cfr. un mémoire de Lamothe en date du 19 septembre 1751 : « Il a été observé avec juste raison que, par les effets des renvoys des courrens cauzés par des atterrissements, peyrats et chaussées, diverses passes s'étoient fermées et gattées par des bancs de sable qui se sont placés à l'abry desdits renvoys » (C 1945).
4. 7 septembre 1751. Procès-verbal par Lamothe (C 3716). — Cfr. un rapport du directeur du Domaine, en date de juin 1751 (C 2352).
5. 6 septembre 1735. Lettre écrite de Blaye et signée Le Roy : « La rivière ayant retranché du terrain de la tour de l'Isle et de quelques endroits du Médoc, a, au contraire, laissé, depuis la citadelle de Blaye jusque vers le marais, une lisière de terrain qu'on appelle le Bot » (C 3734). — Il faut lire, en outre, les explications fournies par François de Calmeil à Tourny : aux accroissements obtenus par Péreyre a correspondu, en face, une diminution de l'île de l'exposant (C 1945).
6. Mars 1750. Mémoire de la Chambre de commerce (C 1954). — 19 septem-

des *peyrats* jetés en Garonne et attenant à la côte du Bec d'Ambès dirigeaient le jusant entre l'île Cazau et l'île Carmeil; les eaux creusèrent sur ce point la passe du Garguil, alors que l'on pouvait, quelques années plus tôt, se rendre à pied sec de l'une à l'autre île, et, par contre-coup, comme le débit était insuffisant pour entretenir deux passes, la passe d'Ambès se perdit [1].

Retrécissement systématique du fleuve. — Ceci nous conduit à examiner une autre théorie, qui fut soutenue par Magin et Brémontier. Soit une rivière dont le volume est juste assez considérable pour entretenir un chenal; si la rivière s'élargit en un point, elle ne pourra plus entretenir sur ce point la profondeur voulue. « On peut donc conclure de ce principe que, quand le lit d'une rivière est trop large, qu'il faut (*sic*) le retrécir et l'entretenir d'une largeur toujours proportionnée au volume d'eau capable de former un chenal propre pour la navigation qui est en usage dans le pays [2]. » Ainsi, l'île du Pâté ayant été rongée en aval, la passe entre cette île et celle de Patiras fut plus large et les profondeurs diminuèrent en conséquence [3]. En 1785, Brémontier souhaitait que l'on concédât une île en face des marais d'Arcins et de Lamarque : il comptait sur l'accroissement de cette île pour rétablir un chenal [4].

Théophile Labat écrivait en 1889 : « Depuis trente ans, on n'a pas cessé d'empiéter sur le fleuve [5]. » On peut voir que le mal remonte beaucoup plus haut.

Travaux des propriétaires riverains qui se sont accrus au détriment du fleuve, travaux des ingénieurs qui ont entrepris d'améliorer les passes ont eu, entre autres, ce résultat de réduire la largeur de la Garonne maritime et de la Gironde.

Les documents ne fournissent guère d'indications précises concernant la configuration des rives. Il semble que les auteurs, notamment Dutrait, exagèrent l'importance des changements survenus dans la ligne des berges. Les anciens bords de la rivière sont jalonnés

---

bre 1751. Mémoire par Lamothe : « 3° Depuis le Bec d'Ambès jusques au delà de la passe Royalle, est aussy un banc immense occasionné par les peyrats du s^r Pereyre, tant en Dordogne qu'en Garonne, par les chaples, perruches et terres de la coste de Roque-de-Teau jettées sans cesse à la rivière et enfin par les renvoys, tant de flot que de Juzan, des peyrats de l'isle de Cazaux » (C 1945).

1. 1750. Explications fournies par M. de Carmeil (C 1945).

2. Mémoire de Magin (C 1954).

3. Même mémoire : « L'isle de Blaye ayant beaucoup diminué de longeur (*sic*), la distance entre l'isle de Patira et celle du Pâté ou de Blaye est beaucoup plus grande qu'elle n'étoit autrefois, ce qui rend cette passe plus large et conséquemment moins profonde. »

4. 30 juillet 1785. C 2357.

5. *Actes de l'Académie de Bordeaux*, 1889, p. 269.

par des témoins : le clocher de Macau, qui n'est guère postérieur
à 1200, montre que, sur ce point, la rivière depuis bien longtemps
ne s'étendait pas sensiblement à l'ouest de la Maqueline; la chapelle
de Trompeloup, qui doit être un peu plus ancienne que le clocher
de Macau, est à quelques pas du fleuve. Pauillac, Cadourne, Saint-
Estèphe, Saint-Christoly sont, ou peu s'en faut, baignés par la
Gironde. Les dépôts de vases ont eu surtout pour effet de combler
les fosses, d'exhausser les fonds, de colmater les marécages. Si le
lit s'est resserré, c'est plutôt du fait de l'homme.

Quand un passage est difficile, si on recourt à cet expédient
afin d'accélérer les courants, qui ravinent les hauts-fonds et appro-
fondissent les passes, l'effet immédiat est certain. Mais si on admet
la théorie de Labat, si, étant donné un point du fleuve, on considère
le cours en amont, jusqu'à l'endroit où les marées cessent de se
faire sentir, comme un réservoir de chasse, plus ce réservoir contient
d'eau et plus fort est le pouvoir de creusement du flot qui porte
les eaux de marée dans ce réservoir et du jusant qui rend ces eaux
à la mer. La conclusion serait qu'il ne faut pas réduire le lit de
l'estuaire [1]. Dans cette hypothèse, les atterrissements artificiels,
les digues, agiraient comme ces remèdes qui, pour guérir d'un
malaise local, ruinent le tempérament du patient.

Les travaux méthodiques. — Ces principes étant posés, on comprend aisément l'économie des projets formés par les contemporains de Tourny et de Dupré de Saint-Maur pour améliorer la rivière.
D'abord, les intéressés, Lamothe en tête, réclamaient la démolition
des *peyrats* faits par les particuliers, surtout des *peyrats* de Péreyre,
lesquels perdaient le passage entre l'île de Cazau et le Bec [2]. C'était
le retour pur et simple à la légalité; l'ordonnance de la Marine,
liv. IV, tit. VII, art. 2, porte, en effet :

« Faisons défenses à toutes personnes de bâtir sur le rivage de
la mer, d'y planter aucuns pieux ni faire aucuns ouvrages qui puissent porter préjudice à la navigation, à peine de démolition des
ouvrages, de confiscation des matériaux et d'amende arbitraire. »

La justice et l'utilité de la démolition des *peyrats* ne faisaient
donc aucun doute; mais il n'était pas aisé d'avoir raison contre les
personnages influents qui avaient fait construire ces jetées. J'ignore
quel fut le résultat immédiat de la campagne menée par Lamothe.

---

1. Même volume, pp. 232 et suiv.
2. C 1945, C 1954, etc. — Le 3 février 1753, le commissaire général de la
Marine, Rostan exprime l'avis que, parmi les *desiderata* récemment formulés
par une assemblée tenue à l'Intendance, il en est deux essentiels : le balisage
des bancs et l'enlèvement des *peyrats* de Péreyre (C 3716).

Ce qui est certain, c'est que, peu d'années après, vers 1766, on se plaignait de *peyrats* nouvellement établis à Lormont [1]. Sur la côte d'Ambès, la situation, redevenue meilleure, fut, vers la même époque, de nouveau compromise par suite du retour aux anciens abus [2]. En dépit de ces incidents, le silence même des dossiers autorise à penser que la destruction de certains *peyrats* [3] produisit d'heureux effets.

Enlever ces jetées n'était pas tout ; on songea aussi à obstruer des passages, à en creuser d'autres. Magin avait conçu le projet de fermer le Garguil ou passe Royale à l'aide de « douze ou quinze carcasses de vaisseaux qu'on couleroit à fond sur une même ligne » [4]. Cette proposition fut rejetée : on craignit d'abord que, le Garguil étant bouché, toute communication fût arrêtée, ensuite que les bateaux coulés ne formassent des écueils dans les chenaux voisins.

Pour approfondir les passes, on songea surtout à utiliser la force des courants, aidée et dirigée de plusieurs manières. Le procédé le plus original consistait dans l'emploi de pontons submersibles. Voici, d'après Magin, en quoi il consistait :

« Il y a deux moyens qu'on peut mettre en uzage pour faire acqué-rir à cette passe [5] plus de profondeur qu'elle n'en a :

» Le 1er, en faisant allonger par le moyen d'épis l'isle de Patiras et de rendre par ce moyen la distance comprise entre cette isle et celle du Pâté plus étroite, afin de donner plus de puissance aux eaux pour charier les sables.

» La 2e, en faisant faire une douzaine de pontons de 24 pieds de long sur 8 de large à leur baze, six en haut et 12 pieds de creux ou de tirant d'eau. Ces pontons auront une quantité de lest propor-tionnée au tirant d'eau qu'on leur voudra donner ; ils auront aussy chacun une pompe et une ouverture qui s'ouvrira et fermera comme un robinet. L'uzage de cette ouverture sera de laisser entrer l'eau quand le ponton sera dans une direction convenable à être coulé à fond. Et celle de la pompe, de le remettre à flot de basse mer. Ces

1. 1766. Délibération de la Chambre de commerce (C 4257).
2. Décembre 1767. « Observations » anonymes « sur le Bec d'Ambès ». L'au-teur expose que la passe d'Ambès a été rouverte par suite de la disparition des *peyrats :* « Le courant se trouvant plus libre le long de la côte d'Embez par la discontinuation des peyrats, l'eau y a repris son cours droit à la pointe du Bec, le canal d'entre le Bec et le sable s'est recreusé et le courant emporte le sable. » Mais « on vient de faire un nouveau peyrat à la côte, au bord de l'endroit où l'on voit les restes d'un moulin à vent » (C, non coté).
3. Il fallut conserver partie des *peyrats* pour maintenir le chenal (Délibération d'une assemblée tenue à l'Intendance le 12 janvier 1753 ; C 1954).
4. 1752. Mémoire de Magin (C 1954).
5. La passe de Pauillac, entre Patiras et le Pâté.

pontons doivent être navigables, pour pouvoir les faire agir dans tous les endroits de la rivière ou dans toutes les passes où on manque d'eau. »

Les pontons étant coulés à 10 ou 12 toises de distance l'un de l'autre, le courant creuserait les fonds dans ces intervalles ; en changeant la place des pontons, on approfondirait la rivière sur la largeur voulue [1].

Il ne paraît pas que ce principe, qui avait été mis en œuvre dans divers ports, ait été appliqué dans la rivière de Bordeaux. On préférait, chez nous, diriger les courants à l'aide d'épis biais ou triangulaires, vers le point à creuser. C'est ce qu'explique clairement un mémoire des capitaines de navires bordelais à Tourny :

« Nous avons estimé unanimement que, pour rétablir la passe qui est devant la maison à M. de Rostan, qu'il (*sic*) falloit faire un épy à environ 4 ou 500 toises plus bas que cette maison et que cet épy devoit avoir environ 30 toises et être fait en forme de triangle, pour présenter à l'eau une surface inclinée et donner par ce moyen une direction convenable à l'eau. Nous avons pensé aussi que pour rétablir la passe nommée communément *le Pas*, qu'il falloit faire encore un épy de la même longeur (*sic*) et de la même forme que le premier, dans l'endroit où la direction de ses surfaces peut renvoyer le courant par le milieu de la passe [2]. »

Lamothe demandait que l'on fît divers épis, dont un près de la Jalle : « L'épy en question forcera les courrens de traverser diagonalement sur le banc en question, et ce avec une rapidité invariable, qui doit nécessairement donner lieu à une grande profondeur [3]. » Un ingénieur des ponts et chaussées, Vimar, adressait, à la date du 13 mars 1753, un projet « à l'effet de renvoyer les courans vers l'Ambès, et de rendre aux vaisseaux le passage qu'ils avoient autrefois entre le Bec et l'isle de Casaux ». Dans ce but, il songeait à établir sur la côte du Médoc trois jetées : il proposait « de les faire doubles, c'est-à-dire de leur donner une branche pour le renvoy des eaux du descendant, qui est la principale et la seule qui puisse opérer l'effet désiré, et l'autre affin d'empescher les tournoyemens (qu'ils appellent icy remous) des eaux du montant, qui pren—

1. 1752. Mémoire de Magin (C 1954).
2. C 1954. — Vers la même époque, le lieutenant de port, Lamothe et autres visitèrent notamment les extrémités de l'île de la Jalle : « Nous aurions trouvé qu'il estoit d'une conséquence infinie de faire auxdittes pointes des chaussées placées diagonallement, afin que le flot et le juzan, par les effets naturels des courens, puissent cruser le fond desdittes passes » (C 3716).
3. « Mémoire contenant les observations générales faites sur l'état actuel de la rivière, de Bordeaux à Pauillac » (C 1954).

droient les digues par derrière et les sépareroient infailliblement de la terre » [1].

Vimar était effrayé de la dépense, qu'il prévoyait être de 50,000 livres. Plus hardi, Lamothe parlait de 120,000 livres pour exécuter son « projet de navigation » [2]. Depuis le temps où on établissait ces prévisions, le chiffre des devis a fait d'incontestables progrès.

L'œuvre du XIXe siècle. — Le XIXe siècle n'a pas apporté ici la méthode rigoureuse qui a donné, sur d'autres terrains, de si merveilleux résultats. Aux prises avec une puissance mal connue, la science de nos ingénieurs a tâtonné, cherchant d'ailleurs à en pénétrer les lois, à formuler des règles théoriques.

On s'est rendu compte qu'il y aurait avantage à rectifier les rives pour que les sinuosités décrivent des courbes harmoniques; ensuite, à ménager au lit une largeur progressive de l'amont vers l'aval. La première modification amènerait les courants de montée et les courants de descente à suivre le même chenal, qu'ils entretiendraient, tandis que, si le flot passe d'un côté et le jusant de l'autre, ils se contrarient. La seconde modification atténuerait les inégalités des courants, lesquels, trop rapides à certains endroits, trop lents à d'autres, déposent sur les seconds les matières qu'ils enlèvent aux premiers. Enfin, on tombe d'accord qu'il faut ouvrir le fleuve aussi largement que possible aux eaux de marée, qui, par leur double mouvement, labourent les fonds et maintiennent les profondeurs.

Cela, c'est la théorie. Dans la pratique, on a surtout appliqué des expédients : le colmatage du bras de Macau resserre le lit sur une longueur d'une quinzaine de kilomètres; on a rogné l'île de Cazau, afin de donner au fleuve un cours plus rectiligne; on a diminué constamment la largeur et la capacité de l'estuaire.

La construction du pont de pierre de Bordeaux a été un mal nécessaire; mais peut-être aurait-on pu, en d'autres circonstances, s'inspirer davantage des principes admis. Je dis : peut-être, et j'y insiste; car cette lutte séculaire entre l'homme et les forces formidables du fleuve est vraiment trop inégale.

---

1. C 1945. — Il est à noter que Lamothe préconisait, un mois plus tôt, la construction de « quelques digues ou jettées le long du bord, du côté de Médoc », afin de renvoyer le courant vers la passe d'Ambès (Voir ses « Réflexions sur le projet de changer le canal de la navigation au Bec d'Ambès, pour éviter le passage dangereux des vaisseaux par le Garguille »; C 1945).

2. 26 avril 1753. Mémoire à la Chambre de commerce (C 1954).

		XIe	XIIe	XIIIe	XIVe	XVe	XVIe	XVIIe	XVIIIe	XIXe	XXe	
1	Grattequina	»	»	»	»	»	»	1724	»	»	Réunie à la rive vers 1896.
2	Pachan	»	»	»	»	»	1605	»	»	»	Emportée vers la fin du XVIII
3	Macau	1027	»	»	»	»	»	»	»	»	Réunie à la rive vers le XVI
4	Ile des Vaches	»	»	»	»	»	»	1620	»	»	Réunie à la rive.
5	Issan	»	»	»	»	»	»	»	1723	»	
6	La Tour-de-Mons	»	»	»	»	»	»	»	1723	»	
7	Fumel	»	»	»	»	»	»	»	1752	»	Réunie à la rive.
8	Sauterelle	»	»	»	»	»	»	»	»	1812	Réunie à la rive.
9	Fumadelle	»	»	»	»	»	»	»	»	1812	Réunie à la rive.
10	Ile du Bec	»	»	»	»	»	1643	»	»	»	Reliée au Bec.
11	Ile du Bec	»	»	»	»	»	»	»	1726	»	Emportée en 1750.
12	Cazau	»	»	»	1376	»	»	»	»	»	Emportée en 1515; rétablie e [154..
13	Carmeil	»	»	»	»	»	1590	»	»	»	
14	Ile du Nord	»	»	»	»	»	1590	»	»	»	
15	Ile Verte	»	»	»	»	»	»	»	1792	»	
16	Petit Faignard (Plassac)	»	»	»	»	»	»	»	1785	»	Disparu peu après.
17	Faignard (de Plassac)	»	»	»	»	»	»	»	1785	»	Disparu peu après.
18	Ile du Pâté	»	»	»	»	»	»	1650	»	»	
19	Ile Sans-Pain	»	»	»	»	»	»	»	»	1800	
20	Bouchaud	»	»	»	»	»	»	»	»	1800	
21	Argenton	»	»	»	»	1545	»	»	»	»	Ruinée en 1622.
22	Saint-Louis	»	»	»	»	»	»	»	»	1842	
23	A l'O. de Bouchaud	»	»	»	»	»	»	»	»	»	1912	
24	Patiras	»	»	»	»	»	»	1628	»	»	

SURFACES DES ILES, ÉNONCÉES EN HECTARES

	1723	1752	1812	1825	1842	1880-82	1912
Grattequina. . .	»	2 40	20[1] »	27 62	29 03	60 80	72 70
La Tour-de-Mons.	3 »	16 »	22 46	29 52	17 33	19 »	19 »
Issan.	5 »	3 »	20 10	27 60	28 91		
Fumel	»	7 70	33 »	31 45	42 57	140[2] »	140[2] »
Sauterelle. . . .	»	»	2 »	5 »	6 30		
Fumadelle. . . .	»	»	28 05	34 18	34 28	36 »	49 20
Cazau.	110 »	175 39	221 65	223 78	259 40	311 »	277 »
Carmeil, Ile du Nord, Ile Verte, Ilot du Garguil.	120 »	187 94	242 92	263 »	282 60	313 »	321 »
Pâté	21 »	16 10	15 90	14 »	12 56	13 »	13 »
Ile Sans-Pain . .	»	»	49 17	145 40	154 61	134 »	152 »
Bouchaud. . . .	»	»	44 50	69 13	54 90	75 »	151 »
Ile non dénommée	»	»	»	»	»	»	65 »
Saint-Louis . . .	»	»	»	»	3 50	38 »	48 »
Patiras	120 »	125 26	223 76	213 04	177 87	190 »	190 »
Totaux. . . .	379 »	543 79	923 51	1083 72	1103 86	1329 80	1497 90

1. Ce chiffre est hypothétique et déduit des superficies avant et après.
2. Ces chiffres sont approximatifs.

SURFACES TOTALES DES ILES, ÉNONCÉES EN HECTARES

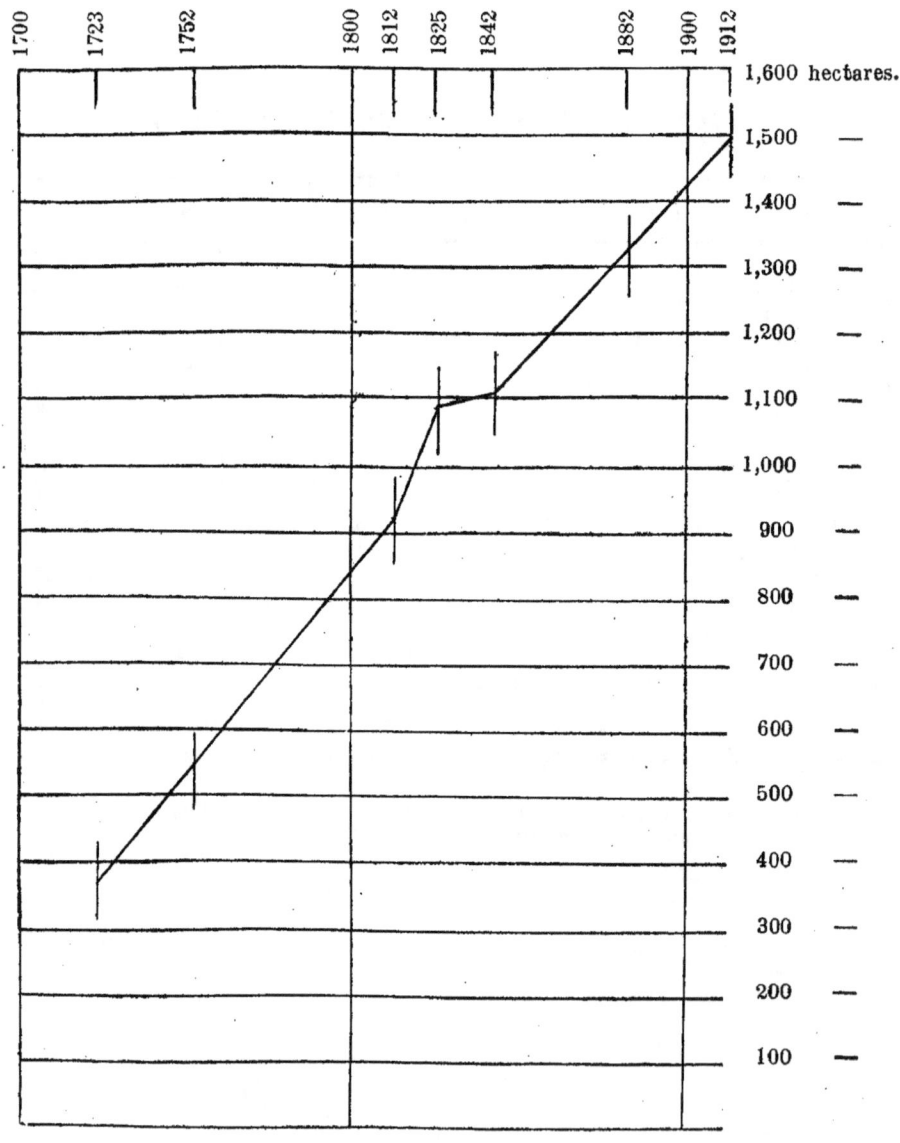

CONCLUSION

En manière de conclusion, on place ici deux tableaux : l'un indique la date à laquelle chacune des principales îles du fleuve apparaît dans nos documents; l'autre fait connaître la contenance des îles à diverses époques depuis 1723.

Le premier tableau n'est pas absolument complet : des îles n'y sont pas mentionnées que nous savons s'être formées dans le bras de la rivière entre l'île de Cazau et le Médoc et qui ont été emportées; en second lieu et surtout, il est tout à fait probable que d'autres îles ont eu un sort analogue, qu'elles ont émergé et ont été balayées après une existence plus ou moins longue sans que les textes les signalent. Toutefois, nous possédons une documentation assez suivie pour nous permettre d'affirmer que, depuis le XIIIᵉ siècle inclusivement, il n'y a pas eu de grandes îles en dehors de celles qui sont marquées sur le tableau.

De ce tableau il semble résulter que les îles se sont surtout formées pendant les XVIᵉ, XVIIᵉ et XVIIIᵉ siècles. Durant le XIXᵉ siècle, les atterrissements ont eu un autre effet : tantôt ils ont accru les îles existantes et tantôt ils se sont produits sur les berges, ils ont réuni à la rive les îles voisines ou ont resserré le lit et rapproché la rive du thalweg, suivant la ligne de digues construites dans ce but — par exemple, en 1868-1869, au Caillou.

Les îles les plus anciennes sont dans le voisinage du Bec d'Ambès : l'île de Macau est citée au début du XIᵉ siècle; Cazau a pris corps dans la seconde moitié du XIVᵉ; les autres sont plus récentes. En somme, à l'exception de l'île de Macau, nous assistons, documents en mains, à la constitution de toutes les îles égrenées dans le fleuve. Ces parages de Macau-Margaux, où le travail de colmatage a donné les résultats les plus anciennement constatés, sont encore ceux où le même phénomène se fait sentir le plus vivement. Le bras sis entre Cazau et la rive gauche est depuis longtemps en un mauvais état, plus mauvais même, semble-t-il, au XVIIᵉ siècle que de nos jours; il s'ensable, à l'heure actuelle, assez rapidement sous l'action des digues construites à cet effet; les petits ports de batellerie se perdent l'un après l'autre, comme se sont perdus autrefois Gilet, La Bastide près Macau et le port de Margaux : on peut prévoir le jour où ce bras sera totalement inaccessible.

Le second tableau montre que si quelques îles ont été emportées par les courants, la plupart s'accroissent en des sens divers. Il n'existe pas un point précis divisant la rivière en deux parties, l'une où l'allongement se produit vers l'aval, l'autre où il se fait vers l'amont : la pointe du Bec, en 1723, s'arrêtait plus haut que ne commençait l'île de Cazau : l'île s'est étendue vers l'amont et la pointe a gagné vers l'aval. Néanmoins, au-dessous de Blaye le flot est plus fort que le jusant et les îles tendent à remonter; au-dessus de Cazau, le jusant l'emporte sur le flot et les îles sont poussées à descendre [1]. C'est dans la partie intermédiaire du fleuve, là où les forces contraires s'équilibrent, que les atterrissements prennent le plus aisément consistance et que les îles se forment en plus grande quantité.

Ces îles sont également sujettes à des déplacements latéraux. On dit bien que les eaux creusent le lit dans les passages étroits et que la section conserve même surface sans que la largeur augmente; mais il est évident que le courant travaille dans tous les sens, sur les berges en même temps que sur le fond, et qu'il tend à écarter les obstacles. Au surplus, quelle qu'en soit l'explication, le fait est établi : sans parler de l'île d'Argenton, qui, d'après Manen, aurait été rejetée vers la rive, l'île de Macau était jadis plus près du milieu du fleuve. Il est vraisemblable qu'à l'origine cette île de Macau était voisine du Bec; c'était un de ces dépôts qui se forment en avant des confluents, sur les points que les courants des deux rivières n'atteignent pas. Elle fut peu à peu chassée vers le Médoc, et un jour vint où elle y adhéra complètement. Par contre, l'île de Cazau, qui était d'abord plus rapprochée du Médoc, a été poussée vers le confluent.

Il y a là un ensemble de faits qui autorisent à se demander si le chapelet des îles de Cazau, Carmeil, du Nord et Verte ne prolonge pas la pointe du Bec, si, dans le régime du fleuve, cette suite d'îles ne constitue pas une rive et si, enfin, le véritable lit n'est pas le bras de Macau.

Il est vrai qu'on a été, semble-t-il, réduit à le condamner : la quantité d'eau n'a pas été jugée suffisante pour entretenir deux passages, celui du Bec et celui du Médoc. Celui-là a fait ses preuves, celui-ci est en fort mauvais état; on ferme donc le second. Le projet

1. Pairier avait fait cette double constatation au sujet des bancs : « En général, les bancs paraissent s'allonger d'amont en aval sous l'influence des courants de jusant, jusqu'à Blaye, et remonter au contraire, sous l'influence du mouvement des lames, au-dessous de ce port » (*Amélioration des passes*, p. 35).

de M. de La Roche-Tolay, consistant à obstruer le passage du Bec était *a priori* plus normal : il a été rejeté parce qu'aléatoire et très coûteux. On n'a plus aujourd'hui la ressource d'élargir le passage du Bec en dirigeant franchement les courants sur la côte est des îles, afin de les chasser vers le Médoc. Les travaux de défense, les enrochements et les maçonneries destinés à consolider les bords s'opposent désormais à l'action [de ces poussées obliques. Si la solution

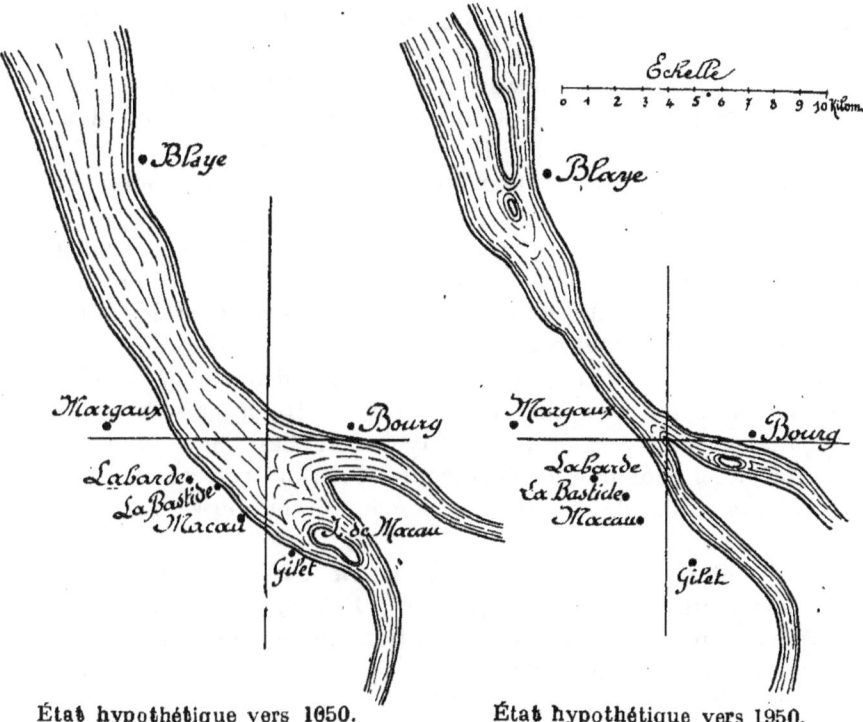

État hypothétique vers 1650.   État hypothétique vers 1950.

qui a été choisie était dictée par la situation, il n'en est pas moins vrai qu'on regrettera peut-être un jour l'étranglement excessif du fleuve à la hauteur de Roque-de-Tau.

Les forces naturelles sont contrariées par l'intervention de l'homme; l'état du fleuve serait bien différent si on n'avait pas fixé les îles, si on ne les avait pas protégées. Aujourd'hui comme jadis, les intérêts privés et les préoccupations domaniales peuvent devenir un danger. Les îles chargées de vignobles sont belles et productives. On préférerait, j'imagine, savoir certaines d'entre elles plantées sur d'autres points. Le Bordelais a suffisamment de ces vins de palus, trop peut-être; par contre, l'eau manque, çà et là, dans la rivière.

La Garonne maritime et la Gironde souffrent surtout de causes générales et inévitables : aussi longtemps que le monde sera monde, les fleuves enlèveront des matières sur leur parcours et les déposeront vers leur embouchure. Mais la situation serait moins grave si on n'avait pas favorisé cet encombrement.

La Commission des Inspecteurs généraux des ponts et chaussées disait en 1878 : « Les fleuves s'atterrissent malheureusement trop vite, dans leur estuaire, par le seul effet des causes naturelles contre lesquelles l'homme est impuissant, et il faut éviter de les aider dans cette œuvre regrettable [1]. » Durant des siècles on les a secondés dans ce travail néfaste; durant des siècles, l'homme s'est fait le complice de la Nature pour hâter le moment où la rivière de Bordeaux sera fermée à la navigation.

Il ne faudrait pas perdre le souvenir du mal qu'a causé à notre commerce maritime la prédominance des intérêts particuliers sur l'intérêt général, ni oublier la leçon amère qui se dégage des faits : la rivière, ce chemin qui marche, est et doit rester à tous.

On ne saurait, d'ailleurs, sans pousser l'esprit de critique jusqu'au dénigrement et jusqu'à l'injustice, méconnaître les résultats qui sont dus à l'intervention des pouvoirs publics. Nous pouvons remonter aussi haut que les documents le permettent sans trouver dans l'histoire du fleuve une période où il soit aussi navigable qu'aujourd'hui.

On sait enfin que le sort de la basse Garonne et de la Gironde est en bonnes mains : tout ce qui peut être fait sera fait pour que la rivière et le port de Bordeaux soient en mesure de remplir leur rôle économique et d'atteindre à une destinée aussi glorieuse dans l'avenir qu'elle le fut dans le passé.

1. Cité par Labat, *Actes de l'Académie de Bordeaux*, 1889, p. 232.

A propos du quatrième centenaire d'une cloche[1].

MESDAMES,

MESSIEURS,

Il y a quelques semaines, je recevais une lettre d'un érudit qui est, si je ne me trompe, le doyen d'âge des archéologues girondins, mais qui est resté, par le zèle et l'entrain, l'un des plus jeunes d'entre nous : M. le chanoine Gillard, retiré à Bieujac. M. Gillard me rappelait que la cloche de Brannens avait été fondue en 1511 et il m'annonçait que le Clergé préparait une fête pour célébrer ce quatrième centenaire. Notre Société a jugé qu'après la solennité religieuse il y avait place pour une solennité archéologique.

Brannens n'est pas assez connu. Notre bulletin lui consacre quelques lignes à peine, signées de M. Piganeau. Encore un vétéran, encore un de ces vaillants qui, lorsqu'une antiquité se trouve au bout de leur chemin, étanchent leur soif en traversant le torrent, sans ralentir leur marche ni ployer le genou.

Nous sommes donc venus ici promener notre curiosité sympathique, attirés à la fois par l'intérêt des édifices, qui gardent la saveur de l'inédit, et par le charme discret des paysages, où la mélancolie des landes bazadaises s'éclaire de la grâce plus souriante et plus vive des plaines de La Réole. Nous sommes venus, dis-je, pèlerins pieux, rendre nos hommages à la cloche dont les quatre siècles nous contemplent du haut de son modeste clocher.

Permettez-moi, Monsieur le Maire, Mesdames et Messieurs, de vous dire nos raisons.

*
**

Vous n'êtes pas sans savoir que des hommes d'idées très différentes s'occupent aujourd'hui du sort de nos églises. Certains sont des croyants : ils aiment leurs églises parce que ce sont leurs églises; d'autres sont des philosophes : ils voient dans l'église une source de spiritualité et y cherchent une force capable d'arracher l'âme française au matérialisme où ils craignent de la voir s'enlizer; d'autres enfin

---

1. Causerie donnée, le 7 mai 1911, dans la salle d'école de Brannens, au cours d'une excursion de la Société archéologique de Bordeaux.

sont des artistes ou des archéologues : une vieille église est pour eux le complément désirable d'un site champêtre, une œuvre d'art attachante.

Notre Société s'interdit d'avoir une opinion collective sur les croyances religieuses et sur les systèmes philosophiques ; elle veut ignorer les dogmes et les mystères qu'abritent nos temples et personne cependant n'a pour ces temples un soin plus jaloux. Il n'y a là aucune contradiction. Nul ne croit plus à Pallas Athéné et tout le monde admire le Parthénon ; Viollet-le-Duc, qui était tout le contraire d'un dévot, est peut-être l'apologiste le plus éloquent de nos cathédrales ; le gouvernement de la République ne reconnaît aucun culte et il s'honore en protégeant de nombreux édifices du culte et de nombreux objets du culte ; il a inscrit votre cloche sur la liste des monuments historiques. La loi de séparation elle-même a posé en principe qu'il fallait sauvegarder tout ce qui, dans les églises, présente un intérêt historique ou archéologique. Pareillement, nous considérons les églises pour leurs mérites esthétiques, parce qu'elles nous rappellent un passé dont un peuple doit être fier, parce qu'elles contribuent, suivant une heureuse expression, à la physionomie de notre terre de France. Et nous voudrions, dans la mesure de nos forces, émouvoir sur les dangers que courent ces pauvres vieilles églises l'opinion, qui s'en désintéresse trop.

Le public est comme ce jeune homme riche dont parle Graindorge, qui ne comprenait pas qu'on n'eût pas une vie luxueuse, « quatre paires de gants par semaine et 500 francs par mois pour sa poche » [1]. Nous aussi, nous sommes des enfants gâtés ; nous trouvons naturel d'avoir un ensemble de monuments tel qu'aucune autre nation n'en eut jamais ; nous oublions trop quelle place ils tiennent dans notre existence sociale et combien ils nous manqueraient s'ils venaient à disparaître.

La grandeur d'un pays ne consiste pas uniquement dans le chiffre de son commerce, dans l'activité de son industrie, dans la puissance de ses armes ; elle tient aussi au prestige du nom et au rayonnement du génie que lui ont légués les ancêtres. Est-ce en France qu'il faut rappeler cette vérité ? Voyez une nation jeune, exubérante : les États-Unis. Ils sont forts, certes ; que leur faut-il ? Un héritage d'histoire et d'art. Ses milliardaires et ses Universités guettent aussi avidement que les musées d'Angleterre ou d'Allemagne les objets anciens que nous laissons échapper ; il était rationnel que le fameux chef de saint Martin allât dans la collection d'un Américian.

Que ne donneraient pas les États-Unis pour posséder quelques-unes de ces églises, comme la vôtre, chargées d'ans, imprégnées de souvenirs, et qui sont pour un peuple des titres de noblesse.

1. Taine, *Vie et opinions de M. Frédéric-Thomas Graindorge*, La Morale, § 1.

Cette ravissante église de Brannens est de production romane; elle appartient au xiᵉ siècle ou au siècle suivant, comme beaucoup de ses voisines : Saint-Macaire, Saint-Martin-de-Sescas, Mazerac, Saint-Loubert, Saint-Martin-de-Monphélix, entre Pondaurat et Puybarban, Puybarban, Coimères, Roaillan, Savignac, Blaignac, Saint-Germain d'Auros, Aïllas, etc. Nous sommes fondés à conclure que cette époque fut pour la région une ère de prospérité.

Cependant, sur le mur Sud de la nef, on aperçoit des fenêtres étroites et haut placées : c'est une réminiscence de la période précédente, ce siècle de fer où même le respect des choses saintes n'arrêtait pas la violence et le brigandage.

Le chevet se termine par une abside : l'origine de ce plan nous conduit très haut dans le temps, jusque dans l'antiquité classique, à laquelle les premiers architectes chrétiens empruntèrent ce tracé.

Entre le chœur et la nef, l'arc triomphal est d'une étroitesse extrême : cet étranglement peut s'expliquer par des nécessités d'équilibre; mais sans doute le constructeur aurait reculé devant cette solution du problème si l'œil ne s'était pas habitué, dans les basiliques antérieures, à ces nefs brusquement terminées par un mur, lui-même percé d'un arc triomphal de dimensions réduites.

Les fenêtres de l'abside sont, comme à Saint-Loubert et à Mazerac, encadrées par une moulure ronde interrompue, par des billettes : on peut croire que c'est un motif de décoration barbare.

Sur l'un des chapiteaux de l'arc triomphal figure Jésus-Christ bénissant, dans une auréole: l'auréole de l'iconographie chrétienne paraît se rattacher à cette coutume, en honneur dès une haute antiquité, qui consistait à peindre ou sculpter sur un bouclier ou sur une plaque les images vénérées.

En face de ce chapiteau, l'autre fait voir des monstres étranges : l'artiste s'est inspiré apparemment d'une de ces œuvres d'art industriel que le commerce apportait de l'Orient.

Les bases des colonnes dérivent de l'art romain et, par-delà, de l'art grec.

Votre église avait une nef unique lorsqu'éclata la guerre de Cent ans; quand la bataille de Castillon mit fin à cette lutte épouvantable, le pays était aux abois. Quelques années après, une enquête judiciaire constatait que, non loin d'ici, Guibon, près de Daignac, et les paroisses circonvoisines n'étaient plus qu'un désert inhabitable[1]. Ces malheureuses générations, broyées par des calamités sans fin, ne pouvaient pas croire à leur bonheur. La confiance revint cependant, et alors ce fut une admirable explosion de vie. Cette paix n'était pas comme la paix actuelle, où, chaque année, la dépopulation nous

---

1. Archives de la Gironde, H 177.

coûte plus que plusieurs batailles rangées; au bout de peu de temps, les églises étaient devenues trop petites, et dans nombre de localités il fallut, comme à Brannens, Savignac, Aillas, etc., ajouter une nef secondaire. C'est alors, vers 1500, que l'on éleva, sur le flanc Nord de votre église, le bas-côté qui subsiste toujours.

Or, ce bas-côté n'est pas d'une architecture quelconque; il est construit dans le style gothique, les tyle français, comme on l'appelait jadis. Les formules gothiques, élaborées dans l'Ile-de-France pendant la première moitié du xiie siècle, se propagèrent avec rapidité, en partie à cause de leurs avantages, en partie grâce à la suprématie dont jouissaient dans le monde l'Ile-de-France et Paris. Paris..., les plus fermes esprits se trempaient à son Université; c'était vraiment, en face de Rome, capitale de la foi, la capitale de la philosophie et du savoir.

Romans ou gothiques, dans le chevet ou dans le collatéral, les procédés de construction de votre église sont sincèrement, hautement avoués; nous n'avons pas sous les yeux une architecture savante mais fausse, un mensonge de pierre, comme le sont trop souvent des édifices plus modernes. C'est que nos monuments anciens sont une œuvre du peuple, une œuvre de bon sens : autrefois, l'architecte n'était pas un monsieur puisant dans des livres une science que d'autres appliquaient; les puissants artistes qui ont conçu et réalisé les prodiges de l'art gothique étaient des ouvriers. Nous avons l'engagement conclu, en 1464, par Jean Lebas, l'architecte du clocher de Saint-Michel de Bordeaux : Jean Lebas est, dans cet acte, qualifié *maçon*; il était appareilleur et astreint à travailler de ses mains.

Vous voyez, Messieurs, quel ensemble grandiose de traditions, d'idées et de faits évoque et résume cette humble église à demi cachée dans un bouquet d'arbres. Pour qui veut regarder c'est, en raccourci, l'histoire de la race et de la société françaises, l'histoire de l'une des meilleures portions de l'humanité.

Il est d'autres motifs pour lesquels nous devons tenir à nos anciens monuments religieux. On ignore trop en France que nos églises du Moyen Age sont comparables aux œuvres les plus célèbres : moins parfaitement pures que les temples grecs, mais plus vivantes et plus variées, beaucoup plus importantes aussi, beaucoup plus savantes et beaucoup plus nombreuses, elles forment une série unique, et nous serions des barbares si nous laissions ce trésor inestimable dépérir entre nos mains.

De plus, elles représentent un effort prodigieux. Les pouvoirs publics n'avaient pas alors les budgets monstrueux des États contemporains. La donation la plus élevée que j'aie notée au profit d'une église girondine est un legs de 120,000 francs environ institué par le pape Clément V en faveur de la cathédrale Saint-André. Les générosités des fidèles ont, sou par sou, denier par denier, alimenté les chantiers. Et Dieu sait ce que ces gouffres dévoraient !

Je parcourais naguère le département des Landes : dans les villages perdus au fond des *pignadars*, se dressent des églises neuves dont les pierres viennent de fort loin : des Pyrénées, du Périgord, des Charentes. Le chemin de fer a supprimé les distances. Mais imaginez notre région sans chemin de fer et presque sans chemins, la batellerie gênée par des barrages et par des péages, et vous vous rendrez compte de ce qu'il en dut coûter pour transporter à pied d'œuvre, quelquefois de carrières très éloignées, les matériaux de constructions souvent massives, dont le coût, même avec notre outillage moderne, serait fort élevé.

Voulez-vous que nous calculions ensemble, un instant, ce que valent, à ce point de vue, nos églises françaises? L'homme le mieux qualifié pour se prononcer à ce sujet, Viollet–le–Duc estimait que Notre-Dame de Paris coûterait aujourd'hui 100 millions ; Chartres, Amiens, Reims coûteraient encore davantage.

Ainsi, dans l'ensemble de la fortune nationale, les seules cathédrales chiffrent pour des milliards. Or, les cathédrales ne sont pas les uniques œuvres que l'architecture religieuse du Moyen Age nous ait léguées : les églises abbatiales rivalisaient avec elles de grandeur, de luxe et de beauté. On peut, de ce chef, doubler ou tripler la somme. Et ce n'est pas tout, il faut ajouter les innombrables églises des prieurés, des chapitres et des paroisses; dans un rayon de quelques kilomètres autour de Brannens : La Réole, de lignes si amples, Casseuil, Caudrot, Gironde, Saint-Martin-de-Sescas et son portail somptueux, cette merveille qu'est Saint-Macaire, Langon, Pondaurat et son église gothique en croix grecque, Saint-Martin-de-Monphélix, Blaignac, Savignac, Aillas, Aubiac, Roaillan, Le Nizan, etc. Étendez le cercle à la France entière, réfléchissez à ce qu'il renfermera de chefs-d'œuvre, à ce que nos aïeux ont dépensé là d'argent, d'énergie tenace, de génie... Et dites-moi si ce ne serait pas folie de livrer un pareil capital, patiemment amassé par les siècles, au mauvais vouloir des uns, à l'incurie ou au zèle inconsidéré des autres, aux convoitises de l'étranger, à tous les hasards, à tous les périls.

Messieurs, il est grand temps que j'en vienne à l'héroïne de la fête, à la cloche en l'honneur de qui nous sommes assemblés. Aussi bien, je n'ai guère cessé de m'occuper d'elle : elle fait partie de ce glorieux patrimoine dont je vous ai entretenus. C'est l'une des précieuses reliques de l'archéologie girondine.

M. Piganeau a recueilli la liste des cloches du département antérieures à la Révolution : celle de Brannens y figure à un rang honorable. Bien peu sont ses aînées. Deux ou trois sont expressément datées du xvᵉ siècle : une cloche de Quinsac serait de 1487 ; celle de Villeneuve, près Blaye, est de 1491. Il faut ajouter qu'un petit nombre d'autres cloches, qui n'ont pas de millésime, peuvent être attribuées à une période plus reculée, à cause de la forme des lettres qui composent leurs inscriptions. Sur la cloche de Quinsac et celle de Villeneuve, aussi bien que sur la cloche de Brannens, les caractères sont des minuscules en gothique carrée ; avant d'employer ce genre de lettres, on se servait de majuscules rondes et quelques cloches girondines portent des inscriptions ainsi faites : la cloche du beffroi de · Libourne, sur laquelle est une légende connue par ailleurs :

MENTEM SANTAM, SPONTANEAM, HONOREM DEO ;

une cloche à l'hôpital de la même ville ; une cloche à Trazits, près de Gajac ; une à Aubiac, en Bazadais. Cette dernière mentionne Jouine de Lamothe, qui est citée dans un document de 1475 [1].

Parmi ces vénérables cloches il en est une qui a des affinités particulières avec la nôtre, qui est véritablement sa sœur : elle est à Génerac et a été fondue en 1519. Le dessin des anses, qui est très spécial, décèle une origine commune.

Je ne m'attarderai pas à développer longuement les considérations qui doivent nous attacher à nos cloches. D'autres ont dit cela bien des fois, avec infiniment plus de talent.

La cloche est plus qu'un instrument ; c'est une compagne aux heures solennelles, une amie qui nous suit à travers l'existence. Le son des cloches produit sur certaines natures particulièrement sensibles une impression qui est autre chose qu'un phénomène physique et un ébranlement nerveux : cette musique familière éveille en nous des accords et des harmonies indicibles ; ce sont les sonneries des fêtes et des deuils passés qui vibrent dans les profondeurs de notre âme ; c'est la mélodie des chers et lointains souvenirs ; c'est l'écho de toutes les allégresses et de toutes les tristesses qui ont, tour à tour, chanté et pleuré dans notre pauvre cœur.

Cette voix de bronze, Messieurs, a salué votre entrée dans la vie, votre adolescence, votre âge d'homme et la fondation de votre foyer ; elle a accompagné de tintements pareils à des sanglots les funérailles de vos chers morts.

1. *Archives historiques de la Gironde*, t. XVIII, p. 519.

Depuis quatre cents ans, elle dit infatigablement au pays d'alentour tous les événements qui ont agité vos pères et vous-mêmes. Si elle pouvait écrire ses mémoires, ils seraient touchants comme une idylle et flamboyants comme une épopée. Tantôt ses volées ont convoqué le peuple pour les *Te Deum* de plus de victoires qu'aucune nation n'en a remporté et tantôt elles l'ont glacé d'effroi par l'annonce d'invasions et de catastrophes.

Les sonorités de ses premières années s'épandaient joyeuses sur les champs de nouveau défrichés : c'était, après les affres de la guerre contre l'Anglais, le bonheur de renaître au travail et à l'espoir. Puis vinrent les guerres religieuses et civiles : en 1593, lorsque Fabas se jeta de Castets sur Le Rivet, et bien d'autres fois encore, la cloche de Brannens eut à jeter l'alarme.

**
* **

Dieu veuille que jamais plus son tocsin ne signale l'approche de l'ennemi ! Dieu veuille que son glas funèbre retentisse aussi rarement que le permettent les lois de la nature ! Puisse son carillon répéter souvent que le vieux sang gaulois est toujours chaud et qu'il est né à la patrie d'alertes petits Gascons, de solides petits Français !

Mais, quoi qu'il advienne et quelles que puissent être vos idées en matière de religion, nous vous adjurons de veiller sur votre vieille cloche et sur votre église. Dans la sphère où s'exerce votre action, conservez à la France de l'avenir ces richesses artistiques dont la France de jadis nous a confié le dépôt et qui sont l'une des pures gloires du pays. Et si la tentation vous venait, un jour, de les anéantir, rappelez-vous bien que rien ne les remplacerait et que leur destruction serait une perte irréparable à jamais.

Nos Anciens Monuments et l'École[1].

MESDAMES,
MESSIEURS,

Je voudrais vous exposer sommairement les raisons pour lesquelles il est désirable que, dans la formation intellectuelle de l'enfant, une petite place soit faite à l'étude des monuments élevés par les générations passées sur le sol de notre province. Ces raisons paraissent pouvoir se ramener à deux : d'abord, nos vieux édifices sont des témoins de notre histoire locale, ils peuvent servir à illustrer l'enseignement ; ensuite, ils offrent en soi un tel intérêt, ils sont une partie si importante du patrimoine girondin qu'il ne nous est pas permis de les ignorer.

Les monuments livrent à qui sait les interroger bien des secrets ; ils peuvent vous fournir l'occasion de formuler maintes observations suggestives. Les diverses périodes y ont laissé leur empreinte et telle disposition architecturale atteste une institution ou un état social.

Considérons un instant le Palais Gallien et la cathédrale Saint-André : le premier est une construction homogène, la seconde est faite de pièces et de morceaux. On a jeté les fondations de l'amphithéâtre entier et on en a élevé simultanément toutes les murailles, tandis que la cathédrale a été bâtie, comme toutes les vieilles églises de Bordeaux, par tranches verticales ; on est passé à l'une des parties après avoir achevé la partie voisine. C'est que l'État romain, très centralisé, trop centralisé, comme nos États modernes, se prêtait à l'ouverture de vastes chantiers, à l'exécution de grands travaux ; le Moyen Age, au contraire, avait des ressources limitées, en sorte qu'il lui fallait des siècles pour terminer un édifice important.

Les édifices romains dont les débris sont au Musée municipal étaient composés de gros blocs ; c'est en moyen appareil que sont maçonnées les églises du Moyen Age, parce que les chemins faisaient défaut : les voies romaines n'étaient plus entretenues et nos pères étaient moins favorisés que nous, pour qui le chemin de fer apporte les pierres des Charentes d'un cube énorme.

---

1. Allocution prononcée, le 23 novembre 1911, devant le personnel de l'Enseignement primaire, convoqué en vue de constituer un groupe girondin des Études locales à l'École.

Examinons maintenant quelques-unes des fortifications de la Gironde. Un premier fait nous saisit : il ne reste à peu près rien qui remonte au delà de l'an mille, parce que les ouvrages de défense antérieurs à cette date étaient en bois ; l'architecture en pierre, qui prit un si extraordinaire développement durant les xiᵉ et xiiᵉ siècles, suppose une société plus policée que n'était la France mérovingienne, sans compter que les barbares amenés chez nous par les invasions étaient moins maçons que charpentiers.

Du xiiᵉ siècle et des siècles suivants il subsiste, au contraire, nombre de petites forteresses ; les moulins eux-mêmes, à Daignac, à Bagas et ailleurs, sont armés d'archères et de mâchicoulis. Aujourd'hui le Gouvernement seul construit des fortifications, — les forts Chabrol sont exceptionnels, — et ces fortifications sont dirigées contre l'ennemi du dehors ; il est inutile de créneler nos moulins et nos usines. Il est bon que vous montriez aux enfants, en regard des bienfaits de l'organisation moderne, qui assure, — ou à peu près, — la paix et l'ordre à l'intérieur, ces vestiges d'une époque où l'individu devait se protéger lui-même contre la violence.

La multiplicité des châteaux, Blanquefort, Budos, Benauge, Villandraut, Roquetaillade, etc., vous servira à démontrer cet émiettement de la puissance publique qui caractérise le régime féodal.

Si nous approchons de certains parmi ces châteaux, nous remarquerons qu'on n'y entre pas en droite ligne ; il faut longer les courtines, et non pas indistinctement à droite ou à gauche, mais à droite, parce que, de ce côté, l'homme d'armes n'était pas abrité par son bouclier, qu'il portait à gauche.

Les tours sont élevées, très élevées, pour défier l'échelade, jusqu'au jour où les progrès de l'artillerie obligent les ingénieurs à réduire le relief des défenses et à les dissimuler derrière les glacis des terrassements.

Ces tours, aussi bien que les courtines, sont percées de meurtrières dont la forme révèle quelles armes de jet employaient les défenseurs : avant les orifices pour les armes à feu, couleuvrines et mousquets, ce sont des rainures pour les arcs ou pour les arbalètes, sorte d'arc très dur que l'on bandait à l'aide d'une mécanique plus ou moins compliquée. Dans nos contrées, les rainures pour les arcs sont nombreuses : les Anglais affectionnaient cette arme à tir beaucoup plus rapide, qui, dans plusieurs batailles du xivᵉ siècle, leur valut la victoire.

Pénétrons dans la forteresse. Presque toujours les tours sont fermées à la gorge, c'est-à-dire qu'elles ne s'ouvrent pas du côté de la place : les nationalités étaient imparfaitement formées, les armées n'avaient pas cette cohésion que leur assurent aujourd'hui le patriotisme et la discipline, et il fallait prévoir les défections et les trahisons. C'est pour ce motif que l'on fractionnait la défense, que l'on divisait la forteresse en compartiments isolés,

Entrons dans une tour et nous verrons que, pour la même raison, le constructeur a parfois brisé les escaliers, de façon que les paliers sont des salles qu'il fallait traverser pour aller de l'étage inférieur à l'étage supérieur ou *vice versa :* il était impossible de monter ou descendre sans se faire reconnaître par les postes installés dans ces salles.

Arrivons à la plateforme supérieure et jetons un coup d'œil sur l'ensemble du château : nous observerons qu'avec le temps les logis ont pris une place de plus en plus considérable. A l'origine, le château roman de Benauge était essentiellement un repaire, dont la garnison vivait sans confort dans des annexes quelconques. Les châteaux gothiques de Villandraut, de Roquetaillade, etc., sont de petits palais pourvus d'un dispositif de défense. Les châteaux plus modernes ne sont plus défendus. Nous en conclurons que l'insécurité a diminué et le bien-être a grandi.

En un mot, Messieurs, ces vieilles pierres, usées et branlantes comme des dents d'aïeule, évoquent pour notre instruction un monde étrange et lointain, ses coutumes, ses mœurs, ses institutions, son outillage, son armement, ses passions, sa vie tout entière. Une promenade à ces ruines sous votre direction avisée sera une leçon d'histoire vivante et fructueuse.

Permettez-moi, à ce sujet, un souvenir personnel. Il y a quelques années, je fus chargé de présenter au Congrès de la presse les antiquités de Saint-Émilion. Je m'informai du nombre des congressistes. Environ 600, me répondit l'organisateur, l'excellent M. Routurier. Je vous avoue que cela me donna un léger frisson. Jamais peut-être je ne fus aussi embarrassé en face d'une feuille blanche que le jour où j'entrepris de rédiger ma causerie pour ce terrible auditoire : 600 journalistes ! L'idée me vint de passer en revue très rapidement l'histoire générale, à laquelle tout homme cultivé s'intéresse, et de rattacher chaque édifice à une époque de cette histoire : la colonisation par les moines et l'ermitage, la splendeur monastique et l'église haute, la création des communes et les remparts, l'extension du pouvoir royal et le donjon du Roi, la Révolution et le puits des Girondins. Bref, je fis là ce que l'un d'entre vous a fait sûrement bien des fois devant de petits Saint-Émilionnais. Et cela réussit : on m'a même assuré, mais peut-être m'a-t-on flatté, que mes auditeurs me pardonnèrent d'avoir retardé de quelques minutes leur déjeuner.

Dites-vous donc bien, Messieurs, que les monuments qui ont vu tant de choses, assisté à tant d'événements, racontent mieux que le meilleur professeur. Il s'agit de savoir les faire parler. Nous songeons à vous en donner les moyens. ·

Voilà le côté pédagogique de la question. Elle a un autre aspect. Nos monuments, en effet, méritent pour eux-mêmes que nous nous en occupions ; c'est un devoir social, sur lequel votre enseignement civique ne peut pas rester muet. Veuillez noter que je n'émets pas là une opinion personnelle : notre société a fait des lois, organisé une administration, — les Monuments historiques, — et l'a dotée d'un budget, dans l'intérêt des antiquités nationales. Ce serait de l'anarchie pure si, d'une part, l'État faisait effort pour conserver ces saintes vieilleries et si, d'autre part, les citoyens ou les pouvoirs locaux les sacrifiaient à leur indifférence ou à leurs calculs, — comme nous venons d'en avoir un exemple attristant.

Cette sollicitude, les productions de l'architecture médiévale la méritent amplement. Nos vieilles églises, pour ne parler que d'elles, représentent l'un des plus prodigieux efforts dont l'histoire nous ait gardé le souvenir. Je n'exagère rien : dans son beau volume sur *L'Art gothique*, M. Gonse a écrit quelques lignes que je livre à vos méditations :

« Au taux actuel de l'argent, la construction de Notre-Dame de Paris représenterait une dépense d'environ 100 millions de francs..... Ce chiffre n'est pas donné à l'aventure ; il résulte d'un curieux travail que Viollet-le-Duc avait fait à ce sujet, il y a une trentaine d'années. Reims, Amiens et Chartres coûteraient bien davantage. »

Si quatre cathédrales représentent 500 millions ou plus, que valent nos cathédrales françaises ? Or, dans un diocèse, la cathédrale n'est pas à beaucoup près le seul monument précieux, ni même toujours le plus précieux : jusqu'au xvie siècle, le temple le plus vaste de la France a été une église abbatiale, Cluny. Réfléchissez un instant, Messieurs, à quel total fantastique s'élève la valeur de nos innombrables églises de France et demandez-vous si nous pouvons raisonnablement nous en désintéresser.

Assurément, le coût de ces constructions ne suffirait pas à nous émouvoir, et leur valeur esthétique est un titre autrement sérieux à notre sympathie et à notre admiration. Un chef-d'œuvre de dimensions réduites est préférable à un amoncellement de matériaux et je prise plus l'Érechtéion que la pyramide de Chéops. Le Moyen Age et spécialement le nôtre, le Moyen Age français est l'une des grandes époques de l'art. Il n'y a pas à ce sujet de contestation possible : les maîtres d'œuvre contemporains de Philippe-Auguste et de saint Louis sont très supérieurs aux architectes de la Renaissance, dont Renan a écrit qu'ils sont des « transfuges », tournant le dos à l'art national ; ils vont de pair avec les artistes grecs du meilleur temps.

A quelque point de vue qu'on l'envisage, l'architecture des xiie et xiiie siècles obtient les suffrages les plus divers. Les ingénieurs admirent dans l'édifice gothique l'utilisation rationnelle des moyens. L'un de ces ingénieurs, et non des moins éminents, Rondelet, a fait observer que, dans une construction, les pleins coûtent et encombrent, tandis que les vides servent et ne coûtent pas ; or, l'architecture gothique est celle qui a le plus réduit les pleins et le plus élargi les vides. Trouvez-vous la théorie trop utilitaire ? Passons aux philosophes. L'un des plus illustres, à coup sûr, est notre Montaigne ; vous savez tous avec quelle émotion ce sceptique a parlé des cathédrales, de leur « vastité sombre » et de l'impression qui s'en dégage. Est-ce encore trop abstrait ? Je vous rappellerai en quels termes magnifiques l'un des plus grands parmi les poètes a chanté les splendeurs de Notre-Dame de Paris.

Calculs positifs et précis, sentiment, imagination, ces œuvres étonnantes s'adressent à toutes nos facultés et les satisfont. Les sacrifices d'argent de nos pères ont été fécondés par l'habileté des architectes. Dans ses monuments, la France d'autrefois a mis non seulement des sommes incalculables, mais encore un merveilleux génie.

Ces vénérables monuments ont à pâtir, je ne l'ignore pas, de ce que le temps qui les a élevés n'est guère en faveur, non plus que les mystères qu'ils abritent.

Il me paraît, Messieurs, que nous ne rendons pas pleine justice au Moyen Age : si nous le comparions un peu moins aux périodes qui ont suivi, un peu plus à celles qui ont précédé, nous nous apercevrions qu'il correspond à une amélioration lente et continue. Le Moyen Age a trouvé des esclaves dans la Gaule romaine ; il a laissé dans la France du xve siècle un petit nombre de serfs et des hommes libres, mais plus un seul esclave. Pendant le Moyen Age, notre pays s'est élevé de la servitude antique à la liberté et la dignité. Qu'il ait dû suivre une voie trop souvent sanglante et douloureuse, c'est indiscutable ; mais il n'en a pas moins réalisé un énorme progrès. L'un des maîtres de la science historique me le disait naguère : si on veut apprendre aux enfants comment un peuple devient libre, ce n'est pas l'histoire de la Grèce ou de Rome qu'il faut leur enseigner, c'est l'histoire de la France du Moyen Age.

Quant à nos églises, sachons y distinguer l'œuvre d'art de l'idée religieuse, et quoi que nous pensions de celle-ci, croyants ou incroyants, apprécions celle-là.

Que diriez-vous si le gouvernement grec déclarait que, les dieux de l'Olympe étant démodés, il abandonne le Parthénon aux ravages du temps et des hommes ? Vous diriez que c'est un gouvernement de barbares. Prenons garde qu'un raisonnement pareil ne nous attire un jugement aussi sévère. Prenons garde que l'antipathie à l'égard de certains systèmes philosophiques n'entraîne notre génération en une œuvre d'ignorance et de barbarie.

Je viens de nommer le Parthénon... En 1380, les Catalans étaient maîtres d'Athènes ; le roi Pierre III d'Aragon ordonna de faire garder l'Acropole par un poste de douze hommes, « attendu que ce château

est le plus précieux joyau du monde ». Voilà donc un roi du
xive siècle qui, se mettant fort au-dessus des préjugés de son temps sur
le paganisme, rendait, avec une remarquable indépendance d'esprit,
ce bel hommage à des temples païens. Et nous ne pourrions pas, nous,
libres citoyens du xxe siècle, juger impartialement et sans colère du
mérite esthétique de ces pauvres vieilles églises, qui ont été bâties sur
notre propre sol par nos propres ancêtres !

Ayons l'esprit assez ouvert, le cœur assez large pour comprendre et
pour aimer le beau, où qu'il se trouve.

Et puisque l'honneur m'échoit de m'adresser à des éducateurs, à des
femmes, à des hommes qui ont ou qui vont avoir la mission d'éveiller
les curiosités et d'orienter les sympathies de nos enfants, je vous prie,
avec toute ma conviction, de parler quelquefois à vos petits auditeurs
de nos vieux monuments. Vous façonnez l'âme française : mettez y un
peu d'affection envers ces hôtels-de-ville, berceaux de nos libertés
publiques, envers ces églises, envers ces villes fortes, qui sont pour
nous de très anciens amis de famille, que nos aïeux ont aimés jadis,
il y a bien longtemps...

Dites à vos élèves quels sont nos devoirs de protection à l'égard du
trésor d'art que nous avons reçu de nos devanciers et que nous
devons transmettre à nos successeurs.

TABLE DES MATIÈRES

Bordeaux. — Imprimeries GOUNOUILHOU, rue Guiraude, 9-11.